"西安外国语大学学术著作出版基金" 资助出版

陕西省教育厅高校哲学社会科学重点研究基地项目：
20 世纪德语文学在中国的译介与研究

"西安外国语大学学术著作出版基金"资助出版

西安外国语大学文丛

埃里希·凯斯特纳
早期少年小说
情结和原型透视

侯素琴◎著

中国社会科学出版社

图书在版编目（CIP）数据

埃里希·凯斯特纳早期少年小说情结和原型透视 / 侯素琴著. —北京：
中国社会科学出版社，2015.5

ISBN 978 – 7 – 5161 – 6102 – 9

Ⅰ. ①埃… Ⅱ. ①侯… Ⅲ. ①凯斯特纳，E.（1899~1974）–小说
研究 Ⅳ. ①I516.078

中国版本图书馆 CIP 数据核字（2015）第 094977 号

出 版 人	赵剑英
责任编辑	任　明
责任校对	周　昊
责任印制	何　艳

出　　版	中国社会科学出版社
社　　址	北京鼓楼西大街甲 158 号
邮　　编	100720
网　　址	http://www.csspw.cn
发 行 部	010 – 84083685
门 市 部	010 – 84029450
经　　销	新华书店及其他书店

印刷装订	北京市兴怀印刷厂
版　　次	2015 年 5 月第 1 版
印　　次	2015 年 5 月第 1 次印刷

开　　本	710×1000　1/16
印　　张	11.75
插　　页	2
字　　数	198 千字
定　　价	55.00 元

前　言

20 世纪，埃里希·凯斯特纳（Erich Kästner，1899—1974）风靡全球，是迄今为止唯一享有极大国际声誉的德国儿童文学作家。① 在德国，他对德语儿童文学的发展起到了里程碑的作用，与格林兄弟（Jacob Grimm，1785—1863，Wilhelm Grimm，1786—1859）、威廉·布施（Wilhelm Busch，1832—1908）以及海因里希·霍夫曼（Heinrich Hoffmann，1809—1894）等儿童文学大师齐名，被称为儿童文学领域"创世纪的作家"。儿童文学从 17 世纪产生、发展直至成熟，文学体裁也从最初的神话、童话发展到诗歌和小说，各种儿童作品基本上都具备同一种功能：教育功能。魏玛共和国时期，德语文学出现了百花齐放的壮观景象，各种文学流派更迭交替，文艺理论异彩纷呈。儿童文学在这一时期发生了巨大的转变，尤其是凯斯特纳和其儿童小说的出现，为波澜不惊的德语儿童文学掀起了一阵现实主义狂潮。可以说，凯斯特纳的儿童小说把德国儿童文学引入了现实主义道路。

19 世纪中期，德国的儿童文学创作逐渐从宗教和教育的视角转向现实，其中以高产作家古斯塔夫·尼尔里茨（Gustav Nieritz）为代表。尼尔里茨本是德莱斯顿一所国民小学的老师，当时写书的收入远高于做老师的收入，所以迫于生计，尼尔里茨开始着手写小说。② 在人们不断关注现实世界的时代，尼尔里茨的作品也毫无例外地打上了现实主义的烙印。他的小说面向小市民阶层，作品中随处可见贫穷、饥饿和死亡等主题。虽然他

---

① Malte Dahrendorf: Erich Kästner und die Zukunft der Jugendliteratur oder über die Neubewertung einer Besonderheit des Erzählens für Kinder und Jugendliche bei Kästner . In: Erich – Kästner – Buch. Jahrgang 2003. Würzburg 2004，S. 30.

② 尼尔里茨创作的小说主要有：《亚历山大·门奇考夫，或曰财富的危险》（Alexander Menzikoff oder: Die Gefahren des Reichtums，1834）、《年轻的鼓手，或曰好儿子》（Der junge Trommelschläger, oder: Der gute Sohn，1838）等。Reiner Wild（Hrsg.），Geschichte der deutschen Kinder – und Jugendliteratur，Stuttgart: Metzler，1990，S. 149.

的小说仍然摆脱不了传统儿童文学道德说教的意味，但他是第一个把上述现实主题引入儿童文学创作中的作家。① 当现代文学发展到 20 世纪初期，受美学教育运动的影响②，儿童小说的创作不再追求美与丑的绝对划分，而是将现实批判作为小说创作的根本。埃里希·凯斯特纳就是该时期现实主义儿童文学的杰出代表。

本书将埃里希·凯斯特纳作为研究对象，把目光投到他创作于魏玛时期的四部儿童小说——《埃米尔擒贼记》、《小不点和安东》、《5 月 35 日》和《飞翔的教室》。全书借助分析心理学的情结和原型概念，挖掘小说中的少年成长主题，进而对小说文本相对应的意识、个体无意识和集体无意识三个层面进行剖析，并揭示凯斯特纳钟情儿童小说创作和成长主题的外在因素和心理原因。总体来说，埃里希·凯斯特纳早期的儿童小说具有深刻的思想内涵与幽默的审美价值，他的创作为后世儿童文学的创作开启了新的方向，开辟了一条现实主义道路，影响着一代甚至几代小读者的道德价值观。笔者希望通过考察凯斯特纳现实主义儿童小说深层的心理含义，能够充实国内对这位享誉全球的德国儿童文学大师的研究。

本书是在我的博士论文基础上修改而成的。本书得以出版，首先特别感谢我的博士生导师——上海外国语大学德语系卫茂平教授。在我撰写论文期间，卫教授为我提供赴德研修的机会，这样我才能搜集到第一手充足的资料；另外，卫教授对我的论文给予我悉心指导，提出了中肯的修改意见；卫教授治学严谨，细致认真的态度是我学术道路上学习的榜样。同时我要感谢上海外国语大学德语系谢建文教授，在他的课堂上我感受到学术讨论的魅力，自己的思维得到扩展，对本书思路的形成产生了不可估量的作用。另外，在此我还要感谢法兰克福青少年文学研究所汉斯·海诺·埃韦斯教授，他为我使用他们的图书馆提供了极大的便利，给我的书稿的修改工作给予了极大的关怀和帮助。在此要特别感谢西安外国语大学对本书出版的资助，感谢德语学院同事们的关心以及科研处王娟老师的细致工作。最后感谢我的家人和朋友，他们为我带来的欢笑，为我分担了生活琐事，使我得以静心于写作。他们的关怀是我一生的财富。

再次向各位恩师、挚友和家人表示最为诚挚的感谢！

---

① Reiner Wild（Hrsg.）, *Geschichte der deutschen Kinder – und Jugendliteratur*, Stuttgart：Metzler, 1990, S. 149.

② Ebd., S. 251.

目　录

第五编　天父原型分析

第一编

引 言

第一章　作家生平及创作

　　埃里希·凯斯特纳出生于 1899 年 2 月 23 日，在威廉大帝统治时期度过了他的童年，第一次世界大战期间从教师培训班毕业，1917 年入伍。战后，凯斯特纳放弃教师职业的理想转入高级文理中学，此时，他已经开始发表一些诗歌和短篇小说，文学造诣显现无遗。魏玛共和时期，凯斯特纳先后在莱比锡、罗斯托克和柏林的大学攻读日耳曼语言文学、历史、哲学和戏剧史。1925 年埃里希·凯斯特纳获得博士学位，论文题目是《论弗里德里希大帝和德国文学》（*Die Erwiderungen auf Friedrichs des Großen Schrift "De la littérature allemande"*）。大学期间，凯斯特纳已经开始了文学创作生涯，曾为包括《世界舞台》（*Weltbühne*）①，《周一晨报》（*Montag Morgen*）在内的多份报刊撰稿，内容涉及戏剧评论、随笔等，并逐渐在青年知识分子中间小有名气。

　　凯斯特纳的文学生涯经历了魏玛时期的辉煌（1928—1933）②、二战时期的沉寂（1933—1945）以及二战后的复兴（1945—1967）三个阶段。

　　魏玛时期，凯斯特纳先后出版诗集《腰上的心》（*Herz auf Taille*，1928）、《镜子里的喧闹》（*Lärm im Spiegel*，1929）、《一个男人给予答复》（*Ein Mann gibt Auskunft*，1930）、《椅子之间的歌唱》（*Gesang zwischen den Stühlen*，1932）以及长篇小说《法比安》（*Fabian*，1931），在德语文艺

---

　　①　《世界舞台》是由齐格弗里德·雅各布松（Siegfried Jacobsohn，1881—1926）于 1905 年在柏林创刊的德语周刊，内容涉及政治、艺术和经济。魏玛时期，《世界舞台》以红色小册子的形式出版，被看作是激进的左派报刊。从 1905 年到 1933 年间，大概有 2500 多名作家为该杂志撰稿，包括库特·图霍尔斯基（Kurt Tucholsky，1890—1935），埃里希·凯斯特纳，卡尔·楚格迈耶（Carl Zuckmayer，1896—1977），阿诺德·茨威格（Arnold Zweig，1887—1968）等人。

　　②　凯斯特纳研究学界普遍认为，凯斯特纳的处女诗集《腰上的心》（1928）代表了作家创作的开端。但是，从严格意义上来讲，很多收录进诗集的诗歌都创作于 1928 年之前，并已在各种报纸杂志上发表。约翰·宗纳维尔（Johan Zonneveld）在其博士论文《作为书评人的埃里希·凯斯特纳，1923—1933》中，把凯斯特纳的第一个创作阶段提前至 1923 年。参见：Andreas Drouve，*Erich Kästner – Moralist mit doppeltem Boden*，Diss.，Marburg: Tectum Verlag，1993，S. 16.

批评界所受褒贬不一。美学上，众多学者认为他打破了传统德国诗歌的模式，代表一种新客观主义（*Neue Sachlichkeit*）风格。社会批判上，凯斯特纳曾一度被称为"左派忧郁者"①。除此之外，魏玛时期的凯斯特纳经历了他儿童文学创作的巅峰，先后出版了《埃米尔擒贼记》（*Emil und die Detektiv*，1929）、《小不点和安东》（*Pünktchen und Anton* 1931）、《5 月 35 日》（*35. Mai oder Konrad reitet in die Südsee*，1931）和《飞翔的教室》（*Das fliegende Klassenzimmer*，1933），在社会和德语文学以及世界儿童文学界产生了巨大反响，借此奠定了他"德国现代儿童文学之父"②的地位。这是凯斯特纳创作生涯的第一个阶段，也是最辉煌的时期。

1933 年，德国纳粹上台之后，凯斯特纳本人被纳粹跟踪、传讯，其作品遭禁，唯有《埃米尔擒贼记》得以幸存。尽管如此，凯斯特纳还是选择作为战争和纳粹的"见证人"留在德国③，先后用贝尔特霍尔德·比格尔（Berthold Bürger）、彼得·弗林特（Peter Flint）、罗伯特·诺伊纳（Robert Neuner）等笔名写作剧本和电影脚本维持生计。1935 年，《埃米尔和三个孪生子》（*Emil und die drei Zwillinge*）、《雪地三游客》（*Drei Männer im Schnee*）和《边境姻缘》（*Grenzverkehr*）等通俗小说面世。这些作品首先在瑞士出版，后辗转回到德国。战争后期，他还写了著名的电影剧本《闵希豪森》（*Münchhausen*，1942）。这个时期的凯斯特纳是通俗文学的代表。

战后，凯斯特纳致力于德国战后道德重建的尝试，担任慕尼黑《新报》（*Neue Zeitung*）④文艺版的主编，创办《企鹅》（*Pinguin*）杂志。他关注儿童的生活和教育问题，通过与读者的沟通，帮助战后的青少年走出精神的困惑。1949 年，凯斯特纳出版以呼吁和平、关注儿童为主题的图

①　在谈到凯斯特纳小说和诗歌中的政治倾向时，社会批评家瓦尔特·本雅明（Walter Benjamin，1892—1940）称他为"左派忧郁者"。Walter Benjamin，"Linke Melancholie. Zu Erich Kästners neuem Gedichtbuch." Orig. In: *Die Gesellschaft* 8，（1931）Bd.，1，S. 181 – 184 Hier: *Manifeste und Dokumente zur Deutschen Literatur* 1918—1933，S. 623 – 625.

②　孔德明：《战后德国儿童文学之父凯斯特纳》，《当代外国文学》2000 年第 3 期，第 152—157 页。

③　凯斯特纳就在纳粹焚书的现场，看到了自己和其他被禁作家的书籍顷刻间化为灰烬。战后，凯斯特纳多次说明他留在德国的原因是要作为见证人留在德国，或是为了自己的母亲。对这一点，很多研究者提出了怀疑意见，将凯斯特纳视为"胆小鬼"。

④　《新报》是二战后德国美占区的一份报纸，从 1945 年 10 月 17 日发刊至 1955 年 1 月 30 日，凯斯特纳负责该报的文艺小品专栏。

画书《动物会议》（*Konferenz der Tiere*），以及深入家庭问题的《两个小洛特》（*Das doppelte Lottchen*）。诚如战争之前的凯斯特纳，他带给世界和孩子们无尽的惊喜，《两个小洛特》的故事曾多次被搬上荧幕。1957 年，他的童年自传《当我是小男孩时》（*Als ich ein kleiner Junge war*）问世，给凯斯特纳的研究者们打开了一条直指作家内心和创作源泉的通道。同年，凯斯特纳荣获德国文学最高奖——毕希纳奖（Büchner-Preis），1960 年，荣获国际儿童文学的最高奖——安徒生奖（Hans Christian Anderson-Preis）①。六十年代末期，凯斯特纳先后出版《袖珍男孩》（*Der kleine Mann*，1967）和《袖珍男孩和袖珍小姐》（*Der kleine Mann und die kleine Miss*，1967），这是凯斯特纳写给他唯一的儿子，也是留给广大喜欢他的读者的最后的作品。1974 年 7 月 29 日，凯斯特纳在慕尼黑逝世。

埃里希·凯斯特纳一生的文学创作涉及诗歌、散文、剧本、报刊评论、讽刺剧以及小说（包括写给成年人的小说和儿童文学等）领域，其创作语言颠覆传统，作品内容根植于客观现实，迄今为止，他的作品被译成 60 多国文字从而风靡全球②。同时，凯斯特纳的创作还具有两面性：在诗歌和《法比安》中，作家多揭露灰暗的社会，表现作为个体存在的人在社会中的疑惑和茫然；而其儿童小说则给读者呈现出一个保持童心，乐观积极、幽默且理性的作家。凯斯特纳视少年儿童为"善"的根源，儿童和少年是让他顶礼膜拜的"善"的化身。

---

① 安徒生奖是由 IBBY（International Board on Books for Yong Poeple）设立的国际儿童文学最高奖，从 1956 年开始，每两年颁发一次，奖励取得卓越成就的儿童文学作家和插图画家。国际儿童文学奖被称为"小诺贝尔奖"。

② Bernd Dolle - Weinkauff, Hans - Heino Ewers（Hrsg.），*Erich Kästners weltweite Wirkung als Kinderschriftsteller*，Frankfurt am Main：Peter Lang, 2002, im Vorwort.

第二章　研究现状

　　在德国文学批评史上，凯斯特纳的名字远不及位于德国文学批评史上顶尖地位的歌德（Johann Wolfgang Goethe，1749—1832）、席勒（Friedrich Schiller，1759—1805）、海涅（Heinrich Heine，1797—1856）、冯塔纳（Fontana，1819—1898）以及托马斯·曼（Thomas Mann，1875—1955）等人响亮。但是，凯斯特纳儿童作品的发行数量之多，普及程度之广，没有上述哪位文学大师能够望其项背，"尽管有关于他们的研究和评论文章规模之大，数量之多，都是凯斯特纳无法企及"①。"现在已经长大的那些孩子中，没有一个未读过凯斯特纳的小说，未看过由他的小说拍成的电影，未听过将他的小说灌成的磁带。如果要给德国青少年文学作家冠以'大师'的称号——还有谁比凯斯特纳更适合？"② 当然，凯斯特纳也拥有相当数量的研究文献和研究者，足以说明凯斯特纳在德语文学界拥有举足轻重的地位。

　　20世纪德国魏玛时期，凯斯特纳的文学创作达到巅峰。他的诗集一经出版，就在当时文学界引起轰动。汉斯·法拉达（Hans Fallada 1893—1947）将他的诗歌视为"无与伦比的轻快的内心"③，指出正是"从凯斯特纳开始，人们重新阅读诗歌"④。凯斯特纳的诗歌为20世纪初的德国诗歌注入了新鲜血液，他本人也作为新客观主义的代表人物而广受关注。1931年凯斯特纳的小说《法比安》出版，作家本人及其作品再次成为众

---

① Stefan Neuhaus, "Schlechte Noten für den Schulmeister? Der Stand der Erich – Kästner – Forschung", *Literautr in Wissenschaft und Unterricht* 32. 1. 1999. S. 43 – 71, hier S. 43.

② Michael Sahr, "Es geht um die Kinder", *Dikussion Deutsch* 23（1992），H 127，S. 450 – 264.

③ Hans Fallada, "Auskunft über den Mann Kästner", *Die Literatur* 34. Jg. 1931 – 32, Heft 7, S367 – 371, Vgl: Rudolf Wolff（Hrsg.），*Erich Kästner – Werk und Wirkung*, Bonn：1983, S. 54 – 60.

④ Luiselotte Enderle, *Erich Kästner mit Selbstzeugnissen und Bilddokumenten*, Hamburg：Rowohlt Taschenbuchverlag, 1989, S. 8.

多文学批评者关注的对象。小说表现出时代和社会的黑暗面，以及人性道德的没落等问题，并引发一系列讨论。瓦尔特·本雅明称凯斯特纳为"左派忧郁者"，认为他无痛呻吟，无视现代文明带来的进步；与凯斯特纳同期的库特·图霍尔斯基则认为，他的"现实主义诗歌"是在"暴雨加十一级大风中哼唱着的小曲"①。时至今日，经历了将近一个世纪的起落沉浮，有关凯斯特纳本人及其文学作品的研究从未中断。其间，凯斯特纳被冠以不同的称谓，展现了研究者对作家从不同角度的诠释，如"德国文学的街垒战士"②，"伪英雄泛滥时代里的真英雄"③，"多虑的悲观者和本质上的乐观者"④，"没有幻想的理性者"⑤，"青年文学大师"⑥，"源自爱的道德者"⑦ 等。赖希—拉尼茨基（Marcel Reich – Ranicki，1920—2013）称凯斯特纳为"德国最满怀希望的悲观主义者和德国文学最积极的否定者"⑧。

　　凯斯特纳对德语文学另一大贡献在于他的儿童小说的创作。一次偶然的机会，凯斯特纳着手创作儿童小说并取得意想不到的巨大成功。《埃米尔擒贼记》的出版，"揭开了德国现代儿童文学发展的序幕"⑨。即使在凯斯特纳遭禁的纳粹统治期间，《埃米尔擒贼记》也得以幸存。在克劳斯·多德雷尔（Klaus Doderer）看来，不能将作为诗人、成人作家或者儿童小说家的凯斯特纳割裂开来，因为他在诗歌中所表达的"时代精神、风格

---

① Kurt Tucholsky, "Auf dem Nachttisch", *Die Weltbühne*, 26. Jg. Sammelband zweites Halbjahr 1930, S. 859 – 865 hier S. 860.

② Konstantin Prinz von Bayern, *Die großen Namen. Begegnung mit bedeutenden Dichtern unserer Zeit*, München: 1956. S. 277 – 290, hier S. 279.

③ Kasimier Edschmid, "Rede auf den Preisträger. Georg – Büchner – Preis", *Jahrbuch der Deutschen Akademie für Sprache und Dichtung*, Heidelberg, Darmstadt: 1958. S. 77 – 82, hier S. 80.

④ Hanns – Erich Haack, "Dr. Kästenrs Kaleidoskop", *Deutsche Rundschau LXXXV*, 1959. S. 128 – 132, hier S. 129.

⑤ Herbert Ahl, "Urenkel der Aufklärung. Erich Kästner", *Literatirsche Portraits* München, Wien: 1962. S. 144 – 151, hier, S. 144.

⑥ Rudolf Hagelstange, "Verzeihliche Zumutung. Erich Kästners, Kästner für Erwachsene", *Der Spiegel*, Nr. 33, 8 August 1969. S. 77.

⑦ Willi Fehse, "Ein Moralist aus Liebe. Erich Kästners zum 75. Geburtstag", *Der Literat*, 16. Jg. Nr. 2. Februar 1974. S. 29 – 30, hier S. 29.

⑧ Marcel Reich – Ranicki, "Erich Kästner Der Dichter der kleinen Freiheit", *Nachprüfung Aufsätze über deutsche Schriftsteller von gestern*, Stuttgart: Deutsche Verlags – Anstalt, 1980. S 284 – 293.

⑨ Stefan Neuhaus, "Schlechte Noten für den Schulmeister? Der Stand der Erich – Kästner – Forschung", *Literautr in Wissenschaft und Unterricht* 32. 1. 1999. S. 43 – 71, hier S. 55 Vgl. Klaus Doderer, *Erich Käsnter. Für die Jugend schreiben*, S. 312.

和主题……其实早已根植于他的儿童小说中"①。1966 年，库特·博伊特勒（Kurt Beutler）的博士论文出版。德国有关凯斯特纳以及他的儿童作品的研究也因此发生转折，随后涌现出众多具有较强学术价值的研究成果。主要涉及以下几个方面：

其一，文学教育分析。二战结束后，凯斯特纳继续活跃在儿童文学领域，推出更多新作，其作品对战后的道德重建和教育起了重要的作用。因此，许多研究者多讨论凯斯特纳作品的教育功能。库特·博伊特勒在专著《埃里希·凯斯特纳 —— 文学教育研究》中运用语文学和阐释学的研究方法，从凯斯特纳的成人小说和儿童小说出发，以凯斯特纳自身受教育的过程为前提，探索作家生活和作品之间的因果关系。研究的重点置于凯斯特纳的教育动机，即对教育当局的批判等，证明凯斯特纳具备"建立在正直和洞察力基础上的社会责任感"②。最后得出如下结论："凯斯特纳将教育视为社会不断改善的唯一手段，认为直接的政治措施只是辅助或者收效甚微，他赞成一项长期的社会改革方案，反对利用政治手段实现社会迅速变革的激进革命。"③ 1976 年，雷娜特·本森（Renate Benson）的专著《埃里希·凯斯特纳作品研究》公开出版。作者在书中分别对作为讽刺作家、儿童小说家、通俗文学作家以及现实主义诗人的凯斯特纳进行分析，不仅触及作品中的讽刺和幽默的创作风格，还探讨了其中的道德意义。"凯斯特纳是一位道德者，不是道德的布道者，而是一位道德哲人，他在作品中抨击了人及人类的某些行为方式。"④ 本森指出，凯斯特纳借助文字表达他的人道主义理想，即"在道德领域内对个体进行改造，教育他们进行负责任的思考和行为，这是个体自由的必要基础"⑤。本森还认为，在儿童小说中，凯斯特纳的哲学观点带有一种脱离现实的浪漫色彩，但并未进行深入讨论。

其二，社会批判性分析。进入 20 世纪 80 年代，学者多关注凯斯特纳

---

① Stefan Neuhaus, "Schlechte Noten für den Schulmeister? Der Stand der Erich – Kästner – Forschung" *Literautr in Wissenschaft und Unterricht* 32. 1. 1999 S. 43 –71 hier, S. 59 Vgl. Klaus Doderer, *Erich Kästner. Für die Jugend schreiben*, S. 312.

② Kurt Beutler, *Erich Kästner. Eine literaturpädagogische Untersuchung*, Diss., Marburg: 1966, S. 132.

③ Ebd., S. 300.

④ Ebd., S. 8.

⑤ Renate Benson, *Erich Kästner. Studien zu seinem Werk*, Diss., McGill University Montreal: 1970, Bonn: 1973, S. 9.

儿童作品与时代的关系。1986 年，彼得拉·基尔施（Petra Kirsch）在她的博士论文《对历史转折期的埃里希·凯斯特纳儿童小说的文学史学研究》中提出，凯斯特纳的儿童小说在其诞生的年代中承载着一种历史意识，因此是整个社会的反映。基尔施视凯斯特纳为"政治作家"（politischer Autor)①。论文从勇敢、诚实、行善等德目出发，分析作品中人物的"道德政治的价值"（moralpolitische Werte)②。"儿童小说中存在大量的道德价值和真理"，因此胜任"表达政治理想，或者关于社会实践和可操作性的理想"③，而凯斯特纳笔下的童年则体现出"自由道德的完美性"（uneingeschränkte moralische Integrität)④。基尔施认为，凯斯特纳的儿童小说是社会和政治现实的反面现象，童年的画面完全是对成人世界的否定。儿童小说的道德教育功能在凯斯特纳的作品中多表现为实现政治可能性的动力，即有助于从出发点上（儿童）来改变社会现实⑤。儿童文学评论家克劳斯·多德雷尔发表多篇文章，研究凯斯特纳儿童小说的社会批判特点，其中具有代表性的论文是《埃里希·凯斯特纳的〈埃米尔擒贼记〉——儿童小说中的社会批判》（*Erich Kästner. Emil und die Detektive Gesellschaftskritik in einem Kinderroman*）和《团结和奴性 —— 对比〈埃米尔擒贼记〉和威廉·施普雷尔的〈中学之战〉》（*Solidarität und Untertanengeist. Zu Erich Kästners Emil und die Detektive und Wilhelm Spreyers Der Kampf der Tertia*）。

其三，道德分析。20 个世纪 90 年代，学者对凯斯特纳儿童小说的分析集中在道德范畴，对此做出最大贡献的是安德烈亚斯·德罗弗（Andreas Drouve）的专著《埃里希·凯斯特纳 —— 双重根基的道德者》（*Erich Kästner Moralist mit doppeltem Boden*, 1993）。书中重点研究凯斯特纳道德观的双重性，指出凯斯特纳将双重的道德观置于儿童小说（好的世界）和诗歌以及《法比安》（坏的世界）中。

其四，语言风格分析。卡尔海因茨·丹尼尔（Karlheiz Daniel）在文

---

① Petra Kirsch, *Erich Käsnters Kinderbücher im geschichtlichen Wandel. Eine literarhistorische Untersuchung*, Diss., München: 1989, S. 22.

② Ebd. S. 45.

③ Ebd. S. 18.

④ Ebd. S. 25.

⑤ Vgl. Petra Kirsch, *Erich Käsnters Kinderbücher im geschichtlichen Wandel. Eine literarhistorische Untersuchung*, Diss., München: 1989, S. 18 u. 20.

章《语言和社会批判者埃里希·凯斯特纳的语言模式运用》 （*Erich Kästner als Sprach- und Gesellschaftskritiker dargestellt an seiner Verwendung sprachlicher Schematismen*） 中主要分析了凯斯特纳作品中的幽默因素。莱纳尔德·博斯曼（Reinaldo Bossmann）在他的专著《埃里希·凯斯特纳的作品和语言》（*Erich Kästner Werk und Sprache*）中重点分析了凯斯特纳小说的文风以及作品中诸如发音、词汇、句法和修辞等语言现象。

其五，精神分析。英格·维尔德（Inge Wild）的《完美儿子的想象》（*Die Phatasie vom vollkommenen Sohn*）和彼得·盖伊（Peter Gay）的《精神分析和故事——〈埃米尔擒贼记〉》（*Psychoanalyse und Geschichte—oder Emil und die Detektive*）在利用精神分析法剖析凯斯特纳的儿童作品方面具有代表意义。两位学者将心理分析的重心放在作家自身以及作品中的人物形象所体现出来的"俄狄浦斯情结"上，多探讨母子关系及其在艺术中的象征意义。

其六，作家角度分析。1999 年，正值凯斯特纳 100 周年诞辰之际，德国文学界出现了大量有关凯斯特纳及其作品的介绍和讨论，出版了数量可观的文章和书籍。这些文章和书籍多探究凯斯特纳的身世，有助于从作家的角度出发来研究作家笔下的形象和故事编排。如：弗朗茨·约瑟夫·格尔茨（Franz Josef Görtz）和汉斯·萨克维茨（Hans Sarkowicz）在所著的传记中，提出了有关凯斯特纳生父的讨论，以及作家的个人经历和文学创作的关联[1]；斯文·哈努施克（Sven Hanuschek）所著传记《无人窥入你内心》（Keiner blickt dir hinter das Gesicht），材料事实最为丰富，把作家生平与作品相联系[2]。对儿童文学研究来说，这本传记的价值在于提供了有关凯斯特纳儿童小说产生和出版条件的翔实史实。

其七，其他分析角度。玛丽安娜·博伊姆勒（Marianne Bäumler）在其论文《澄清后的现实》（*Die aufgeräumte Wirklichkeit*）中，对埃里希·凯斯特纳创作于 1933—1945 年间的作品提出尖锐的批评，其中还包括《小不点和安东》。她认为"凯斯特纳在做着中产阶级田园般的阶级和平

---

[1]　Vgl. Franz Josef Görtz u. Hans Sarkowicz, *Erich Kästner. Eine Biographie*, München： Piper Verlag, 1998.

[2]　Vgl. Sven Hanuschek, *Keiner blickt dir hinter das Gesicht Das Leben Erich Kästners*, München, Wien： Carl Hanser Verlag, 1999.

的白日梦"①，因此提出，他的作品甚至不适合进行客观的科学研究。露特·K. 安格雷斯（Ruth K. Angress）在《埃里希·凯斯特纳的儿童小说批评》（*Erich Kästners Kinderbücher kritisch gesehen*）这篇文章中甚至否定了凯斯特纳作品的文学价值，认为"儿童小说难免走向通俗和道德说教，凯斯特纳难免流于俗套"。《埃米尔擒贼记》远称不上真正的侦探小说，孩子的团队行为也仅是"生搬硬套而已"②。凯斯特纳的儿童小说在"本质上来说是感性小说。……或者说，它们是优秀的通俗小说，可以引发广泛的阅读，这才是其成功所在"③。

在中国，对埃里希·凯斯特纳的译介也经历了一定的繁荣时期。20世纪初期，中国境内掀起一轮对外国小说的译介高潮，国外的政治小说、科学小说、侦探小说、教育小说等新型小说门类被介绍到中国，为国人提供了新的阅读可能。在此值得一提的是晚清时期的梁启超、严复、林纾，以及民国时期的鲁迅、周作人以及郭沫若等人。他们作为晚清民初翻译家，足以承载国人对外国文化和文学追求的热情。在这场翻译洪流中，以周氏兄弟为首的翻译家们注重国外儿童文学在中国的译介。晚清民初直至共和国成立，中国连年战乱，民不聊生，文人墨客在国外文学海洋中寻求心灵慰藉的同时，也将目光投向儿童一代。"那些往往成于炮火连天之际、颠沛流离之途的篇篇译作，足以显出译者的舐犊情深。但是，在与世无争、纯朴自然的故事中开掘童趣，在对弱者的同情和关怀中捕捉生命之真谛，不也是多事之秋的译者派遣愁怀、抗争命运的一种方式？"④ 抛开儿童文学的艺术性不谈，他们更加看重的是儿童文学的教育功能，社会的动荡让人们更加坚信对儿童教育的重要性。从洋务运动开始直至20世纪初，中国的教育逐步由传统向现代转型。1905年，科举制废除，随之涌现出大量新式学堂，旨在汲取西方先进教学理念和方法。这些新式学堂尤

---

① Marianne Bäumler, *Die aufgeräumte Wirklichkeit des Erich Kästner*, Köln: Prometh Verlag, 1984, S. 58.

② Ruth K. Angress, "Erich Kästners Kinderbücher kritisch gesehen", Paul Michael Lützeler (Hrsg.), *Zeitgenossenschaft Zur deutschensprachigen Literatur im 20 Jahrhundert*, Frankfurt am Main: Atehnaum, 1987, S. 91 – 102, hier S. 95.

③ Ruth K. Angress, "Erich Kästners Kinderbücher kritisch gesehen", Paul Michael Lützeler (Hrsg.), *Zeitgenossenschaft Zur deutschensprachigen Literatur im 20 Jahrhundert*, Frankfurt am Main: Atehnaum, 1987, S. 91 – 102, hier S. 101.

④ 卫茂平：《德语文学汉译史考辨 晚清和民国时期》，上海外语教育出版社2004年版，第106页。

其需要与儿童生活相近的读物，甚至有人指出："今之学生鲜有能看小说者（指高等小学以下言）……今后著译家，所当留意，宜专出一种小说，足备学生之观摩……其旨趣，则取积极的，毋取消极的，以足鼓舞儿童之兴趣，启发儿童之智识，培养儿童之德性为主……如是则足辅教育之不及。而学校中购之，平时可为讲谈用，大考可为奖赏用。"① 除此之外，清末民初我国报刊出版业的迅速发展，也推动了外国儿童文学在中国的翻译进程。

《埃米尔擒贼记》于1934年由中国文人林雪清（生卒年月不详）先生译为中文，书名为《爱弥儿捕盗记》，同年还有成绍宗的译本《小侦探》②，埃里希·凯斯特纳从此被引入中国。据考证，林雪清的译作还有《不如归》（1933 德富芦花［日］）、《舞姬》（1937 森欧外［日］）等。《爱弥儿捕盗记》是从德文、法文还是日文翻译而来，笔者久寻而不得。但无论如何，一部德国现实主义儿童小说、关注儿童自身道德修养以及社会影响的儿童小说在德国出版五年后首次与中国读者见面。在某种意义上来讲，这是德国现实主义的儿童文学在中国译介的一次重大事件。

随着抗日战争的爆发，以及战后新中国成立直到1976年，国内几乎没有任何有关凯斯特纳的译著出版，或仅有若干译自英文版的译本发行③。"文革"结束后，包括埃里希·凯斯特纳在内的众多德国作家的作品开始被译成中文。1979年，由江苏人民出版社出版《埃米尔擒贼记》和《穿靴子的猫》（Der gestiefelte Kater），之后并有多种译本发行，如1980年由王燕生和周祖生翻译的《埃米尔捕盗记》，陈双壁翻译的《爱弥儿和侦探》，1981年由黄传杰翻译的《两个小路特》等。1999年，凯斯特纳100周年诞辰之际，明天出版社出版了凯斯特纳儿童小说集，其中包括《埃米尔擒贼记》、《小不点和安东》等八部儿童作品。德国著名儿童文学研究者、日耳曼语言文学和文艺学教授汉斯—海诺·埃韦斯（Hans－Heino Ewers）为该书作序。2008年4月该书再版，并收录了凯斯特纳的最后一部小说《袖珍男孩儿》（Der kleine Mann）。就此，凯斯特纳

① 田正平、陈桃兰：《清末民初教育小说的译介与新教育思想的传播》，《教育学》2009年第5期，第123页。

② 成绍宗译本《小侦探》中附多幅电影剧照。

③ 英译本转译：四十年代由林俊迁译述的《小学生捕盗记》，具体年份不详；1943年程小青的译本《学生捕盗记》。参见卫茂平《德语文学汉译史考辨 晚清和民国时期》，上海外语教育出版社2004版，第344页。

全部儿童小说与中国读者见面①。直到 2008 年，笔者翻译的凯斯特纳故事精选集（包括《吹牛大王历险记》、《希尔德人》、《梯尔·欧也伦施皮格尔》、《动物会议》和《堂·吉诃德》）由北京科技出版社出版，由此扩充了凯斯特纳作品的中文译本，为中国读者提供了新的阅读选择。

尽管如此，在中国的日耳曼文学批评界鲜有对凯斯特纳的研究。2000年，孔德明教授在《当代外国文学》发表《战后德国儿童文学之父凯斯特纳》，通过对凯斯特纳三部重要作品的简要分析，为中国读者介绍了这位德国儿童文学之父。虽然在有关德国文学史的记述中，凯斯特纳也占据一定的位置，也仅为简单的介绍。在儿童文学的研究领域，凯斯特纳代表近代儿童现实小说的开端，在多数有关儿童文学理论或世界儿童文学史中常被提及，但通常局限于有关作者的生平和主要作品的内容梗概。与边缘化了的凯斯特纳研究相比，这位儿童文学大师的作品反倒多出现在中小学读物里，我国著名儿童文学作家梅子涵先生等多次撰文，倡导中小学生阅读凯斯特纳的作品②。同时，对于中国广大德语爱好者来说，凯斯特纳的小说无疑是通往德语语言花园的一条幽径，让人随处可以领略德语的美妙之处。

本书的宗旨不仅在于深入分析凯斯特纳的儿童作品，给各位读者揭开一个儿童文学作家的内心和他在儿童小说中的自我表现，还在于借此丰富国内日耳曼学以及儿童文学的研究。

---

① Vgl. Cai Hongjun, "Erich Kästners Kinderbücher in China", Hans – Heino – Ewers（Hrsg），*Erich Kästners weltweite Wirkung als Kinderschriftsteller*, Frankfurt am Main：Peter Lang, 2002, S. 348.

② 梅子涵先生在他写给小读者的《凯斯特纳的 5 月 35 日》中提到："遗憾的是，像我这样的人，直到现在才刚刚读到。我在当一个孩子的时候，只知道德国有一个伟大的马克思，哪里知道还有一个凯斯特纳？如果活着，凯斯特纳今年应该是 101 岁。只可惜他没有活着，1974 年就去世了。如果知道，也读过他的那些完美的童书，《5 月 35 日》，《飞翔的教室》，《埃米尔擒贼记》，《袖珍男孩和袖珍女孩》？那么 1974 年 7 月 29 日那一天，得知他去世了，我想我可能会默哀的。结果，使得默哀到现在才能进行。但现在实际上不是默哀了，而是一种佩服、崇敬的心情。佩服、崇敬一位天才和大师。总要去想，他怎么会有这般的想像力和幽默感，很希望自己也能有。读着他的书的时候，就忍不住地常去 看看书后的那张照片，很高的鼻子很智慧的眼睛，和那仔细看，可以觉察出来的脸上的一点幽默感，更多幽默感在他的心里和语言中了。"出自《小学生作文辅导（作文与阅读版）》2006 年第 9 期，第 14 页。

第三章　研究方法和论述结构

日本著名儿童文学理论家上笙一郎的《儿童文学引论》一书中指出：在一般的文学研究中，所谓"精神分析学"曾流行一时。在这种学说流行时期，产生出一种把所有的文学都结合某种"欲望"而加以评论的思潮。但是，由于儿童文学研究的历史尚浅，没有经历那样的思潮。至于"精神分析学"是否适于儿童文学作品论及作家论的研究，姑且不论，但是心理学的研究方法必然将会发挥更大的作用①。在经过如上有关研究现状的总结之后，我们发现，风靡 20 世纪的对文学文本的精神分析方法被置于对凯斯特纳研究的边缘位置。其实，正如法国理论家 J. 贝尔曼·诺埃尔所指出的："文本分析就是'文本的精神分析'，或者更确切地说是'对一个文本进行精神分析'。"②

德国有关凯斯特纳儿童小说的研究专著多用文献学、社会历史学以及教育学的方法进行。20 世纪末，随着凯斯特纳的生平受到众多儿童文学学者关注，心理学的研究方法也逐步被纳入凯斯特纳的研究中。由于运用精神分析理论对儿童文学作品进行分析始于近年，多集中在对神话或者各种童话的文本分析上，因为在这些作品里很容易借助其中的象征意义找到作家创作的自主情结的来源。"只有在我们能够承认它是一种象征的时候，才是可以进行分析的。但是如果我们不能从中发现任何所象征的价值，我们也就仅仅证实了：它并没有什么言外之意。或者换句话说，它实际上的价值并不会超过他看上去的价值。我使用'看上去'这个词，是

---

① ［日］上笙一郎：《儿童文学引论》，郎樱、徐效民译，四川儿童文学出版社 1983 年版，第 202 页
② ［法］J. 贝尔曼·诺埃尔：《文学文本的精神分析 ——弗洛伊德影响下的文学批评解析导论》，李书红 译，天津人民出版社 2003 年版，第 85 页。作者还补充说明："这种方法是一种极端的尝试，是一种激进的试验，或许也可以说是一种理想。"本书的研究方法主体在于"文本的精神分析"，必要段落仍借助作者的生平和相关的文字，因为作家和作品本身无法完全隔离开来。

因为我们自己的偏见可能妨碍对艺术作品进行较为深刻的鉴赏。"① 作者自主创作的成果，需要评论者去寻找进行分析的刺激和出发点，去追问隐藏在艺术意象后面的原始意象。值得借鉴的是，在《百变小红帽：一则童话三百年的演变》中，作者对三百年来《小红帽》故事的各个版本进行分析和解读，直击故事产生的文化背景和时代的心理坐标②。由此可以看出，用精神分析的方法对貌似内容单一、象征意义单薄的儿童文学作品进行阐释并非不可为，重要是寻找合适的"进行分析的刺激和出发点"。对心理学家来讲，之于所谓的"心理小说"③，他们最感兴趣的还是这种"缺乏心理旁白的精彩叙述。这种故事建立在各种微妙的心理假定之上，它们在作者本人并不知道的情形下，以纯粹的和直接的方式把自己显示出来诉诸批判的剖析"④。那么，从心理学角度解释艺术作品，"关键在于严肃看待隐藏在艺术作品下面的基本经验即所说的幻觉"⑤。正如彼得·盖伊指出的一样："对于精神分析者来说，一场战争，一份简历，一张照片——或者一本写给儿童的小说，所有的一切都是精神分析的材料——或者将要成为其材料。"⑥

　　本书所拥有的精神分析的材料即凯斯特纳创作于 1928—1933 年间的四部儿童小说。它们看似内容简单，互不相干，实则含义深刻。《埃米尔擒贼记》讲述了一个来自小城的少年埃米尔，在独自前往柏林的路上丢了要带给外婆的钱，后来在柏林少年们的倾力帮助下抓到偷钱贼的故事。《小不点和安东》里讲述了富家女"小不点"和穷苦少年"安东"之间的友谊，机灵的"安东"发现了"小不点"的保姆的阴谋，并及时制止了一场犯罪。最后"安东"和母亲住进了"小不点"家的大房子里。《5月 35 日》讲了一个奇妙的前往南太平洋的故事。为了写一篇有关南太平

---

① 荣格：《论分析心理学与诗歌的关系》，冯川译，出自《德语诗学文选》下卷，华东师范大学出版社 2006 年版，第 148 页。

② 参见［美］凯瑟琳·奥兰斯汀《百变小红帽：一则童话三百年的演变》，杨淑智译，三联书店 2006 年版。

③ 荣格认为，"心理小说"具有高度模糊性，这样的一部小说其实已经对它本身进行了解释，完成了它自己从心理学的角度进行阐释的人物，并未给心理学家留下充分的分析解释的余地。

④ 荣格：《心理学与文学》，冯川译，出自《荣格文集 让我们重返精神的家园》，改革出版社 1997 年版，第 232 页。

⑤ 同上书，第 238 页。

⑥ Peter Gay, "Psychoanalyse und Geschichte – oder Emil und die Detektive", *Wisschensahftskolleg – Institute for advaned study – zu Berlin*, Jahrbuch 1983/84. S. 135 – 144, hier S. 139.

洋的作文，康拉德在叔叔和一匹会说话的黑马的陪伴下，穿过墙上的衣橱，经过懒人国、通往历史的城堡、颠倒的世界、电动城最后到达绚丽的南太平洋。返回现实之后，康拉德写出了充满想象力的作文。《飞翔的教室》的故事背景为寄宿学校。性格迥异的五个伙伴一起准备圣诞节戏剧，他们有两个共同的成年朋友：尤斯图斯和不抽烟的人。圣诞节前三天在寄宿学校里发生了很多事情，比如他们与实科中学的学生之间发生冲突、乌利勇敢地一跳、马丁因为没钱回家而伤心等，但是故事最终还是一个大团圆的结局，至少圣诞节的时候，"烦恼再多的孩子也是快乐的"。

　　从以上故事梗概来看，四篇小说各不相同，但是，透过看似迥异的文本，我们可以挖掘它们之间深层的关联。以弗洛伊德（Sigmund Freud，1856—1939）为代表的精神分析法，为文学文本的分析提供了重要的理论依据。随着心理学研究的发展，弗洛伊德的学生卡尔·荣格（Carl Gustav Jung，1875—1961）创立分析心理学。他在弗洛伊德有关无意识研究的基础上，提出构成个体心灵的三个层次，即意识、个体无意识和集体无意识。个体无意识中以各种情结（Komplex）为主导，集体无意识的中心构成则是原型（Archetypus）。荣格这样区分意识、个体无意识和集体无意识："如果用海岛作比喻，那么不妨说：高出水面的部分代表意识，水面下面因为潮汐运动显露出来的部分代表个人无意识，而所有孤立海岛的共同基地——那隐藏在深海之下的海床就是集体无意识。"[①] 这一划分同样适合文学文本的分析。一方面，如果将文本视为个体，同样有上述的意识、个体无意识和集体无意识三个层面，或者称为"文本的无意识"；另一方面，这三个层面又分别与创作者作为个体存在的三个层次的人格息息相关。本论著立足于文本分析，将逐步研究凯斯特纳早期儿童小说中突出水面的意识部分——童话和幻想世界以及成长主题，时隐时现的个体无意识部分——作家的情结再现，以及"大海深处"的集体无意识部分——隐藏于小说深处的天父原型挖掘。其中，情结和原型是构成成长主题的重要线索。

　　全书包含引论和五章正文。

　　引言中，笔者首先向读者介绍作家的生平和创作，然后回溯凯斯特纳分别在德国和中国的研究历史与现状，分析有关凯斯特纳的研究热点，并

---

① 冯川：《荣格的精神》，海南出版社2006年版，第50页。

对本书的研究对象、研究方法和研究内容作扼要介绍。

第二编旨在介绍凯斯特纳儿童小说写作风格形成的渊源，探讨作家早期儿童小说中的童话因素，说明以儿童小说为依托，凯斯特纳如何表现其独特的童话和幻想世界。在童话和现实交融的世界里，少年的经历具有梦幻般的色彩。

第三编着力探讨凯斯特纳小说中的成长主题。在梦幻般的世界里，少年的经历和周遭的一切，构成了凯斯特纳笔下蒙太奇式的成长小说。成长，是人类永恒的主题，是典型的人类集体无意识的体现。德国的成长小说堪称世界文学中的一朵奇葩。单独分析凯斯特纳的早期作品，鲜见成长的痕迹，但是如果将它们前后连接起来，不难发现，这就是一部讲述少年成长的小说。由于在人物、情节和背景上具有极大的跳跃性，因此笔者将其称为蒙太奇式的成长小说，并指出连接成长主题的几大线索：大都市、与父母的关系、自我教育等。

第四编讨论了凯斯特纳式成长主题的情结线索。情结是荣格的个体无意识理论的核心，在此则构成了凯斯特纳成长主题的重要线索之一。用艾迪特·雅各布松的话说：凯斯特纳"很懂孩子"[1]。正是他浓厚的童年情结让他对笔下的少年主人公倾注了父亲般的感情。对他来说，童年是"善"的起源，因此，小说中的成长仅仅局限于少年的成长。少年的成长与都市有着千丝万缕的联系，这与凯斯特纳自身的都市情结不无关系。"俄狄浦斯情结"则是少年成长中无法回避，却又必须克服的一种心理状态。凯斯特纳自身的"恋母情结"就是他一生都无法跨越的心理沟壑。小说中的成长少年也在经历着逐步脱离"母恋"的艰难蜕变。"母亲—父亲—孩子"，典型的三位一体的家庭，在凯斯特纳的笔下是残缺的。父亲偏居一隅，或者不在人世，过早地与少年的成长撇清关系。

第五编将深入小说的集体无意识层面，对小说中的天父原型进行分析。如同情结之于个体无意识，原型则是集体无意识的核心概念。只要有生命的存在和延续，天父原型就会永不消逝，始终是连接家庭和外界的纽带。随着人类文明的发展，天父的地位经历了多次的跌宕起伏，到 20 世纪魏玛时期，天父严重缺失，仅存在血缘上的父亲而已，在凯斯特纳的家

---

[1] Helga Bemmann, *Humor auf Taille. Erich Kästner*, Frankfurt am Mai: 1985, S. 82.

庭中也不例外。与天父相对应的地母原型由于其天生的生养功能则具备相对的稳定性。家庭的平衡在于天父和地母之间的力量平衡。成长少年一方面要逐渐脱离地母怀抱，另一方面还需要"精神导师"般的天父的引导。因此天父和地母的博弈构成凯斯特纳小说中少年成长的另一条重要线索。少年成长的过程，就是二者功能角色发生变化的过程。主人公没有父亲，或者被父亲抛弃是天父缺失的一个反映。与此同时，足以替代父亲的男性形象出现在少年的成长之路上，履行天父作为"精神导师"的责任。最终得出，隐藏在文本最深处的天父，其实就是作为"道德者"的"学校校长"凯斯特纳自己。①

　　第六编是结语部分，对全书做出总结，强调对凯斯特纳儿童小说的成长主题进行心理学分析的重要性，指出对凯斯特纳小说的主题分析在后世文学中的延续。

---

① Erich Kästner: Kästner über Kästner. In: GS. Bd. VI S. 326.

第二编

现实世界与童话世界

　　1929 年，凯斯特纳公开出版了第一部写给孩子们的作品《埃米尔擒贼记》，该小说被誉为德国现代儿童小说的发轫之作。儿童和少年作为故事主角，成年人的行为都是围绕他们而发生。故事的发生地放在了魏玛时期让人眼花缭乱的现代大都市，因此社会问题是孩子成长时期不可回避的现实。小说中的语言多采用口语，以及都市少年的口头禅，有别于原本承担教育职责的儿童小说的高雅语言。新型媒体形式如电影场景也被引入到小说中，搭建起现代媒体与文学之间的桥梁。但是，如此新颖的现实主义儿童小说的背后，却隐藏着一个凯斯特纳为孩子们设计出的童话世界。

第一章　悲观主义者——凯斯特纳

　　在谈及凯斯特纳的儿童文学创作之前，我们先把视角放在作家自身。如前文所述，凯斯特纳一度被定义为"忧郁者"，或曰"悲观主义者"，而这一特质尤其体现在凯斯特纳创作于魏玛时期的诗歌和小说中，并与当时德国的文化氛围有着千丝万缕的联系。

　　1918 年 11 月，德国战败，国内帝制被推翻，并随后成立了一个代议政治模式的民主共和，即"魏玛共和"。彼得·盖伊称德国魏玛共和是带着"诞生的创伤"出世。这样一个弗洛伊德味道浓厚的精神分析术语，恰好贴切地形容了德国在魏玛共和初期所处的尴尬境地。旧日帝国残留的沉疴痼疾、新共和面临的经济和社会动荡，派系斗争以及《凡尔赛条约》给德国带来的致命打击，让共和体制从一开始就如履薄冰，举步维艰。①然而，魏玛共和却如此存在了 14 年之久（1918 年 11 月 9 日—1933 年 1 月 30 日），动荡不安，多灾多难，先后经历党派斗争、反动暴乱、通货膨胀、黄金二十年代以及经济危机。1933 年希特勒上台后，魏玛共和就此寿终正寝。"动荡的魏玛共和国随着希特勒上台而灰飞烟灭。对这十四年的回忆是某种由德国社会而引起的自我强迫感，心怀负罪、渴望辩解，但又总是被压抑，既高傲自大，又心怀懊恼。"②

　　在此背景之上，却产生了令人叹为观止的魏玛文化。各种文化思潮纷繁迭起，电影、戏剧、音乐都得到空前发展。"我们用'辉煌'两字来形容魏玛文化的成就并不夸张，因为魏玛文化正如同魏玛共和，所代表的是一种难以实现的概念，这种概念乃是一种高水平人文主义精神的化身，其最大特征无遗是惊人的活泼和创造能力的大幅度展现。……魏玛文化无疑

---

　　① ［美］彼得·盖伊：《魏玛文化：一则短暂而璀璨的文化传奇》，刘森尧译，安徽教育出版社 2005 年版，第 2—3 页。

　　② Susanne Haywood, *Kinderliteratur als Zeitdkokument*, Frankfurt am Main: Peter Lang, 1998, S. 11.

指的正是一种指向未来的充满创新精神的创造理念之抒发。这是一段令人向往怀念的年代，骚乱不安，同时却又意气风发。"① 在"意气风发"的文化背后，深藏着一种与表面繁华格格不入的别样情绪——时代的悲观主义情绪。魏玛时期的文化和文学多元化，各种流派争相占据文化历史的舞台。政治的混乱迫使精神生活寻找逃避现实的港湾，因此大众倾向一种神秘化的非现实、非理性的世界，从而直接导致悲观情绪，以及反对文明化的思想潮流。因此，非理性主义和悲观主义成为魏玛时期文化的主要特征。20 年代所有文学艺术硕果不是精神在愉悦创作的竞争中所产生的结果，而是危机激烈化的表现，是忧虑、恐惧、玩世不恭和疑惑的产物。"魏玛文化很少有明朗的色彩，甚至从未欢快过。"②

　　表现主义产生于一战之前，结束于魏玛共和国成立的初期，对整个魏玛文化影响深远。表现主义艺术家大多经历了 19 世纪末 20 世纪初西方现代社会的巨大变化和深刻危机，面对充满异化和堕落的社会，感到精神的压抑和内心的恐慌。他们的潜意识里有种莫名的恐惧感和灾难感，个体犹如生活在梦魇之中。表现主义作品中多见幻觉、梦境和错觉的交汇，体现出作者强烈的主观性。他们借助扭曲的形象、荒诞的情节以及意识流式的表达方式，来映射社会和外界环境对人性道德的摧残。卡夫卡（Franz Kafka，1883—1924）的《变形记》（*Die Verwandlung*，1912），是现代社会人性异化的最典型的写照。在《城堡》（*Das Schloss*，1922）中，无论城堡还是村子，都是现实社会和生活的夸张荒诞、扭曲变形的表现。另外，表现主义文学流露出一种普遍的抽象化倾向，作家们所追求的心灵真实，实际上是一种普遍地揭示精神本源的真实。作品中的人物不再是典型环境中成长起来的典型人物，他们常常是身世不清，来历不明，甚至都没有名字。如恩斯特·托勒尔（Ernst Toller，1893—1939）的作品《群众与人》（*Masse-Mensch*，1921）中没有出现一个人名姓氏，只有象征人道主义和暴力革命的"女人"和"无名氏"。《城堡》中的 K 不知来自何处，要去城堡干什么，他的名字只是一个象征性符号。到 20 年代初期，"新

　　① ［美］彼得·盖伊：《魏玛文化：一则短暂而璀璨的文化传奇》，刘森尧译，安徽教育出版社 2005 年版，第 4—5 页。

　　② Wolfgang Rothe（Hrsg.），*Die Deutsche Literatur in der Weimarer Republik*，Stuttgart：Philipp Reclam，1974，S. 17.

客观主义"潮流以"坚定的不加粉饰的存在认知"① 出现，人们"不再谈论战争、革命和拯救世界"，而是要变得"谦逊，进而转向其他的小事上"②。在诗歌小说创作领域，"新客观主义"代替"表现主义"文学揭开了魏玛文化新的一页。

传统观点认为，"新客观主义"是表现主义在思想和美学上的对立。③"新客观主义"产生于德国"黄金二十年代"。此时，魏玛共和国相对进入了稳定发展的时期，跟国际社会，尤其是美国的关系更为紧密。除去政治和经济的因素，美国方式逐渐渗透到德国的社会生活中，形成一种新的思潮：摒弃不必要的多情善感，推崇求实精神，在生产、生活方式甚至人与人的关系等一切方面坚持唯理主义和实用主义原则。汽车、飞机、电灯、电影、无线电等现代科学发明广泛应用于日常生活。当时的柏林，属于接受现代化程度最高的国际都市之一。酒馆、夜总会、歌厅等灯红酒绿之地在柏林城市中也随处可见。现代科技的发展，现代文明对人性的冲击，引起了众多艺术家和哲学家的思考。他们提出了"应用美学的原则：针对美的古老标准，针对表现派的混乱的感觉和狂热的精神，他们提倡经过计算检验的……精确的形式和比例，提倡从文献记录、事实和事物的应用价值中去发现时代的美。'新客观主义'的风格特征是热衷于生活中的现代事物，否定感伤的憧憬和崇高的幻想，否定古典'美'、深刻的心里分析和非理性的感情激动，肯定实用、功效、具体、规律、清醒等原则"④。"新客观主义"的作家摆脱自德国古典和浪漫派以来的文学影响，也不同于表现主义荒诞浮夸的文学式样，他们通常根植于启蒙时期的价值标准：推崇文学的客观、透明、清晰和现实性。⑤

埃里希·凯斯特纳兼为诗人、散文家和小说家，是"新客观主义"文学的代表人物之一。在纷繁复杂的政治斗争，以及各种文学流派的共存中，他以自己独特的风格占据着德国 20 世纪 20 年代到 30 年代文学的重

---

① Heinz Kindermann, *Das literarische Antlitz der Gegenwart* Halle 1930, S. 57. Zitiert nach Helmut Lethen, *Neue Sachlichkeit*：1924 - 1932 Stuttgart：Metzler, 2000, S. 3.

② 这是 Heinz Kindermann 引用了 Paul Kornfeld 的一句话来说明"新客观主义"的基本倾向。转引自 Helmut Lethen, *Neue Sachlichkeit*：1924 - 1932 Stuttgart：Metzler, 2000, S. 3.

③ 《德国近代文学史》上，苏联科学院编，人民文学出版社 1984 年版，第 157 页。

④ 同上。

⑤ Vgl. Isa Schikorsky, "Literarische Erziehung zwischen Realismus und Utopie - Erich Kästners Kinderroman Emil und die Dedetive", Betthina Hurrelmann (Hrsg.), *Klassiker der Kinder - und Jugendliteratur*, Frankfurt am Main：Fischer Taschenbuchverlag, 1995, S. 216 - 231, hier S. 218.

要位置。1923 年以后，随着德国经济的复苏，乐观主义情绪代替了表现死亡、沉沦、灾难和恐惧等思想。但是，包括凯斯特纳在内的众多知识分子都对大形势持怀疑态度，文学界不断出现右派、左派以及中间派的区分。凯斯特纳曾为莱比锡和柏林的左翼民主刊物撰稿多年，也与《世界舞台》杂志很接近，因此他曾一度被瓦尔特·本雅明批判为"左派忧郁者"。就凯斯特纳的政治倾向来说，将其完全归为左派似乎有些牵强，因为他远没有库特·图霍尔斯基、贝托尔特·布莱希特（Bertolt Brecht，1898—1956）等人鲜明的左派倾向，而且，凯斯特纳自己也表示不想加入任何一个党派或组织，他不是一个战斗者和革命者，他只是一个作家。赖希·拉尼茨基认为，凯斯特纳"不想抗争，尽管他经常违背自己的意愿写了言辞激烈的斗争性作品。他是一个渴望田园的作家和诗人，追求祥和、宁静与和平。事与愿违，世界历史把他的追求彻底摧毁。……党派等对他来说很陌生，他是个温和、有魅力、平静、幽默的人"①。凯斯特纳的作品更多关注人性和道德，他的诗歌反对战争，向往和平，小说《法比安》则剖析传统道德在现代化的光环下以及夹缝之中的生死存亡问题。凯斯特纳作品中的政治倾向乃时代使然，因为整个魏玛时期摆脱不清的永远是政治。关于"悲观主义者"的称呼，在某种程度上则比"左派"更符合凯斯特纳的文艺特征。本雅明认为，一般的文化悲观主义者无论从哪个方面看共和制度和社会都认为其是病态畸形的，都把这个时期认为是文化崩溃、道德崩溃的时期②。不管是神秘遁世的表现主义，还是现实冷静的新客观主义，都无法摆脱悲观主义色彩。凯斯特纳的诗歌具有显著的时代特征，既表现战争带来的人性破坏、抨击人类道德情感的缺失，又批判不合理的学校教育，揭露社会不公等。在《法比安》中，凯斯特纳转而又用灰暗阴郁的笔调描述一个道德者以及失业的知识分子在大城市中无所适从，最终迷失自己。约阿希姆·马斯（Joachim Maass）评价凯斯特纳为"一位前所未有的作家，他看到了恶的全貌，却致力于去改善恶，并

---

① Marcel Reich - Ranicki, "Erich Kästner. Ein Poet mit der Sehnsucht nach Harmonie", S. 34, 36. *Lauter schwierige Patienten Gespräche mit Peter Voss über Schriftsteller des 20 Jahrhunderts*, Berlin, München: Econ Ullstein List Verlag co. KG Propyläen Verlag, 2002, S. 33 – 54.

② 瓦尔特·本雅明认为，悲观主义是在对事态发展模糊不清的情况下产生的，是对事情现状深感不满造成的。左派知识分子的怀疑态度与不满情绪使自己对那个时代的成就视而不见。

重建这个行将没落的世界"①。凯斯特纳称自己是"启蒙思想的继承人"，莱辛就是他的"精神领袖"②。他曾如此评价莱辛：

> 他笔下的文字，或可称为诗歌，
> 但是，他拒绝为写诗而写诗。
> ⋯⋯
> 他孤身一人，勇敢作战
> 他打碎时代的窗。
> 世上没有什么，
> 比孤独和勇敢更具威力。（Lessing GS. Bd. I S. 232）

这也是诗人凯斯特纳自己的写照：直面世界，揭露社会，"孤独"但"勇敢"地作战。

凯斯特纳诗歌主要聚焦在现实中的小人物身上。魏玛时期，人们因表现主义诗歌的节奏、悲观情绪、奢华的辞藻而疯狂，将其视为人性喷发，为生命呐喊的出口。凯斯特纳的日常诗歌（Gebrauchslyrik）转而将目光投入平常生活中，提倡传统的诗歌结构，追求理性。有别于表现派的狂热情绪、反抗精神和杂乱场面，不同于里尔克晚期紊乱的联想和晦涩难懂的诗句，凯斯特纳运用直接明了清晰的诗歌形式，记录大城市现代生活的各个方面，其中包括战争的破坏、少年儿童的困境、小职员的苦恼、工厂工人的不幸以及经济危机、政治斗争等。多数诗歌中，凯斯特纳给出了副标题如"歌唱"（Gesang）。一方面借用民歌的形式，另一方面他在诗中加入了 20 年代末随意的惯用语表达、报刊用语和广告宣传语等。1929 年，凯斯特纳曾经明确说明他诗歌创作的立场，诗歌要具备"心灵上的实用性，诗歌应该是有关'生命中碰到的喜悦和悲伤'的记录，而绝非'个人情绪的抒发'"③。

---

① Zitiert nach Luiselotte Enderle, *Erich Kästner in Selbstzeugnissen und Bilddokumenten*, Hamburg: Rowohlt Taschenbuchverlag 1966, S. 58f.

② Erich Kästner, "Kästner über Kästner", *Gesammelte Schriften in 9 Bänden* München: Deuscher Taschenbuch Verlag, 2004, Bd. VI, S. 326.

③ Marcel Reich - Ranicki, "Erich Kästner Der Dichter der kleinen Freiheit", *Nachprüfung Aufsätze über deutsche Schriftsteller von gestern*, Stuttgart: Deutsche Verlags - Anstalt, 1980, S. 284 - 293, hier S. 290.

　　"悲观主义者"凯斯特纳的诗歌是作家生命中"悲伤"的记录：战争、兵营、学校和青年一代无不让凯斯特纳感到"悲伤"。

　　首先，凯斯特纳因战争而感到"悲伤"，战争过后，阵亡的战士从公墓中发出呼吁：

> 我们躺在这里，骸骨已经腐烂。
> 你们说我们："永远安息了！"
> 不，为了你们的安危，我们不能安眠，
> 我们不能合上这死亡的眼睛……
> ……这场屠杀延续了四年之久。
> 这四年，是一段漫长的岁月.
> 这屠杀的岁月让我们看到了真理：
> 别相信上帝和他的仆从，他的仁慈！
> 谁忘记过去，谁就应该受到诅咒！

　　在诗歌《你认识吗，那大炮开花的地方》[①] 中，社会被喻成兵营，战争余孽蔓延。

> 你认识吗，那个大炮开花的地方，
> 不知道吗？你会认识它的！
> 商人们骄傲冷漠，
> 办公室好像兵营一般。
> ……
> 你认识这个地方吗？也许你会找到幸福。
> 也许会感到幸福，创造幸福！
> 那里有农田、煤炭、钢材、石头
> 也有勤劳、力量和美好的事物。

---

　　① 诗歌的德语标题为"Kennst du das Land, wo die Kanonen blühn？"借用了歌德在《威廉·迈斯特的学习时代》第三部中迷娘唱词的第一句：Kennst du das Land, wo die Zitronen blühn？（你认识吗，那柠檬盛开的地方）。参见［德］约翰·沃尔夫冈·冯·歌德《威廉·迈斯特的学习时代》，冯至、姚可昆译，重庆出版社 2008 年版，第 131 页。

有时，也会发现精神和善德，

以及真正的英雄气概。但仅昙花一现。

每两个人背后藏着一个

想玩锡兵的小孩儿。

这里的自由还未成熟，泛着绿色。

人们建设的仍是一座座兵营。（Kennst du das Land, wo die Kanon-
en blühn? GS. Bd. Ⅰ S. 26）

　　战争和兵营，是凯斯特纳早期诗歌的主题之一。《另一种可能》（*Die
andere Mäglichkeit*）创作于魏玛末期，直接表达了凯斯特纳对战争的否定
态度。在诗中，他设想了一个战争胜利后光怪陆离的社会和极端军国主义
的"大疯人院"，勾画出一个魏玛德国的侧影：

那时一切思想家都将受到审判，

那时所有监狱都要关满犯人，

那时战争会比喜剧上演的更多，

战争贩子将随时粉墨登场，

总之，只要我们胜利的话……

但是谢天谢地，我们打败了。（Die andere Mäglichkeit GS. Bd. Ⅰ
S. 122）

　　其次，凯斯特纳因为学校而"悲伤"。凯斯特纳本身是勤奋好学的学
生，却不得不"忍受被霍亨索伦统治者称为奴隶主庄园的学校里的生
活"，以至于他"永远不会忘记在学校中上过的旨在培养奴仆的课程"[①]。

早已忘却的学校，

却浪费我大量时光。

我是名副其实的模范男孩，

---

　　① Heinz Kamnitzer, "Es gibt nichts Gutes, ausser: Man tut es", *Neue Deutsche Literatur Monatss-
chrift für schöne Literatur und Kritik*, Herausgegeben vom Deutschen Schriftstellerverband 10. Jahrgang
Heft 12. Dezember 1962, S. 41.

这到底怎么回事？我至今仍为此懊恼万分！（Kurzgefasster Leben-slauf GS. Bd. Ⅰ S. 136）

一战结束后，凯斯特纳放弃了本来可以做教师的机会，选择到莱比锡上大学。在他看来，"就算是在魏玛共和时期，也不会给学校注入新风"①。诗歌《懒惰的教师》（*Von faulen Lehrern*）直指学校中的教育主体——教师。诗中的语言冷静客观，在忧郁的基调中表达抗争情绪，对教师的教育功能和蒙昧专制的教育制度提出怀疑和批评。教师们曾经也拥有崇高的理想，但随着时间的流逝，他们的思想逐渐腐朽，静待变老；他们各做其事，只有在课堂上行为一致——打哈欠；他们从事培养一个民族的职业，但是却围坐一圈，原地踏步，只有当涉及自己薪水级别时，才会大步向前。诗中表现了魏玛时期的教育状况，一战结束时，十年光阴已逝，但是教育现状却仍无任何变化。繁华的外表掩饰不住人们精神的空虚，爬山、吃饭、娱乐等活动代替精神追求。"曾经，他们也对精神食粮如饥似渴，喜好高雅的拉丁文化。／现在，他们在专制教育和机械劳动中枯竭。"（Von faulen Lehrern GS. Bd. Ⅰ S. 346）凯斯特纳看到问题所在，他在诗中说道："我曾经也有可能成为老师，因此了解很多。"（Von faulen Lehrern GS. Bd. Ⅰ S. 346）学校失去了它原本的功能，只会消磨人们的时间和生命，不仅是青年学生受到了摧残，教师职业也变成了糊口的手段和工具，连教师最初的理想在此都化为泡影。与其说现在的教育状况是由于教师们"懒惰"，不如说是因为整个教育体制不容许他们勤奋。学校姑且如此，教师也无所可依，青年们该何去何从？作家凯斯特纳在读大学之后，放弃了理想的教师职业，走上了一条与其他的"懒惰的老师"不同的道路。

再次，凯斯特纳为饱受时代创伤的青年一代感到"悲伤"。多少年来，年轻并不意味着快乐："年轻和快乐，不可等同。／快乐在行进中死亡。"（Goldne Jugendzeit GS. Bd. Ⅰ S. 169）接受成年礼的孩子没有即将成年的兴奋：

他看起来，像在受苦。

① Heinz Kamnitzer, "Es gibt nichts Gutes, ausser: Man tut es", *Neue Deutsche Literatur Monatss-chrift für schöne Literatur und Kritik*, Herausgegeben vom Deutschen Schriftstellerverband 10. Jahrgang Heft 12. Dezember 1962, S. 41.

他或许感到，自己要失去什么。

……

他必须面对未来，

他看起来，像被闪电击中。

……

童年死了，他为此忧伤，

选了一套黑色的西服。

……

现在开始，人们称之为生活，

明天一早他就要走进去。（Zur Fotografie eines Konfirmanden GS. Bd. I S. 235f）

成年仪式变成对童年的追悼，明天的生活是一种无奈的选择。对过去他恋恋不舍，但明天将是无尽的漂泊，没有终点，没有目标。《年轻人在漂泊》（*Junggesellen sind auf Reisen*）描述了青年同母亲在瑞士旅行的经历，包含着对一代年轻人生存状态的担忧。

我和母亲同行……

经过法兰克福、巴塞尔、伯尔尼

到日内瓦湖，然后再转个圈往复。

"我"的旅行就像是一个"圈"来回往复，辗转各地。人在旅途，心灵躁动，动荡不安伴随着生命。母亲的陪伴，给旅途带来些许温馨的气氛，能暂时缓解青年心中的压抑，促其忆起童年在家时的甜蜜：

他跟母亲同行，感到幸福！

因为母亲是最好的女人。

我们年幼时，她们带我们旅行，

多年之后，再与我们同行，

她们就像孩子。

……

跟从前一样，睡在同一间房，

道一声：晚安！熄灭灯光。

轻轻一吻。

凯斯特纳的诗歌中多处涉及母亲的话题，而在《青年人在漂泊》中，母亲是一代青年人的母亲，是他们解答人生疑问的出口。然而母亲只带来片刻安慰，暂时改变"我们"对现实的感受，让"我们"体验幸福。"图画书"里的世界虽然漂亮，但虚无缥缈，幸福随着母亲终止旅行转瞬即逝，青年人继续踏上遥遥无期、漫无目的的旅途。

还未来得及学会，一切行将结束！

我们把母亲送回家。

豪博尔德夫人说，她很高兴。

随后，我们和母亲握手道别

继续行走于外面的世界。（Junggesellen sind auf Reisen GS. Bd. I S. 66f）

人在旅途，每个青年都有自己的困惑。1927 年，凯斯特纳发表诗歌《1899 年》（*Jahrgang 1899*）。诗歌开头的几节描述了凯斯特纳自己甚至是一代人（诗中反复出现"我和我们"）的经历，兵役、革命、共和以及经济危机等，"他们送我们参军，让我们当炮灰……/后来革命爆发……/大人们钱财尽失……/"随后几节则表现战后德国青年的工作和学习状态。威廉帝国时期的道德局限导致孩子们放荡的性生活，引起严重的道德败坏，"我们甚至还参加考试，但头脑空空"。在诗歌的末尾，凯斯特纳非常明确地提到，青年在动荡的社会和欠缺的道德教育下，过早地脱离了童年和青年的生活："他们无视我们身体和精神的健壮。"不仅因为缺乏食物和恶劣的生活条件才使孩子们身体发育受阻，更为严重的是，"他们让我们太早地长期全部投入到世界历史中！"（Jahrgang 1899 GS. Bd. I S. 9）孩子们没有机会体会精神的历练，即道德层面的净化。全诗沉浸在一种类似街头曲艺的悲伤基调中，指出当时青少年们生存的环境，外在社会和成人置仍处于人格形成和完善期间的他们于不顾，反而让孩子们过早地承担了众多社会和家庭责任，外加在如此动荡不定的社会中，人类道德难免脱离传统道德的规范。因此，凯斯特纳在诗中也表达了自己的反抗："只要我们在伊佩尔前没有倒下"，就要给大人们展示"我们到底学了什么东西！"凯斯特纳在诗中将个人的命运上升到一代人的经验，颇有以海明威（Ernest Miller Hemingway，1899—1961）为代表的"迷惘的一代"的特点。

诗歌并非凯斯特纳思想的唯一载体，小说《法比安》（副标题《一个道德者的故事》）同样笼罩着"悲观情绪"。小说关注青年知识分子在现代化进程中的生存状态，表现一个"道德者"在光怪陆离的柏林街头寻找自我但最终未果的过程。

沉湎于柏林夜生活的法比安不幸失业，他穿梭在酒馆饭店之间，经历刻骨铭心的爱情，拥有伴其左右的朋友。但是，表面上的欢愉掩盖不住他内心的迷茫和恐惧。他追求正直的道德，他急于融入城市社会，但多次被拒之门外。女友的背叛，好友自杀，让他更加感受到人生空洞乏味，甚至母亲都无法将其挽回。他实现自身道德价值的最后一次尝试：他虽然不识水性，但毅然跳水去救一名落水儿童，自己却不幸溺水身亡。

水，就是这个杂乱无章的社会。知识分子的道德尝试被"水"吞没，但是从水中爬上岸的小孩，则预示着道德的重生。在这一点上，凯斯特纳已经将他的道德视点放在了儿童身上。凯斯特纳对成年人世界灰心失望，从而寄希望于新生的一代。

第二章　儿童小说写作伊始

"悲观者"凯斯特纳把道德的希望寄托在孩童身上，称自己的创作是"在椅子中间歌唱"：

> 我喜欢坐在椅子中间
> 修剪着我们身下的树枝
> 穿过心灵的花园
> 花园已死，我用幽默来浇灌（Gesang zwischen den Stühlen GS. Bd. I S. 173）

"已死的花园"需要用"幽默"来浇灌。"幽默"何为？在凯斯特纳眼里，这至少是通往人类"善"的手段之一，他的一首仅由 8 个词组成的诗，寓意深刻：

> 无善
> 除非，为之（Moral GS. Bd. I S. 277）

善又在何处？善就在你的行为中。借助短短的 8 字诗，"使德国一个古老的传统复活了"①。凯斯特纳为迷惘中的人寻找积极的生命：即人们要行善，经营善。与其抱怨，不如行为。其实，在彼得·弗斯（Peter Voss）看来，凯斯特纳是"把来自自身童年时代的人道主义价值作为主

---

① Marcel Reich-Ranicki, "Erich Kästner. Ein Poet mit der Sehnsucht nach Harmonie", S. 45. *Lauter schwierige Patienten Gespräche mit Peter Voss über Schriftsteller des 20 Jahrhunderts*, Berlin, München: Econ Ullstein List Verlag co. KG Propyläen Verlag, 2002, S. 33 – 54.

题，只是没有对其进行论证而已"①。

　　瑞典女思想家艾琳·凯（1849—1927）曾在她的著作《儿童的世纪》中阐明一个观点：即20世纪是儿童的世纪。在暴风雨的年代里，不安和绝望在文学界占主流，人们幻想一个远离贫困和战乱、静谧安宁的世外桃源，以便能获得片刻喘息。凯斯特纳的诗歌和成人小说除了表现出一种"悲伤"情绪之外，还隐藏着作家对时代和人性道德的失望。但同时，凯斯特纳又是乐观积极的，他看到人性的希望蕴藏在儿童身上和他们的世界里。作家对儿童的道德希冀具体始于何时已无法考证，但是值得关注的是，在儿童文学产生早期，对孩童的道德培养是儿童文学必不可少的一个组成部分。被视为儿童文学开端的佩罗（Charles Perrault，1628—1703）的《鹅妈妈故事集》（1697），副标题为《或昔日寓含道德教训的故事》，采用民间童话作为原材料，每篇故事后均附有简短的道德训诫。虽然故事来自民间童话，但"这些童话都是有创作宗旨的，他们首先在启人诚实、有忍耐心、有远见、要勤恳，在种种灾难迫使人偏离这些良好品质时，仍要保持这些品质"②。尽管很多童话中的训诫和故事本身文不对题，童话中并无佩罗在训诫中提到的道德品质的表现，或者仅是一种"阐述官方文化眼镜下的道德观"③。不过究其文化渊源，《鹅妈妈故事集》是"经过这场论战洗礼后的伟大实绩……佩罗不得不考虑到论战的存在和读者的承受能力，他不能不担心读者和评论界会不会将这些全新的题材看成是无聊之作，于是他不遗余力地强调这些作品的'教育意义'来。如果真是那样的话，那么读者和舆论也就在实际上起到了检察官的作用"④。但是从一个侧面表现出，道德训诫是儿童文学一个基本的创作宗旨，道德教育功能也成为儿童文学的基本功能之一延续至今。

　　创作性的儿童文学最初产生于小孩的摇篮或夜晚的壁炉边，是母亲充满浓浓爱意，即兴编造出来的故事，主要为了满足儿童的好奇心或者应付

---

　　① Marcel Reich－Ranicki，"Erich Kästner. Ein Poet mit der Sehnsucht nach Harmonie"，S. 45. *Lauter schwierige Patienten Gespräche mit Peter Voss über Schriftsteller des 20 Jahrhunderts*，Berlin，München：Econ Ullstein List Verlag co. KG Propyläen Verlag，2002，S. 47.

　　② 刘绪源：《儿童文学的三大母题》，少年儿童出版社1995年版，第40页。

　　③ ［美］凯瑟琳·奥兰斯汀：《百变小红帽：一则童话三百年的演变》，杨淑智译，三联书店2006年版，第15页。

　　④ 作为17世纪法国风潮的领导者，佩罗引发了针对时代、宫廷和男女的文化战争——所谓的"古代与现代之争"。参见刘绪源《儿童文学的三大母题》，少年儿童出版社1995年版，第51页。

孩子那没完没了的纠缠。孩子是天生的故事爱好者，而母亲又是最具创造力的讲故事的人。《鹅妈妈故事集》，其卷头插画就是一位老妪坐在火炉前，一边抽线，一边给几个孩子讲故事。德国的格林兄弟对民间故事进行整理之后出版的《儿童和家庭童话集》（*Kinder und Hausmärchen*，1812），提示出无不与家庭有关的童话。时至今日，风靡全球的林格伦（Astrid Lindgren，1907—2002）的《小飞人》三部曲（*Karlsson vom Dach*，1955，1962，1968）以及《长袜子皮皮》（*Pippi Langstrumpf*，1945，1946，1948）也是格林伦在入睡前为自己的女儿即兴讲的故事。儿童文学在其发展初期甚至属于母体集体创作的文学，包括在空间和时间上远离现实的神话、传说、童话等，并在某些形式上流传至今。然而，儿童文学又不仅仅是母亲的特权，凯斯特纳其实早在 1926 年，就开始为莱比锡施尼特姆斯特出版社的家庭杂志《拜耳大众》（*Beyers für Alle*）的儿童专栏撰稿，[①]创作儿童戏剧《柜子里的克劳斯》（*Klaus im Schrank* 1926）。凯斯特纳为儿童写作的初期，他的作品就具有一种"特别的对童年的亲和力"[②]。

真正促使凯斯特纳创作儿童小说的契机，是一次朋友们的下午茶聚会。凯斯特纳接受了当时《世界舞台》创建者齐格弗里德·雅各布松的遗孀艾迪特·雅各布松的约稿开始为孩子们写作。艾迪特对他说："您了解那么多的孩子。那么就别写关于孩子的东西了，为孩子们写点什么吧！"[③]不管艾迪特·雅各布松约稿的出发点何在，但确实激发了凯斯特纳的某种创作潜力：

> 毫无疑问，这个新奇的提议远非我的兴趣所在。可我又为何接受？这跟提议本身无关，一切源自自己的年轻，以及对自己天赋的好奇心。如果有人建议我写歌剧，我也许就会写歌剧。可是，艾迪特·雅各布松经营的不是音乐出版社，而是儿童出版社。事实证明，不管

---

① 关于凯斯特纳为期刊撰稿这一事实，直到 1981 年凯斯特纳与母亲的书信集面世，以及 1991 年约翰·宗纳尔德的专著《作为书评人的埃里希·凯斯特纳 1923—1933》出版，才为人知晓。甚至曾经被凯斯特纳自己忽略。Vgl. Johan Zonneveld, *Erich Kästner als Rezensent* 1923 - 1933, Frankfurt am Main: Peter Lang , 1991.

② Helga Karrenbrock, "Erich Kästners Kinderliterarische Anfänge", *Kinder - und Jugendliteraturforschung*, 1999 H. 1 S. 29 - 40, hier S. 29.

③ Helga Bemmann, *Humor auf Taille. Erich Kästner*, Frankfurt am Mai, 1985, S. 82.

有多少尝试的可能，我写的儿童书成功了。我们都对此惊讶万分。①

表面上来看，凯斯特纳为儿童写作出于巧合，但事实上，这是他自身对纯净安宁的世界的追求：

> 我正当二十多岁，我的二十岁，正是20世纪的二十年代，在别人看来我是个易怒的年轻人。我攻击当局形势、虚伪的社会、党派的纷争、选举人的愚蠢、政府和反对党的错误……抨击实事和嘲讽社会是我的拿手本领。那我又为何想起来写儿童书呢？对我来说，儿童书才是我的兴趣。②

正如阿瑟·兰萨姆所说：我不是为儿童创作，而是为自己创作，如果那些书被儿童所阅读，那它就是儿童的书。③凯斯特纳很乐于接受人们对他作为儿童文学作家的称呼。自身的渴求和外在的形式在儿童文学创作上找到了最佳结合点。他曾经说过："因为摔坏一个布娃娃而哭泣，还是长大后失掉一个朋友而悲伤，都无关紧要。人生里，重要的绝不是因为什么而悲伤，而是在怎样地悲伤。孩子的眼泪绝对不比大人的眼泪小，相反，孩子的眼泪很多时候比大人的眼泪要沉重。"（FL. GS. Bd. VIII S. 46）这段话显然包含对那些以成人的价值观为本位，来嘲笑幼儿因摔坏布娃娃而流眼泪的成人们的批判。在这些忘记自己也曾经是小孩的成人眼里，幼儿为布娃娃而流泪不会蕴含真正的人生伤痛。同样，以成人价值观来打量儿童文学，定会轻视儿童文学的艺术价值。凯斯特纳在他有关青少年文学作家的三个论断中，明确提出儿童文学的特别之处：第一，青少年文学作家的职业与作家的区别被两者同样以语言作为工具的特征所掩盖；第二，青少年文学作家的先决条件不在于他们了解孩子，而在于他们了解自己的童年。他们的创作并非源自对他人的观察，而是对自己的回忆；第三，"局外人"的角色对青少年文学作家起

---

① Erich Kästner, "Zur Naturgeschichte des Jugendschriftstellers", *Gesammelte Schriften in 9 Bänden* München: Deuscher Taschenbuch Verlag, 2004, Bd. VI, S. 661.

② Ebd.

③ 朱自强：《儿童文学的本质》，少年儿童出版社1997年版，第323页。

到了更大、更重要的作用。是否女性作家也同样具有"局外人"的角色心理，姑且不论。①

　　凯斯特纳转向儿童文学创作之后，构建起一个凯斯特纳式的道德王国，把在诗歌中没有完全表现的童年时代的人道主义价值呈现给读者，给魏玛时期的儿童文学界乃至整个文学界带来一股清新、积极和乐观的风气，为世界几代少年缔造了一个童话般的美丽世界。

---

　　① Erich Kästner, "Zur Naturgeschichte des Jugendschriftstellers", *Gesammelte Schriften in 9 Bänden* München：Deuscher Taschenbuch Verlag, 2004, Bd. VI S. 662.

第三章　现实里的童话

　　"文学在某种意义上就是'童话'——就算是文学也在部分尝试展示现实，但它仍然是一种'非现实的故事'——文学就在观察现实，想象与现实有关的场景，就像这个世界的样子，或者就像世界可能的样子。"①

　　诚然，凯斯特纳被认为是"新客观主义"的代表人物②，他的小说《法比安》是"新客观主义"的代表作品。不仅如此，凯斯特纳的儿童小说也具备某些"新客观主义"的美学特征，比如小说主人公、故事发生的场所以及人物关系的真实性等。但事实上，在凯斯特纳计划给孩子们写书的时候，原本要写一本充满童趣，情节夸张的童话书，"因为一个留大胡须的先生……讲过，你们（指读者，作者注）最喜欢看这类书"（ED. GS. Bd. VII S. 193）。后来因为"不知道一头鲸有几条腿"，原先设计好的《原始森林里的香菜》的故事被迫搁浅。凯斯特纳的所谓的"新客观主义"的儿童小说，从其表现手法来看，与童话相仿，笔者称其为"现实童话"。现实世界和童话世界在凯斯特纳的笔下互相交织。

第一节　现实和幻想

　　现实主义小说和童话具有各自鲜明的特征：现实性和虚幻性。但是，如果单纯依靠这两个特征来区分现实主义小说和童话这两种体裁则有些牵强。现实和虚幻其实是两种体裁共有的特征。本节将通过对现实主义小说的现实性和童话的虚幻性进行分析之后，揭示凯斯特纳的现实主义儿童小说中的童话特征。

---

　　① Stefan Neuhaus, *Märchen*, Tübingen und Basel：A. Francke Verlag, 2005, S. 1.

　　② 金德曼（Kindermann）定义的"新客观主义"的代表人物有：约阿希姆·林格尔纳茨（Joachim Ringelnatz），埃里希·凯斯特纳，库尔特·图霍尔斯基，瓦尔特·梅林（Walter Mehring）等。参见：Helmut Lethen, *Neue Sachlichkeit*：1924 - 1932 Stuttgart：Metzler, 2000, S. 3.

童话，儿童文学的一种。通过丰富的想象、幻想和夸张来塑造艺术形象，反映生活，增进儿童思想性格的成长。一般故事神奇曲折，内容和表现形式浅显生动，对自然物的描写常运用拟人化手法，能适应儿童的接受能力。这个概念是否真正涵盖童话的意义，还有待商榷。洛特尔·布卢姆（Lothar Bluhm）认为童话是一种"理想概念"（Idealbegriff），指出："童话的概念无论在科学上还是在日常应用中都不能完全涵盖其意义。人们只能尽力追求概念的准确性，在细节上对其产生条件进行描述。"①

童话产生于神话传说，后以民间故事的形式口头流传下来。童话是人类原始思维，即人类初级阶段的思维方式：他们正是用艺术的方式而不是用科学的方式来认识和把握世界的。这就是说，原始思维中蕴涵着丰富的艺术内质。这些艺术内质为艺术思维的形成提供了可能性②。

法国社会学家列维·布留尔（Lucien Levy-Bruhl，1857—1939）认为："原始思维专注于神秘力量的作用和表现，完全不顾逻辑及其基本定律——矛盾律的要求。原始思维不寻求矛盾，但也不回避矛盾。它看不出把两个客观上不同类的事物等同起来、把部分与整体等同起来，有什么荒谬之处；如果用神学的语言来表示，他可以毫不为难地容许一个课题的许多存在；它不考虑经验的证据；他只关心事物和现象之间的神秘的互渗，并受着互渗的指导。"③ 皮亚杰的"自我中心思维"，正是童话产生的源头：缺乏自我意识和对象意识，不能区分主体和客体，把主观情感与客观认识融合为一体，主观的东西客观化、客观世界人格化。

幻想成为童话的主要特征。童话意境中，奇迹无处不在，"七色花"，会开口说话的金鱼等。幻想的人物、情节和环境，用现实中不存在的假想形象、虚构的人物生存环境和动人的情节共同构成一幅幅奇异却令人快乐的图画。童话中一般都有变形的人物形象，除了人类，还有山川湖海，日月星辰之外，还有常人体形象、拟人体形象和超人体形象的交替出现。

虚幻的手段，是童话的游戏法则，正符合皮亚杰在《儿童心理学》中提出的儿童的游戏天性。他认为，儿童的象征性游戏明显是一种隐喻，他们自言自语，"甚至能完成作为一个成年人的内部语言的功能"④。它解

---

① Stefan Neuhaus, *Märchen*, Tübingen und Basel：A. Francke Verlag, 2005, S. 4.
② 转引自王泉根《儿童文学教程》，首都师范大学出版社 2008 年版，第 129 页。
③ 参见［法］列维·布留尔《原始思维》，商务印书馆 1981 年版，第 71 页。
④ 转引自王泉根《儿童文学教程》，首都师范大学出版社 2008 年版，第 136 页。

决了实际中"感情上的冲突，也可帮助对未满足的要求得到补偿，角色的颠倒，例如服从与权威的颠倒和自我的解放与扩张等等"①。

童话具备强大的隐喻功能，除了带给儿童游戏快乐之外，还要完成帮助儿童认识世界的作用，而且要在游戏中潜移默化、不露痕迹地完成。②比如，《彼得·潘》中彼得描述小仙人："你瞧，温迪，第一个婴孩第一次笑的时候，这笑声碎成上千片，它们乒乒乓乓地跳走，这就是仙子们的由来。……现在的孩子懂得那么多，他们很快就不相信仙子了，每逢一个孩子说'我不相信仙子'，就有一个仙子在什么地方倒下来死了。"③ 这里的仙子就是一种隐喻，仙子代表快活的、天真的、"没心没肺"的童心。而仙子的死掉代表现代孩子受社会影响越来越多，童心日益复杂，不禁让成人深感忧虑。

由此来看，童话世界其实是借助"幻想"将现实生活编织成的一幅奇异的图景，亦虚亦实，似幻犹真。原始思维愈行愈远，童话的现实性逐渐凸显。通常来看，童话的现实性始于文人的创作，他们从现实中发掘创作源泉，童话的主题开始关注人性、关注人的世界、关注社会生活。代表作品是安徒生的童话《海的女儿》、《丑小鸭》、《卖火柴的小女孩》等。相反，作家们通常也会运用读者所熟悉的场景和模式，并为人物和地点选择一些读者喜欢但没有固定象征意义的名字，表面上看似非常现实的文本有可能是虚构的。最有说服力的例子就是卡夫卡的作品，他的作品从我们的日常生活出发，用我们的逻辑，却编织出了让人费解的故事。福尔克尔·克罗次（Volker Klotz）甚至把卡夫卡的作品归入"艺术童话"（Kunstmärchen）之列④。勒里希（Rährich）认为，童话反映的是其产生或者被改编的时代现实："童话不仅仅在现代的科技社会中发生了变化，其实在每个时代童话都是当时社会现实的再现。…… 童话和现实的关系因此在每个时代都是不一样的……"⑤

与童话相比，儿童小说首先具有小说的本体特征。"小说是一种叙事性文学体裁，它以塑造人物形象为中心，通过完整的故事情节和对环境的

---

① 转引自王泉根《儿童文学教程》，首都师范大学出版社 2008 年版，第 136 页。

② 王泉根：《儿童文学教程》，首都师范大学出版社 2008 年版，第 137 页。

③ ［英］詹姆斯·巴里：《小飞侠彼得·潘》，任溶溶译，少年儿童出版社 2006 年版，第 39 页。

④ Stefan Neuhaus, *Märchen*, Tübingen und Basel：A. Francke Verlag, 2005, S. 16.

⑤ Ebd.

具体描绘来反映社会生活。儿童小说是小说体裁中的一个分支，必然要遵循小说创作的基本规律，抓住人物、情节、环境、主题等因素，通过虚构、合理想象等手段来编织故事情节，塑造人物形象，同时运用各种表现手法来多方面地真实反映儿童生活。当然这里的'真实'是指熔铸和再造生活的艺术的真实，即生活中未必存在但却是可能存在的本质的真实。"① 由此看来，儿童或者儿童小说中的人物塑造以及环境渲染，都是基于真实，具有现实性。但是，"儿童天性中飞扬的想象力和潜在的创造力要求作品对人物形象的塑造还须不拘于真实而具有一定的浪漫色彩"②。尚处幻想时期的儿童读者，渴望在小说中看到他们熟悉的，但又寄托他们的理想，满足他们好奇心的"超人"形象。对于儿童或者少年读者来说，他们无须区分童话和小说，他们追求一种在现实和虚像中不断变幻的体验。因此，童话和儿童小说都是想象和现实的结合。二者都讲述以人物为中心的"性格型"故事，倾力设置巧妙而引人入胜的情节，让人物和故事实现自然融合。在故事情节的展开上，二者都遵循一个原则：在叙事结构上实现虚实结合，即幻想与现实的双线结构。

　　童话和小说的不同点在于，童话创作的幻想世界充满着奇异的变化，"超越自然力的限制，去满足人们感情的、审美的、理想的需要，将所追求的哪怕是月亮、星星，也能摘下捧在手心"。而儿童小说的想象"只能在自然力的限制之下，去满足人们情感的、审美的、理想的需要，将现实生活来一番选择、加工，具象概括，使它'近似生活'、'酷似生活'，又高于生活"③。因此，就算是想象的儿童小说，比童话更看重对现实生活进行如实描绘，所以，凯斯特纳的儿童小说才会被归入新客观主义小说的范畴，尤其是他的《埃米尔擒贼记》和阿尔弗雷德·德布林（Alfred Däblin）的《亚历山大广场》（*Berlin Alexanderplatz*, *1929*）一起被推为新客观主义的代表作。④ 其中，凯斯特纳和他的作品为儿童文学创作提供了一种新的可能。尽管早在凯斯特纳之前，已经有个别儿童文学作家在儿童作品中引入了现实主义因素，如海因里希·沙勒尔曼（Heinrich Scharrel-

---

① 王泉根：《儿童文学教程》，首都师范大学出版社 2008 年版，第 158 页。

② 同上书，第 164 页。

③ 杨实诚：《儿童文学美学》，山西教育出版社 1994 年版，第 212 页。

④ Vgl. Marcel Reich - Ranicki, *Lauter schwierige Patienten Gespräche mit Peter Voss über Schriftsteller des 20 Jahrhunderts*, Berlin, München：Econ Ullstein List Verlag & co. KG Propyläen Verlag, 2002, S. 33 – 54.

mann，1871—1940）的《伯尔尼故事》（*Berni - Geschichte*，1908）和沃尔夫·杜立安（Wolf Durian，1892—1969）的《钻出箱子的凯》（*Kai aus der Kiste*，1927），但凯斯特纳的重要地位不容忽视。

伊萨·希克斯基在她的文章中写道：凯斯特纳的儿童小说，尤其是《埃米尔擒贼记》取得空前成功，"是因为小说的现实性，现实主义的叙述艺术为当时盛行的回忆式、田园般以及超越时代性的儿童小说提供了一种新的体裁。……但是，小说能长兴不衰，其决定性作用的还是小说中的幻想维度，幻想的根本出发点，是通过一种教育的手段实现一个人性化的社会"①。凯斯特纳魏玛时期的儿童小说中，如果按照一般童话和现实主义小说的划分原则，除《5 月 35 日》之外，都可被归为新客观主义的小说。但同时，凯斯特纳的儿童小说有一种童话轨迹，运用夸张、虚构等手法反映可能存在的真实。正如他在《小不点和安东》的序言中指出的那样，"一个艺术的原则，就是故事里描述的一切不一定发生过，但是完全有可能发生"（PA. GS. Bd. VII S. 454）。凯斯特纳笔下的现实主义小说因此具有普遍的童话游戏特征：

第一，皮亚杰说："社会适应的主要工具是语言，它不是由儿童所创造，而是通过现成的、强制的和集体的形式传递给他，但是这些形式不适合表达儿童的需要和儿童自己的生活经验。因此，儿童需要一种自我表达的工具……这就是作为象征性游戏的象征体系。"② 凯斯特纳设计的故事情节正好契合儿童的游戏天性，原本在童话中常见的游戏空间和游戏手段，在凯斯特纳的现实主义小说中也得以呈现。比如埃米尔乘坐的火车上要发生"一些奇特的事"（ED. GS. Bd. VII S. 205）；小不点化装卖火柴；《飞翔的教室》里的戏剧排练等。这些儿童游戏具备一定的隐喻和象征功能。

第二，童话中的小飞人、大人国和小人国、与动物交好、与世界交流等都是在模拟一种儿童游戏，凯斯特纳讲的故事也是模拟孩童的游戏，如埃米尔和安东都在玩警察抓小偷的游戏；小不点在玩"卖火柴的小女孩"的游戏；寄宿学校里少年们的军队，巷战以及打雪仗的游戏。

---

① Isa Schikorsky，"Literarische Erziehung zwischen Realismus und Utopie - Erich Kästners Kinderroman Emil und die Dedetive"，Betthina Hurrelmann（Hrsg.）：*Klassicker der Kinder - und Jugendliteratur*，Frankfurt am Main：Fischer Taschenbuchverlag，1995，S. 216 - 23，hier S. 217.

② 转引自王泉根《儿童文学教程》，首都师范大学出版社 2008 年版，第 136 页。

第三，凯斯特纳的小说中体现了一种乌托邦式的游戏精神。由于现代热闹派童话越来越关注儿童心理世界的需求和当代儿童的现实生活，因而张扬个性、满足儿童的自然天性成为童话的首要审美功能。孩子们拥有一个真正自己的、与成人不同的游戏世界。凯斯特纳也给孩子们提供了一个保留传统、符合规范的游戏世界。与当代现实童话相比较而言，凯斯特纳的游戏世界遵循规则，虽有狂妄的柏林少年形象，但他不提倡张扬的个性，他的好孩子的概念仍然是：听父母话，爱读书，爱上学，不偷懒，能管住自己，善良乖巧。在此基调之上，不管家庭还是学校，或者柏林的大街小巷，凯斯特纳始终不忘营造出一种温馨和谐的氛围。在这个乌托邦的王国里，孩子们都被一种开明的秩序引导，在看似健康和正义的社会中实现自己。与凯斯特纳完全相反，以林格伦为代表的现代童话作家，提出了对传统的压抑儿童天性的教育制度的质疑和反叛。她认为，不愿长大，不愿上学、爱恶作剧的孩子不一定是坏孩子，从而解除了儿童心灵上的太多禁锢。不管是维护传统的凯斯特纳还是推陈出新的林格伦，他们都在用自己的方式表现儿童的游戏精神，一种规范自觉，另一种个性奔放。

凯斯特纳的儿童小说之所以能有如此明显的童话游戏的特征，与其产生的时代关系紧密。凯斯特纳早期儿童小说与盛行于一个世纪前德国浪漫主义时期的童话的产生背景有众多相似之处。两者都处在现代与传统的冲突之中：法国大革命失败之后，旧的政治体制已经老化，人们开始设计一个新的国家模式。资产阶级参与到政治中去，但是拿破仑横扫欧洲以及维也纳1815年会议上的复辟，又把资产阶级推出政治舞台。他们只有在文化和文学上拥有足够的空间和权力来实现理想。同时，新科技和自然科学的发展开拓了人的视野，把人从宗教中解放出来，宗教长期作为唯一指路明灯的作用被提出质疑。超验学说盛行。但是自由和富裕带来的恶果就是人们的迷惘和渺茫，缺乏安全感，急需重新理解自然和人类历史。

魏玛时期的德国也处于时代冲突中。帝国的破灭，共和的兴起，使得德国政治动荡不安。科技虽然飞速发展，但随之带来一个畸形的社会。人追求解放，而解放的背后，却充斥着一种极端的情绪，或者激进入世，或是悲观厌世。生存于其中的文人在政治上的尝试失败，不得不在文学中寻找心灵的发泄口。精神分析法的提出，如重磅炸弹般打入社会各界，深入到人的内心和意识中，这与超验学说有一脉相承的人文基础，一个是超验的外在，一个是超验的内在。不管是表现主义文学还是新客观主义文学，是以荒诞的方式还是以现实的手法，都无法脱离现代与传统的矛盾。

一个世纪前的童话介于现实和超验之间，当时除了童话之外，没有一种文学形式能填补这些分歧。童话为人们的日常生活带来的慰藉，可以适合各种信仰，可以介于宗教和自然科学之间，代表着有关世界的哲学思想，并为哲学所用。凯斯特纳的儿童小说也介于现实和超验之间。他首先立足于现实，创造出一个幻想中的世界。正如之前的童话，这个世界介于传统道德观和现代科技之间，作者在其中寻找一种平衡。相比较而言，浪漫时期童话的接受对象是当时在政治上颇不得意的资产阶级人群，而凯斯特纳的儿童小说，则面向正在成长中的少年，以及经历过成长磨炼的成年人。他们在小说中捕捉现代与传统的融合，成长少年才是这个世界的主体。另外，凯斯特纳现实主义儿童小说的童话性除了具备童话的游戏精神之外，其中栩栩如生的少年正如童话中的形象一样，承载某种象征意义。

综上所述，笔者把凯斯特纳的"新客观主义"儿童小说同时视为符合现代少年审美的现实童话。"美的本质不仅在于与现实的对立，美更像是一种不期而遇的邂逅，它也仍然是一种保证，要在现实的一片混乱中，在所有现实的不完满、厄运、偏激、片面以及灾难性的迷误中最终保障……美的本体论功能在于它沟通了理想与现实的鸿沟。"①

第二节　《5 月 35 日》：想象力的释放

早在《埃米尔擒贼记》的前言中，凯斯特纳就说明自己想写一部有关南太平洋的历险小说，但是最终却写了一篇埃米尔在柏林的都市小说。两年之后，凯斯特纳终于完成他最初的想法。在他写给母亲的信中，说明了《5 月 35 日》成形的过程：

> 柏林，3 月 21 日
>
> 明天要与雅各布松关于这本书再讨论一次，我要写一本漂亮的"谎言故事"，关于原始森林里的香菜，就是我在"埃米尔"的前言提到的那个。孩子们会觉得很有趣的。
>
> 柏林，11 月 10 日

---

① ［德］伽达默尔语，转引自王泉《儿童文学的文化坐标》，湖南师范大学出版社 2007 年版，第 104 页。

读过《5月35日》的人都喜欢这本书。①

在小说的开头，凯斯特纳就告诉大家，这是一部虚构的故事：

> 今天是5月35日，所以，毫无疑问，林格尔胡特叔叔今天无论
> 对什么都不会感到好奇。要是今天发生的这些事儿发生在一星期以
> 前，那么他一定会以为，是他自己身上或者是这个地球上的螺丝松了
> 几个。但是，今天是5月35日，我们得对任何可能发生的事有所准
> 备。（FM. GS. Bd. VII S. 549）

凯斯特纳将《5月35日》定位于一篇"谎言故事"（Lügengeschichte），是作家童话情绪的完全释放。这样的一篇故事，不是在幻想中表现现实，而是凯斯特纳曾经在《埃米尔擒贼记》的序言中提到的完全根植于非现实的想象世界中的故事。②

从内容和形式上来看，这是凯斯特纳第一部完全意义上的幻想小说，就连人物的塑造也与之前不同。在这个故事中，主人公除了一个名叫康拉德的少年，还有一个成人和一匹会说话的黑马。康拉德在学校里数学成绩很好，然而老师认为数学好的同学会缺乏想象力。他和自己的叔叔更像是一对朋友。杂技团的大黑马居然会开口说话，因为失业它只好出来逛逛。叔侄二人和这匹黑马构成一个疯狂的组合，共同度过了与众不同、压根不存在的5月35日星期四的下午。构成这个组合的前提是，叔叔童心未泯，乐意为自己的侄儿去尝试在别人眼中看似疯狂的行为。

虽然凯斯特纳自己认为完全想象的世界与现实无关，但从他的创作态度和角度来看，就算是在纯想象的童话故事中也不可避免地关系到现实社会，在这部小说中表现尤甚。

首先，5月35日这一天是不存在的，但对主人公来说再平常不过。对于成年人来说，康拉德要提高想象力必须去南太平洋的借口听起来有点荒诞，但在想象世界中，一切都有可能发生。就是在这样一个非现实的日

①　Zitiert nach Esther Steck – Meier, *Erich Kästner als Kinderbuchautor*, Frankfurt am Main: Peter Lang, 1999, S. 203.

②　Vgl. Esther Steck – Meier, *Erich Kästner als Kinderbuchautor*, Frankfurt am Main: Peter Lang, 1999, S. 203.

子里，却出现了两个非常现实的人物，算数很好的康拉德和做药剂师的童心未泯的叔叔。叔侄二人一起度过对他们来说非常平常的一天。

其次，会说话的大黑马出现在 5 月 35 日这天。拟人化的大黑马原先在马戏团工作，不幸失业后只得在街上溜达。这匹失业的黑马正好切合魏玛后期的社会现实：受到席卷全球的经济危机的影响，社会失业率剧增。会说话的大黑马被现实中的康拉德和叔叔接纳，成为他们的朋友。不过，大黑马虽然能像人一样说话和行为，但是它看待世界还是从一匹马的角度：

> 成千上万的小牛、公牛、母牛都被从漏斗口神秘地吸了进去。"人类为什么要谋害动物？"黑马问道。
>
> "不错，这是件很残忍的事儿，"叔叔回答，"不过，你只要吃过一次煎牛排，你就知道为什么了。"（FM. GS. Bd. VII S. 591）

第三，黑马出现在叔叔的房间内，与房东克雷门斯·瓦夫布鲁赫发生争吵，阳台上的花被黑马吃掉，而大黑马"抓起一个空的花盆就直直地往窗外扔了下去"。现实和想象世界的一次交锋。"花盆嗖地飞了下去，急匆匆地，不偏不倚正好砸在房东的硬边帽上。"（FM. GS. Bd. VII S. 591）正如小说中描写的一样，想象砸在了现实的头上。就这一点上来看，现实和想象处于对立的两端。

第四，同样借助了童话道具，即叔叔家的一个通往童话世界的衣柜，"一个十五世纪的雕花大衣柜"。（FM. GS. Bd. VII S. 556）这是一个具有浪漫主义色彩的主题。柜子背后就是凯斯特纳的虚幻世界，一个五站式的童话世界："懒人国"、"通往历史的城堡"、"颠倒的世界"、"电动城"和旅行的终点"南太平洋"。在该小说中充满了数字三和数字五的奥秘，标题中的 5 月 35 日，故事中的三个旅途者和旅途的五大站点等，完全符合传统童话的编排特点。同时，每个站点都在一定程度上表现讽刺现实，而旅行者们，尤其是来自现实的康拉德用一种经验态度来观察眼前的虚幻世界。

第五，与传统童话相似，凯斯特纳的《5 月 35 日》也延续着童话的道德教育方针。他借小说人物之口，主要让叔叔来承担道德教育的重任，并对现实社会提出批评：

"……非常感谢，先生们。请允许我介绍一下我自己。我叫尼格罗·卡巴罗。四月底以前，我一直都是沙拉沙尼马戏团的滑冰演员。后来我被解雇了。从那时候起，我就没有任何收入了。"

"是啊，"林格尔胡特叔叔说，"马那里的情况跟我们人这里一样，也有失业的。"

"那些该死的汽车！"黑马尼格罗·卡巴罗接着说，"机器简直把我们马逼得走投无路的。你们想想，我甚至都愿意去拉出租马车。事实上，我是一匹受过中等教育的马呀。但是现在就连出租马车行的老板都不肯给我安排工作。它一定是一匹有权有势的马。而且你们简直想不到，这匹蠢马自己也开汽车！"

"这世道，真是什么事儿都有。"林格尔胡特叔叔摇摇头说。（FM. GS. Bd. VII S. 552）

上述这段是关于工业化的批评，这里的工业化是指人类的行为，用一种调侃的方式通过黑马的嘴说出来，正好符合孩子们理解问题的特点，更易于让孩子们接受或者感受到工业化进程中存在的问题。

从以上五个层面来看，小说《5 月 35 日》是一部基于现实存在带有预言性的童话作品。少年康拉德在叔叔的引导下，已经在利用自己的生活经验对虚幻世界的价值标准进行判断。这个过程有助于少年接触客观现实，也是他们摆脱想象和完美的虚构世界走出的第一步，对幻想提出质疑，对理性充满渴望。"借用康德的概念，幻想必须与幻想理性的批判相关联。"①《5 月 35 日》以童话形式，反映诸多理性现实，是凯斯特纳现实童话的典型作品。

第三节　独特的现实童话

《5 月 35 日》中有两个典型的对立世界：衣橱外的现实世界和衣橱内的想象世界。现实和幻想实现最直接的黏合。早在维兰德（Christoph Martin Wieland，1733—1813）的《堂·西尔维尼奥》（Don Sylvio，1764）中已经出现了两个对立的世界，即现实世界和奇妙的童话世界，现实世界

---

① Wolfgang Biestrfeld, "Erich Kästners Der 35. Mai oder konrad reitet in die Südsee und die Literarische Tradition", *Pädagogische Rundschau*, Jg. 39, Heft 6 1985, S. 669 – 677.

借助童话世界得到丰富。霍夫曼（E. T. A. Hoffmann, 1776—1822）的《金罐》（*Der goldne Topf*, 1812）被认为是第一部现实童话——"现代童话"（Märchen aus der neuen Zeit）。① 故事行走于两个世界之间，作者一方面讽刺这两个世界，另一方面也把两个世界联系起来。有关现实和奇异世界的视角是不同的，或者说是对立的，被泽格布莱希特（Segebrecht）称为"存在的双重性"②。

除了在《5月35日》中存在两个对比明显的世界之外，在《埃米尔擒贼记》、《小不点和安东》和《飞翔的教室》中，同样也有两个世界，这根本上源自作家自身心灵的"双重性"。他在《埃米尔擒贼记》的前言中说道："埃米尔的故事连我自己也感到意外。我本来要写一本完全另外的书，讲老虎吓得牙齿直打战，长椰果的海枣怕的格格作响，还有那个名叫香菜（当然是名不是姓）的女孩，矮个子，身穿黑白格子衣服，她天不怕地不怕，横渡太平洋，去旧金山饮用水公司取一把牙刷。我原本想写一本真正的南太平洋小说……蓦然间，我不知道一头鲸有几条腿了！"（ED. GS. Bd. VII S. 195）"真正的南太平洋的故事"就"毁在了这头鲸的腿上"。凯斯特纳在跟服务员的聊天中，讲到了烤鹅的故事。要不就认识鹅，要不就从食谱中去学习如何烤鹅，那样才能成功。写书也是一样，要不就亲身经历了"南太平洋的那些野蛮人，珊瑚暗礁和那整套魔法"，要不就像席勒写《威廉·退尔》一样，广泛阅读，搜集素材。如果都不可行，服务员提议说："您最好写您熟悉的事，也就是说，写地铁、旅馆之类的东西。还可以写孩子们，他们整天在您身边，再说，我们也曾经是孩子。"（ED. GS. Bd. VII S. 195）抛开传统童话中的那些会开口说话的动物、会飞的精灵、会施魔法的仙女，凯斯特纳把他的目光投入到了现实的孩子们身上。但是，南太平洋的故事一直萦绕心头，所以在《埃米尔擒贼记》出版两年之后，真正意义上的南太平洋故事《5月35日》面世。

凯斯特纳的现实童话，同样符合童话的多个特征：反映现实经验、日常生活和奇异世界之间的联系、卷入到奇妙的事件中、具有神奇功能的日常用品等。

凯斯特纳的每部小说都由前言引入。前言起到了沟通文学外的现实和文学内的幻想的作用。凯斯特纳习惯于在诸如《埃米尔擒贼记》和《飞翔的教

---

① Stefan Neuhaus, *Märchen*, Tübingen und Basel: A. Francke Verlag, 2005, S. 9f.
② Ebd., S. 10.

室》等小说的前言里告诉读者他创作的初衷和过程。作家笔下所要创造的故事的来源可不简单，要不就是因为冥思苦想的"南太平洋故事"遭遇创作瓶颈，才转向柏林的一群少年，要不就是远赴楚格峰脚下与小牛和蝴蝶为伴，构思一个"圣诞节的故事"。不管是柏林少年的故事，还是圣诞节前的寄宿学校里发生的一切，凯斯特纳都以一种类似坐在壁炉前的说书人的姿态，絮絮叨叨地讲他的故事。表面上看，他在前言里讲述的都是琐碎的、与真正故事无关的事情，但是当人们让无意识说话时，最隐秘的东西常常会脱口而出——那么即便最琐屑的事情都包含着意义。凯斯特纳的前言在此起到两层作用：表层作用在于给读者透露故事背后的秘密，设置足够的悬念，吸引读者的阅读兴趣；深层意义上来讲，这种类似写实的手法目的在于割断自己和读者与周围环境的联系，沉浸在想象的柏林和学校环境中。外在的事物失去了它们的真实性，梦想变成现实。前言是作者修建的一座桥梁，带小读者渐渐进入一个真实之外的由作者想象出的"现实世界"。桥梁这边是五彩缤纷的真实世界，而桥梁那边则是如黑白照片一般的童话舞台。埃米尔、安东和约克、马丁等五个小伙伴的故事就发生在这里。小演员们在舞台上演绎着他们梦想自己的样子，或者说演绎着作者想要他们成为的样子。

> "常常有人问写书的人：'嘿，你写的故事是真的吗？'特别是孩子们，他们总想知道这些。这时，写书的人往往歪着脑袋，摸着胡子，不知如何向孩子解释。故事里发生的事有些是真的，但并不是所有的都真正发生过。……我的回答是：'故事里的事有没有发生过，这并不重要。重要的是，这故事有现实性。也就是说，故事里描述的一切完全有可能发生。如果你们理解了这一点，就掌握了艺术的一个重要原则。如果没有理解这一点，那也没有关系。'"（PA. GS. Bd. VII S. 453ff）

读者沿着前言一步步走进幻想的世界。除《5月35日》之外，凯斯特纳其余三部现实主义色彩浓厚的儿童小说中同样存在现实和幻想交织的情形，现实世界和童话世界既对立又互相交融。

《埃米尔擒贼记》中，少年生长的新城是现实的世界。埃米尔的父亲早逝，和母亲相依为命，生活贫困拮据。他的母亲靠给人理发赚钱，负担家里的支出。因为贫穷，所以母亲把改变现状的希望寄托在儿子身上。埃米尔自己深知家中的困难，他爱自己的母亲，努力做母亲眼中的"模范男孩"：学习好、懂礼貌、还为母亲分担工作。这个家庭是魏玛时期小资产阶级家庭的代表。大都市柏林是虚幻的世界。对很多从未到过柏林的人，甚至对柏林人自己来说，高楼大厦，酒店银行，电车出租车，都是太虚幻境里的事物。要知道，并不是每个人都有幸能生活在柏林这样的大都市里。柏林城里的埃米尔显然是一个入侵者，不小心进入谜一样的地方，茫然无助。柏林少年像看天外来客一般，品评他身上的衣服，让他颇感不快。但是孩子们的顽童和想象天性，让他很快适应了魔幻般的柏林，摇身一变也成为柏林的主人，与出身于此的伙伴们一起游戏。连接现实和虚幻世界的道具，就是埃米尔乘坐的从新城开往柏林的火车。一场闹腾的梦过后，埃米尔就到了柏林。

《小不点和安东》中，安东和母亲的世界即现实世界。与埃米尔一样，安东是学校的优秀学生，与卧病在床的母亲一起生活。晚上他不得不在瓦登桥上卖鞋带以维持家用。他和母亲之间的爱是这个家庭最大的财富，也是安东和母亲生活的支撑。小不点的家庭则是虚幻世界。伯格先生拥有自己的工厂，他们的房子足有十个房间，以至于小不点"常常在吃完饭后，刚走回她的房间，肚子就又饿了"（PA. GS. Bd. VII S. 456）。小不点家里雇有女佣、保姆还有管家，但她的父母之间交流甚少。小不点带着她的好伙伴小狗皮克过着童话中公主般的日子。连接安东的现实世界和小不点的幻想世界的是夜幕下的瓦登桥。安东在桥的这边卖鞋带，小不点在桥的那边卖火柴。两个世界最大的交点就是桥上的一幕。现实中的安东充满无奈，但在努力改变现状，幻想中的小不点单纯可爱，卖火柴非生活所迫，而是游戏天性使然。现实会被幻想拯救，安东的母亲最后以保姆的身份住进幻想世界的大房子里，横隔安东和小不点各自世界的"桥"就此"消失"。

《飞翔的教室》中，现实世界是学生们各自的家庭，其中以约尼和马丁尤甚。约尼很小的时候被父母抛弃，从美国跟着船长来到德国。在船长家人的照顾下，约尼长大，后在寄宿学校上学。马丁的家境不好，因为爸爸失业，他连圣诞节回家的路费都没有，只能偷偷落泪。现实中的无奈需要少年们独自承受。虚幻世界就是他们就读的学校，"住校学生除了在规定外出的时间外，其他时间禁止离校。……除非受到某位教师中的一位安排或批准"（FK. GS. Bd. VIII S. 89）。这是与现实隔绝的另一个世界。圣诞节对孩子来说本身就是充满童话气氛，令人期待的节日。幻想世界里，圣诞节前的日子是温馨的：伙伴们的友谊，个性的喷发，老师的宽容，成年朋友的帮助，儿时伙伴的再相聚等，甜蜜而美好。现实的苦涩在这里都化成了幸福的泪珠。连接现实世界和幻想世界的道具仍然是火车。12月24号，寄宿学校的学生们纷纷收拾行礼，准备乘火车，火车的这头是温馨的剧场画面，火车的那头是表现人生百态的现实世界。

现实和幻想世界在小说中融为一体正是现实童话的奇妙之处。另外，现实童话仍具备童话的其他主题特征：

第一，善和恶的对立，即正义和邪恶的对立。在童话中，善与恶的截然对立是故事冲突的根源。这种冲突通常发生在家庭兄弟姐妹之间，比如哥哥因为受到邪恶的控制而变成恶人，但是妹妹就是纯洁和善良的象征。或者表现为父母和儿女之间的对立，尤其是继母的主题。继母是恶的代表，与之对立的柔弱的继女则是善的象征。善与恶对立的最终结果就是善的完全胜利。值得一提的是，童话中的善和恶具有各自界限分明的群体。早期童话《小红帽》中的大灰狼，《白雪公主》里的皇后继母，或者现代幻想小说《哈利·波特》系列中的伏地魔形象等，都是恶到极点，而受害的一方则是善良且勇敢。虽然童话中的人物形象之于其他成人作品的人物略显单薄，没有众多侧面供读者去思忖，但童话和其他儿童文学作品始终遵守在艺术内容和表现形式上适合儿童的心理需求和思维方式的法则。童话中善与恶的对立，以及最后善的胜利，简单而直接，正是儿童心理的绝佳体现。在凯斯特纳的现实童话中，也免不了塑造两种截然对立的善和恶的形象，并且最后以"大团圆"结局，庆祝善的胜利。

在上述三部现实童话中，都存在正义和邪恶的对立，比如埃米尔和柏林少年与小偷、安东和小不点的保姆等。现实世界里的埃米尔和安东都是善的代表，小偷和保姆都是来自幻想世界的恶，现实中的善最终会战胜幻想世界中的恶。凯斯特纳在作品中对善恶的对立表现点到为止，虽然同样以善的胜利而结束，他更多表现了深入至人的道德本性。通过作品中的主人公的经历，作者实现了他的两种意图：其一就是尽量保持儿童的善恶之分这种基本的价值判断，其二就是在善和恶之间引入了中立的形态，为儿童提供在进入社会之前的必修课。不管是善，还是恶，总是有一个行为指导，正如童话中，总是有一个善的神灵伴随在人的左右。①

　　第二，基于童话中"善"的主题，"教人行善"或"道德训诫"成为童话创作的重要目的。"童话这种问题依赖其内在的生动特质来进行道德教育。解释某种道德真相不是童话的终极目标，但至少是被考虑在内的。"② 在被视为儿童文学开端的《鹅妈妈故事集》中，每篇故事后面就配有一则道德训诫。很多取材于现实生活的童话根植于现实，但用一种虚幻的童话境界传递人生真理。典型作品是《爱丽丝漫游奇境记》，"作品总的目的就是给人愉快，给人欢乐，而不是像古典童话那样往往就是教给孩子们做人的道理，说明某种道德观念，这就从趣味性角度顺应了儿童的兴味和思维……在童话创作上是一个重要突破"③。凯斯特纳的现实童话同样如此。现实生活中的压力不能阻挡善的行为。埃米尔和安东作为"模范男孩"的代表，体现出魏玛时期小资产阶级的道德价值。虚幻世界中，光鲜亮丽的外表掩盖不了丑恶的罪行，戴硬边帽的小偷和保姆以及保姆的未婚夫的罪孽终将大白于天下。当然，凯斯特纳的现实童话里没有《爱丽丝漫游奇境记》中扑朔迷离的梦幻和五光十色的太虚幻境，但它照样让儿童的思想跟随环境和人物自由驰骋，让小读者们感受到了更为现实的欢乐，帮助他们不由自主地在实践自己的人生计划。另外，凯斯特纳没有完全摒弃古典童话中道德训诫的成分。在他看来，"道德训诫"正是儿童文学不可或缺的一个组成部分。作家不仅是作家，还是"校长"和道德者。作家本身也是《埃米尔擒贼记》中的埃米尔以及记者凯斯特纳先生，《飞翔的教室》中的老师和不吸烟的人，《5月35日》的康拉德的叔叔等形象。《小不点和安东》延续了《鹅妈妈故事集》的模式，附在每个章节后面的"思考题"是作者对孩子们道德行为的提醒。形式虽然如此，但不会引起孩子们的反感，"思考题"跟故事一脉相承，不见雕琢附会的痕迹。

　　众多研究者认为，在传统的儿童小说中，故事的讲述者是以一种高高在上的姿态给孩子们灌输成长的规矩，这也是儿童文学长期以来被打上教育文学的烙印的原因所在。而凯斯特纳就像孩子的老朋友，给他们讲述他们自己的故事。不是出于道德说教，而是帮助小听众们在故事主人公身上

---

① Hans Gerd Rätzer, *Märchen*, Bamburg: C. C. Buchners Verlag, 1981, S. 17.
② Ebd., S. 18.
③ 转引自杨实诚《儿童文学美学》，山西教育出版社1994年版，第199页。

体会道德意识。正如高尔基在《给孩子的文学读物》中写道："不要以为儿童读物都应该是毫无例外地提供能增加知识的材料。我们的书不应该是板着面孔教训人的，不应该有粗暴的偏见。它应该用形象的语言来讲话，应该是艺术品。"①

① 转引自杨实诚《儿童文学美学》，山西教育出版社 1994 年版，第 199 页。

第三编

蒙太奇式成长小说

　　凯斯特纳早期儿童小说中的主人公是 10 岁到 15 岁左右的少年，这个时期的孩子们远不像成年人想象的那么愉快。他们游戏在童话世界，但终要回归现实，幻想中暂时的愉悦无法掩饰成长的磨难。济慈（John Keats，1785—1821）曾发出这样的感慨："孩子和成人都有着健康的想象力。但是在两者之间有一个人生阶段，在那个时期，灵魂处于激动不安的状态，性格尚未定型，生活方式还没有确定，志向还是混沌一团……"① 凯斯特纳笔下的少年的经历，不单纯是个体的经历，当人们把这些少年按照时间顺序串联在一起时，会惊奇地发现，这是一个生活在魏玛时期的少年笑中带泪的成长故事。

---

　　① Jerome H. Buckey, *Season of Youth*：*The Bildungsroman from Dickens to Golding*, Cambridge：Harvard University Press, 1974, S. 1. 转引自易乐湘《马克·吐温青少年题材小说的多主题透视》，博士学位论文，上海师范大学，2007 年，第 93 页。

第一章　意识、个体无意识和集体无意识

　　在讨论凯斯特纳儿童小说的成长主题之前，有必要先来关注精神分析对于文本分析的重要意义，以及"个体成长"这个古老的人文概念与精神分析有着千丝万缕的联系。20世纪初，瑞士精神病学家、精神分析的代表人物卡尔·荣格创立了分析心理学派，着力探究人类心灵的原始意象。心灵（Psyche）被当作人格总体，囊括一切有意识和无意识的思想、情感和行为。荣格将人类的心灵分成三个层次：意识、个体无意识和集体无意识。集体无意识是荣格最重要的基本假设，并贯穿荣格的全部思想。

　　意识是心灵中唯一能够被直接感知的部分。"意识的整个本质就是辨别，区分自我和非我、主体和客体、肯定和否定等等。事物分离成对立的双方完全是由于意识的区分作用，只有意识才能认识到适当的东西，并使之与不适当和无价值的东西区别开来。"① 意识的发展处在与客观世界的互动过程中，不断发现未知事物，通过对客观事物的判断和分离，逐步建立起一种衡量好坏、进行取舍的标准，"从而使人摆脱原始状态并具有特殊的人类尊严"。人类的个体成长正是意识发展，最终实现个体独立和完善的过程。这里的意识通常也是指自我意识。

　　处于心灵深层的无意识与意识共同构成完整人格。早在荣格之前，以弗洛伊德为代表的近代心理学，"在理性的专制之下发现了被压抑受排斥的无意识"②。这一发现奠定了20世纪多个科学领域的研究基础。弗洛伊德在治疗自己的病人时发现，有些精神病患者在某些情况下无法自制，他认为，除了通常所说的自觉意识之外，必定还存在一种无意识驱力来控制患者不自知的行为。经过大量研究之后，弗洛伊德进而得出结论："精神

---

　　① C. G. Jung, *The Type Problem in Psychopathology Collected Works of C. G. Jung*, Vol. 6, Princeton University Press, 1971, S. 280. 转引自尹力《意识、个体无意识与集体无意识》，《社会科学研究》2002年第2期，第65页。

　　② 冯川:《荣格的精神》，海南出版社2006年版，第50页。

活动本身都是无意识的；那些有意识的过程只不过是整个精神生活的片段和局部。"① 随着研究的深入，弗洛伊德提出，无意识源自个体早期生活中被压抑甚至遗忘的经验和心理内容，甚至认为无意识在很大程度上由个体的"性欲"决定。弗洛伊德有关无意识论断的提出，给西方思想界和精神分析领域带来了轩然大波，或被吹捧，或被批判。弗洛伊德所谓的无意识，在一定程度上契合荣格对于个体无意识的理解。个体无意识就像一个容器，囊括了众多与意识的个体化机能不相一致的心灵活动和曾经短暂的意识经验。这些心灵活动和意识经验曾经受到压抑或遭到忽视，或者由于它们对个体来说显得无足轻重而无法到达意识层，只能贮藏在个体无意识之中。荣格在病人身上作词语联想测试时发现，当病人在碰到某些词语会有某种不自觉的拖延反应，因此，他认为在无意识之中存在着与情感、思维、记忆相互关联的种种族群，荣格称其为情结。情结不是与生俱来的，更大程度上是创伤、家庭和社会模式以及文化制约等经验的产物。荣格曾经如此描述情结：人们暂时把心灵想象成一个类似于太阳系的三维空间体。自我意识就是我们生活的地球、大地和天空。地球周围布满了大大小小的星星和陨星，这个空间就是所谓的无意识，而那些行星和陨星就是人们冒险进入那一空间时首先会遇到的障碍。② 在日常生活中，情结常常会由于某种外在诱因开始明显地冲击心灵，对自我意识形成干扰，这是情结释放的一种方式。情结一旦被触发，无论个体是否意识到，总能对人的心理和行为产生强烈的甚至是主导性的影响和作用。此时个体往往会表现出被情结所支配的心理与行为，代表理智的自我意识已经无力控制。日常生活中常见的情绪失控就是被某种情结控制的情绪表现。情结的爆发同样有助于增加自我意识的力量，实现心灵素质的整合，使个体意识更加充实。

　　集体无意识居于人格的最深处，是荣格的代表理论之一。荣格当时是弗洛伊德颇为得意的学生，甚至曾经被弗洛伊德视为自己精神分析学说的

---

　　① 冯川：《荣格的精神》，海南出版社 2006 年版，第 50 页。

　　② M Stein, *Jungäs Map of Soul*, Open Court, Chicago and La Salle: Illinois, 1998, S. 36. 转引自范红霞、申荷永、李北容《荣格分析心理学中情结的结构、功能和意义》，《中国心理卫生杂志》2008 年 4 月。

接班人。① 然而，两人的关系最终走向终点。思想上的巨大分歧，成为两人友谊继续的障碍。荣格在脱离弗洛伊德的光环之后，创立了以自己为代表的分析心理学派，在弗洛伊德提出的无意识驱动力的基础上，提出了居于其理论中心地位的集体无意识。"集体无意识是精神的一部分，它与个人无意识截然不同，因为它的存在不像后者那样可以归结为个人的经验，因此不能为个人所获得。构成个人无意识的主要是一些我们曾经意识到，但以后由于遗忘或压抑而从意识中消失了的内容；集体无意识的内容从来就没有出现在意识之中，因此也就从未为个人所获得过，他们的存在完全得自于遗传。各种无意识主要是由各种情结构成，集体无意识的内容则主要是'原型'。"（《集体无意识的概念》）② 荣格指出，集体无意识的中心概念就是"原型"，并贯穿他整个文艺思想。用他自己的话说，"原型"概念"指出了精神中各种确定形式的存在，这些形式无论何时何地都普遍地存在着。在神话研究中它们被称为'母题'；在原始人心理学中，它们与列维·布留尔的'集体表现'概念相契合；在比较宗教学的领域里，休伯特与毛斯又将它们称为'想象范畴'；阿道夫·巴斯蒂安在很早以前则称它们为'元素'或'原始思维'。这些都清楚地表明，我的原型观点并不是孤立的和毫无根据的，其他学科已经认识了它，并给它起了名称"③。

　　荣格随后提出了他的论点："除了我们的直接意识……还有第二个精神系统存在于所有的个人之中，它是集体的、普遍的、非个人的。它不是从个人那里发展而来，而是通过继承与遗传而来，是由原型这种先存的形式所构成的。原型只有通过后天的途径有可能为意识所知，它赋予一定的精神内容以明确的形式。"④

　　由此可见，荣格并不否认弗洛伊德等提出的个体无意识，他只是在其基础上发现了普遍一致的位于心理最深层的集体无意识。人人可见的意识、处于心理中相对表层的个体无意识和处于心理深层的集体无意识构成

---

　　① "在当时群星荟萃的精神分析学圈子内，弗洛伊德一直给予荣格以最高的评价。……在一封写给荣格的信中，弗洛伊德（比荣格长 19 岁）曾亲切地称荣格为精神分析王国的'王储'，并称荣格是他的'长子'。"冯川：《荣格的精神》，海南出版社 2006 年版，第 34 页。

　　② 冯川（编）：《荣格文集 让我们重返精神的家园》，冯川、苏克译，改革出版社 1997 年版，第 83—84 页。

　　③ 同上。

　　④ 同上。

了心灵的三个层次。"如果用海岛作比喻,那么不妨说:高出水面的部分代表意识,水面下面因为潮汐运动显露出来的部分代表个人无意识,而所有孤立海岛的共同基地——那隐藏在深海之下的海床就是集体无意识。"①

在学术界,不管是对以弗洛伊德为代表的"精神心理学"还是以荣格为代表的"分析心理学",人们除了感叹其理论之大胆,还有学者认为其与神学或者玄学并无二异,甚至被排斥在科学之外。② 荣格在提出"集体无意识"之后,也承认自己"所提出的这一概念还是因其所谓的神秘色彩而倍受非难,但我在此必须再一次强调,集体无意识概念既不是思辨的,也不是哲学的,它是一种经验质料"。既然是基于经验之上,那么"究竟有没有这类无意识的、普遍的形式"? 荣格首先做出了"存在"的假设。这正是他进行推论的出发点。

书中在探讨凯斯特纳早期儿童小说的意识、个体无意识和集体无意识的三个层面时,同样先假设其"存在",然后分别分析作品在自我意识层面所表现出来的主题特征,以及隐藏在个体无意识容器中的情结和情结的爆发形式,最后深入至文本的集体无意识层面的原型分析。文本的意识、个体无意识和集体无意识集中体现在小说的人物身上。那么,凯斯特纳儿童小说在自我意识层面上所表现出来的成长主题则为我们深入小说的核心打开了一扇大门,开辟了一条通道。

---

① 冯川:《荣格的精神》,海南出版社 2006 年版,第 50 页。
② 卢卡契在他的文学论文《我们的歌德》中分析歌德和颓废派的对立时提出:"人们认为,由于人们深入到自己的灵魂'深处',由于他们已为研究自我揣摩出伪科学的方法(弗洛伊德主义),如今可以了解生活本来的、真正的'深处'了。"《卢卡契文学论文集》二,中国社会科学出版社 1981 年版,第 544 页。

第二章　成长小说与成长母题

　　成长首先是一种处在内心深处的特殊变化，"为了描述它的特征，我不得不拿太阳每天行走的路线来做比喻，不过这是个带有人类情感与人的受局限的意识的太阳。清晨，他从无意识的夜晚的海上升起，放眼纵观展现在自己面前的辽阔光辉的世界，那是个一望无际的世界，其阔度已逐渐增大，而太阳也愈爬愈高，到达苍穹。……中午一到便开始下降。下降的含义便是把早晨它所憧憬的一切理想与价值都一笔勾销了。太阳开始陷入自我矛盾之中。……光与热渐渐地消失，最后终于熄灭"①。关于这段比喻，荣格自己其实并不太满意，因为"幸亏我们人不是日出日落的太阳，否则我们的文化价值就不堪设想了"。但是，"我们又确实有点像太阳，而把人生比喻为早晨、春天或傍晚、秋天的说法，也并非纯属感伤性的隐喻而已"②。太阳的陨落可以发生在人生的晚年，中年，甚至青年时期。经历上升阶段、人生顶点以及下降阶段的过程是人生发展的必然趋势。成长少年埃米尔还处在太阳不断上升的早期，躲在家庭、老师和成年人的保护之下，虽然没有波澜壮阔的起伏，但也在经历着内在和外在的矛盾冲击。少年成长的顶点无从得知，但是长成大人后的法比安却注定要踏上下降之路，原因在于"他所憧憬的一切理想与价值都一笔勾销了"。死亡与年龄无关。"生命的终点——死亡，只有当我们觉得人生乏味时，才会觉得乐于去接受；或是当我们已深信，太阳到了它沉落之点（照射它的普天下的子民），也和它上升天顶时有同样的毅力时，我们才觉得死无遗憾。"③

　　成长同时又是个人类学的词汇，指的是少年经过生活的磨炼之后，获

---

　　① ［瑞士］C. G. 荣格：《探索心灵奥秘的现代人》，黄奇铭译，社会科学文献出版社1987年版，第100—101页。

　　② 同上。

　　③ 同上书，第101页。

得了对人生和社会的经验，有了独立面对世界的精神力量。孩童时期、青壮年时期和老年时期的发展变化受到个体意识的发生和发展，但是人类个体的发展和社会空间，只有在人类"文化经验的伟大集体意象的引导之下，才得以完成"。流传在世界各地五花八门的成人仪式，则代表着人类这种"文化经验的伟大意象"，甚至被赋予神秘的色彩。一般来说，男孩的成长经历三个阶段：第一步，逐渐脱离幼稚的孩童生活和家庭的保护；第二步就要接受测试，证明自己已经具备成年人的资格；最后一步就是作为成年男子回归到日常生活。在非洲黑人部落保留下来的古老而神秘的宗教仪式常常暗含着人类早期对生命的尊重以及对神灵的崇敬。比如，他们在举行成人仪式的时候，男孩要穿过人洞，旁边的人持木棍鞭打他，让他历经磨难，然后实行割礼。经过这些考验，男孩就长大了。在这些保留原始习俗的地方，成长是一个艰难的过程，只有从成人仪式中回去，他们才真正长大。成长是人类的主题，除了非洲黑人部落，在其他地方都存在各式各样对成长的崇拜，成人礼象征着人类的重生。秘鲁男子的"跳崖礼"，刚果的"挫牙礼"至今盛行，而古代中国"男子二十而冠，女子十五而笄"的"冠笄之礼"在朝鲜族得以保留，而布朗族的"染齿礼"、瑶族的"度戒"等原汁原味。大都市里的成年礼虽然不再具备部落生活中的神秘色彩，但那一天却当属全家最重要的节日。正如凯斯特纳在他的诗中所写的一样，"现在开始，人们称之为生活"①。作为"人"的生活从此正式开始。

　　人类的成长是古今中外人们普遍关注的一个问题。除了各地民俗文化对人类成长的直接表现和顶礼膜拜之外，成长这一人类主题也必将引起诗人、艺术家和作家的关注。因此，文学领域里的人类成长附着在个体身上，成长者在经历重重磨难后，最终通过成人礼的测试，完成少年到成年的人生蜕变。中世纪末期，沃尔夫拉姆·冯·埃申巴赫（Wolfram von Eschenbach，1170—1220）的中世纪史诗《帕齐法尔》（*Pazival*，1210）和汉斯·格里美豪森（Hans Jakob Christoffel von Grimmelshausen，1622—1676）的《痴儿流浪记》（*Simplicissimus*，1669）把传说里的成长故事上升到文学的高度。后来真正确立了成长主题在文学中的特殊地位的是歌德的《威廉·迈斯特的学习时代》（*Wilhelm Meisters Lehrjahre*，1795/1796）。

---

① Erich Kästner，"Zur Fotografie eines Konfirmanden"，*Gesammelte Schriften in 9 Bänden*，München：Deuscher Taschenbuch Verlag，2004，Bd. I，S. 235f.

以这部小说为开端,成长小说(Bildungsroman)作为一种新的文学体裁得以确立。

Bildungsroman 从词源学角度来看解释,Bildung 来自动词 bilden,ausbilden 或者 einbilden 都是中世纪神学讨论中的常用语,意为"塑造"、"形成",即教徒在不断完善自己的过程中在头脑中"形成"上帝的形象,或者"按照上帝的形象来塑造"。18 世纪末的德国出现了前所未有的民族意识的崛起,法国大革命与资本主义的出现为成长小说的萌生与繁荣提供了条件。当"人们不再按封建秩序的要求来履行社会角色时,成长便成了一个问题,在某种程度上成长的顺利与否要由他们自己决定了,正如政府的形式要由他们自己来决定一样……在民主革命之前,成长小说是不可能出现的,因为以前人们的成长与社会挂钩太紧密,不够有趣"①。当时的德国被分割成上百个自治小邦,人们生活非常艰难。资产阶级所倡导的个人意志又与社会责任之间矛盾重重。文学界掀起了一场轰轰烈烈的狂飙运动,作家们表达他们在社会中的感受、经历和体验。在他们看来,维护和平和秩序是每个公民的首要职责。为了能够让少年迅速适应环境,必须培养他们的自律精神和维持秩序的能力。于是,该时期的众多人文主义者如赫尔德(Johann Gottfried Herder,1744—1803)、歌德、席勒(Friedrich Schiller,1759—1805)和洪堡(Wilhelm von Humboldt,1767—1835)等大力提倡"成长教育(Bildung)"理念。bilden 这个词随之世俗化,演变为"教育"、"修养"和"发展"之意,强调对人的德行和理性的塑造。Bildungsroman 作为文学术语于 1820 年左右在卡尔·摩根斯坦(Karl Morgenstern,1770—1852)有关"成长小说的本质"(Wesen des Bildungsromans)研究中首次出现。摩根斯坦认为,Bildung(成长)首先是指作品中反映出来的作者的生活经验和内心发展,再者就是小说主人公的成长轨迹,第三层意思即"读者的成长",这正是"成长小说"的根本所在。②"成长小说"作为一种文学类型的概念,出现的时间

---

① Thomas L. Jefferson, *Apprenticeship*: *Bildungsroman from Goethe to Santayana*, New York: Palgrave Marmillan, 2005, S. 51.

② Vgl. Jürgen Jacobs, *Der deutsche Bildungsroman Gattungsgeschichte vom* 18. *bis zum* 20. *Jahrhundert*, München: Ö Beck Verlag, 1989, S. 22.

晚于歌德的《威廉·迈斯特》。其实，早在摩根斯坦之前，让·保尔（Jean Paul, 1763—1825）就在他的《美学引论》（*Vorschule der Ästhetik*）中提到，"《威廉·迈斯特》成功塑造出了一些好学生"。① 让·保尔已经捕捉到了《威廉·迈斯特》的成长和教育主题。

成长小说首先是作为小说出现。卢卡契（Georg Lukács, 1885—1971）认为，小说这种文学形式"就是一种超验状态下的无助状态的再现"，史诗曾经提供生命的意义，主体在芸芸众生中去感受世界和生命的意义。当这种统一被打破的时候，小说代替史诗：小说的主人公在寻找失落的生命意义，而小说的"内在形式"就是一次"挣扎着的个体走向自我的旅途"②。小说不免具有两面性，一方面，小说陷入"抽象的理想主义"，主人公通过积极地与世界进行抗争实现了自己的理想，另一方面，小说陷入一种"幻灭的浪漫主义"，主人公退入自己的内心，因为他感到在外部世界所做的每次尝试都是毫无意义的。③成长本身也具备上述的两个方面：成长代表一种内倾文化，即"局限在个体生活的范围"，但同时又具有外倾性，因为成长不可避免地与外界发生关联，与客观世界抗争，寻求集体无意识下的虚像世界与客观世界的认同。因此，在卢卡契看来，以《威廉·迈斯特》为代表的"成长小说"介于他所定义的两种小说类型的中间。成长小说的主题通常是"矛盾重重，为理想所累的个体与具体的社会现实之间的妥协"④。这类作品的前提就是，消除主体和客观世界之间的鸿沟，在现实中有意义地存在。为了让他们的主人公有个好的结局，设计者们就不得不"让现实的某些方面理想化"⑤。

---

① Vgl. F. Martini, "Der Bildungsroman", S. 44ff. Jürgen Jacobs, *Der deutsche Bildungsroman Gattungsgeschichte vom 18. bis zum 20. Jahrhundert*, München：Ö Beck Verlag, 1989, S. 23.

② Zitiert nach Jürgen Jacobs, *Der deutsche Bildungsroman Gattungsgeschichte vom 18. bis zum 20. Jahrhundert*, München：Ö Beck Verlag, 1989, S. 27.

③ Vgl. Jürgen Jacobs, *Der deutsche Bildungsroman Gattungsgeschichte vom 18. bis zum 20. Jahrhundert*, München：Ö Beck Verlag, 1989, S. 27.

④ Ebd. , S. 28.

⑤ Ebd.

　　巴赫金在《教育小说及其在现实主义历史中的意义》① 一文中指出，成长小说是"另一种鲜为人知的小说类型，它塑造的是成长中的人物形象。这里，主人公的形象不是静态的统一体，而是动态的统一体。主人公的性格在这一小说的公式中成了变数，主人公本身的变化具有了情节意义。这一小说类型从最普遍的含义上说，可称为人的成长小说"②。同时还指出：古罗马的散文小说中的主人公，是完全没有个体特征的公共形象；而中世纪骑士传奇小说中的人物又完全是沉浸自我之中，与历史和社会现实无涉；只是到了歌德的笔下，人物、事件才都被赋予了历史的意义，人物内心的时间性恰恰反映了历史的进程，历史与个人有机地结合成一个整体。在这一点上，巴赫金与卢卡契的观点不谋而合。成长小说的基本点在于：主人公在一个陌生的、敌对的世界里寻找生命的意义，经历过矛盾和痛苦后，最终走向成熟，实现与客观世界的平衡和融合。③

　　德国成长小说的传统，其实最早始于 17 世纪格里美豪森的《痴儿历险记》，侧重表现为基督教教义对成长主体的"内在塑造"，并不追求完整的故事情节和人物的心理律动。到 18 世纪末 19 世纪初期，歌德的《威廉·迈斯特的学习时代》、《少年维特之烦恼》和瑞士作家凯勒（Gottfried Keller，1819—1890）的《绿衣亨利》（*Der Grüne Heinrich*，1854—1855）被视为成长小说的发轫之作，首次书写成长主人公的性格由幼稚走向成熟的过程。从 19 世纪到当代，德语文学领域出现的林林总总的成长小说中，歌德的小说《威廉·迈斯特的学习时代》是一部公认的优秀的成长小说。它建立了成长小说的固有模式：主人公离家后，经历成长和抗争的各个阶段。在和周围环境相接触、和社会交往的过程中，主人公的个性在不断变

---

　　① Bildungsroman 在德语中亦称 Erziehungsroman（教育小说），其含义有所不同，研究者究其原委，但都各执一词。本书统一按照 Bildungsroman 译成中文"成长小说"。如在引文中出现"教育小说"的说法，亦指 Bildungsroman（成长小说）。北京大学谷裕教授在她的新作《德语修养小说研究》中又提出了"修养小说"这种汉译可能，她认为："Bildung"中人格"塑造"的含义大致可以对应"修身"，"教育"培养大致对应"涵养"，是以"修养"。……"Bildung"就其古典含义，……特别强调个体与整体、内在于外部实践、私人领域与公共生活的联系，带有强烈的社会和政治诉求。……"Bildungsroman"是一个直接与修养相对应的文学概念。该类小说亦产生于 18 世纪下半叶的古典修养语境中。……修养小说以文学形式，形象地演绎了修养理念及其存在的问题……谷裕：《德语修养小说研究》，北京大学出版社 2013 年版，第 1 页。

　　② 巴赫金：《巴赫金全集小说理论》三，白春仁、晓河译，河北教育出版社 1988 年版，第 230 页。

　　③ Vgl. Jürgen Jacobs, *Der deutsche Bildungsroman Gattungsgeschichte vom 18. bis zum 20. Jahrhundert*, München: Ö Beck Verlag, 1989, S. 28.

化、不断形成和完善，最终实现理性与激情、个人与社会的和谐统一。在这部作品中，无不渗透着作者本人对人生目的等重大命题的深刻思考。歌德在 1786 年的日记中总结道："威廉·迈斯特的开始活动是来自对伟大真理的一种模糊预感，就是人常常愿意从事某种尝试，哪怕他的天生气质不适合于这些方面——比如错误的意向，一知半解以及诸如此类，都可以计算在内。甚而许多人为此浪费了大好光阴……然而所有一切错误的步骤，却有可能导致一种难以估量的好处。"①

卢卡契高度赞扬歌德的经典之作《威廉·迈斯特的学习时代》，强调成长小说的心灵世界与史诗的先验秩序有着未曾泯灭的联系，正因为如此，主人公迈斯特对未来的理想才带有先验整体性的色彩。但是，人物的职业、阶级和等级这些存在的前提条件，又在很大程度上决定着他们理想和最终目的，甚至与原始的虚像世界相悖。所以，社会最深层的整体性意义对心灵的呼唤，与孤独的个体和具体的社会存在之间构成一道深壑。卢卡契在《小说理论》（*Die Theorie des Romans*）中得出这样的结论：幻灭小说仅仅是孤独的个人命运与现实世界冲突的后果，使个人理想全线崩溃；而成长小说的主人公已通过学习和奋斗，认识到了内心与世界间的差异，在一个团体相互扶持之下，个人命运在揭示整体性意义时得到拯救。

根据卢卡契对小说类型的划分，具有典型外倾性的小说即通常所说的流浪汉小说，面向外部和社会现实；具有典型内倾性的小说类型是心理小说，专门探讨个人意识。而介于这两种小说类型中间的成长小说，借助主人公的成长，在个人与社会、主观与客观、感性与理性之间寻找独特的平衡，在探索对立双方的交互反应基础上，缓解它们之间剑拔弩张的紧张关系，实现自我的虚像世界与客观世界的融合。另外，从人文主义传统上来看，自我虚像世界与客观世界认同的过程，是人类在成长中寻找精神家园的过程，是人类的永恒追求和共同经历，成长小说也因此是人们认识自我、认识社会，建立个人身份、实现人生价值的一个有力切入点。威廉·狄尔泰（Wilhelm Dilthey，1833—1911）在 1906 年出版的《体验与诗》（*Das Erlebnis und die Dichtung*）中指出："成长小说自觉地、富于艺术地表现一个生命过程的普遍人性。"他还指出，歌德时代成长小说产生的思想来源主要是以莱布尼茨为代表的发展心理学、卢梭倡导的自然教育法则

---

① 董问樵：《〈威廉·麦斯特的学习时代〉译本序言》，转引自歌德《威廉·麦斯特的学习时代》，董问樵译，上海译文出版社 1993 年版，第 2 页。

以及莱辛和赫尔德提出的人文主义思想，而"歌德的《威廉·迈斯特》比任何其他小说更开朗、更有生活信心地把它说了出来，这部小说以及浪漫主义者的小说之上，有一层永不消逝的生命之乐的光辉"①。按照狄尔泰的观点，成长小说提升至意识和心理的层面，主人公的成长包含"普遍人性"。人们可以从个体的生命历程把握人类存在的整体意义，从而获得一种对存在意义的理解。"永不消逝的生命之乐的光辉"正是人类成长前的虚像世界的景象，又是人类成长的终极目标。

　　这一目标不会随着人类历史的发展而消失，而是随着人类精神的变化发生转变。19 世纪至 20 世纪初，成长小说主人公的视角由外部世界转向内部世界。少年成为新的成长主体，随着人类异化感日益增长，再加上"心理人"的出现，内心和自我意识与社会等客观环境也日渐疏离。随着尼采的一声"上帝已死"，以及弗洛伊德精神分析学说的确立，上帝逐渐被剥去神秘的面纱。成长小说的主人公已不再是踌躇满志、怀有远大理想的青年，而是敏感内向的、具有自我意识的人物。迈尔斯曾对 20 世纪成长小说做过这样的描述："呈现在现代作家面前的实际上只有两种选择：要么迈出最后一步，进入完全崩溃、精神错乱的世界……在那里一切现实都有问题；要么迈出不太激进的一步，把整个小说带到自嘲这个可以拯救的平台——换言之，去创作反成长小说，戏仿这类小说的两个分支，流浪汉小说和忏悔小说。第二种途径在 20 世纪成长小说中最常见。"② 在现代成长小说或"反成长小说"中，主人公并没有得到"幸福"，也没有为未来做好切实的准备。同经典成长小说中那些已成为"对社会有用的人"相比，他们并未长大成人。凯斯特纳的成长小说《法比安》具有典型的"反成长小说"的结尾：道德者法比安最终未能实现与社会的融合，甚至失去了自己的生命。

　　成长小说必然承载着全人类的成长母题。如上文所述，在原始部落中，到一定年龄的孩子们会被部落长老带到隐秘的地方，接受一系列生存考验，甚至遭受鞭打。仪式完成后，便意味着受礼者长大成人。这实际上就是一个由懵懂无知，到历经磨难，直至长大成人的过程。"成长小说的

---

　　① ［德］威廉·狄尔泰：《体验与诗　莱辛·歌德·诺瓦利斯·荷尔德林》，胡其鼎译，三联书店 2003 年版，第 324—325 页。
　　② 孙胜忠：《德国经典成长小说与美国成长小说之比较》，《安徽师范大学学报》（人文社科版）2005 年第 5 期，第 324 页。

叙事逻辑，正好与之吻合，可看作是现代文明社会中一种成人式的代替品。"[1] 在诸多成长小说中，正如在维兰德的《阿迦通的故事》（*Geschichte des Agathon*）和《威廉·迈斯特》中，成长母题总是集中在寻找生命真谛的主人公和客观世界之间的紧张关系中。另外，米歇尔·贝多（Michael Beddow）在他的《人性小说》一书中指出："这类小说的主要特征是通过虚构小说中主人公的成长发展过程来赋予自然人性某种特殊的性质，并让这种特质具备普遍意义。"[2] 按照贝多的观点，成长的主人公足以代表人类，个体行为反映集体无意识活动，折射出某些特定的生存心理、社会和道德准则。成长小说把兴趣放在主人公的个体发展上，不可避免地关注到与成长有关的几个重要方面：个人与社会的关系、社会价值观和道德准则。同样，人物内心世界的发展也是个体发展不可或缺的一部分。

　　文学历史学家普遍认为，把个体的成长作为小说主题的方式在德国作家中尤其常见，人们甚至一直在尝试，在德国文化传统的特别之处上来印证这一论断。多数认为，成长小说盛行的心理因素来自德国人的内倾性，以及由此而产生的非政治性的、倾向内在世界的文化特征，以及对成长小说的偏爱。托马斯·曼在他的 1923 年发表的《德国共和的精神和本质》（*Geist und Wesen der Deutschen Republik*）一文中曾经这样描述德国人的特性：

　　　　德国人最美好的举世闻名的个性，也是他们引以为豪的特点就是其内倾性。正是由于这一点，他们才为世界带来了具有高度精神和人性特征的艺术体裁——成长和发展小说……内倾性是德国人的修养，是指：沉浸于个人；个体主义的文化良知；致力于自我培养、发展和完善，或者从宗教意义上来说，具有一种拯救和保护自己生命的意义；精神的主观性，是某种氛围——我想说的是——某种虔诚的因自己而欢愉的个体文化，这时，客体世界、政治世界都是世俗地，被无情地抛在一边，——"因为"，路德说，表面上的秩序乃空洞之物。

---

① 　张泉根：《儿童文学教程》，首都师范大学出版社 2008 年版，第 235 页。

② 　Michael Beddow, *The Fiction of Humanity: Studies in the Bildungsroman from Wieland to Thomas Mann* 1982, Vgl. Jürgen Jacobs, *Der deutsche Bildungsroman Gattungsgeschichte vom 18. bis zum 20. Jahrhundert*, München: Ö Beck Verlag, 1989, S. 31.

(*Th*. Mann：*Gesammelte Werke*. Frankfurt 1960. Bd. XI S. 854 f.)①

随着时间的推移和社会环境的变化，德国成长小说以另外一种姿态出现在英国乃至整个欧洲和世界。笛福的《鲁宾逊漂流记》、狄更斯的《大卫·科波菲尔》和《远大前程》、奥斯丁的《傲慢与偏见》、乔伊斯的《一位青年艺术家的肖像》以及夏洛蒂·勃朗特的《简爱》都属于成长主题的作品。如果说德国成长小说注重成长个体的自我完善，那么英国的成长小说的重心则在于个人进入社会的种种历险的过程以及最终适应社会。② 在美国同样有成长主题的作品出现，如库伯的《杀鹿人》，主人公在与印第安人的历险中形成了自己的性格：对大自然的热爱和对自由的向往；麦克维尔的《白鲸》以及马克·吐温的《汤姆·索亚历险记》等。③在中国也不例外，鉴于不同的文化背景，严格按照西方成长小说的模式来界定中国的成长小说显然是不合适的。但是，众多文学批评家已经发现中国的文学巨著《西游记》本身也呈现出了西方流浪汉小说的痕迹④，中国学者徐秀明曾提出："明代之后，'成长主题'才渐成气候：《西游记》等长篇名作中都有著名的成长断片。"⑤ 综上所述，从众多事实来看，成长小说并非仅仅局限在德国，只要有成长存在和发生的地方，就会存在以个体成长作为主题的文学。因为地域文化和传统人性的区别，成长小说的表现形式会有所差别。因此，笔者认为，成长既然是全人类的主题，那么成长小说必定也是体现全人类成长意识和无意识的手段之一。

---

① Zitiert nach Jürgen Jacobs, *Der deutsche Bildungsroman Gattungsgeschichte vom 18*. *bis zum 20*. *Jahrhundert*, München：Ö Beck Verlag, 1989, S. 35.

② 成长小说研究专家杰罗米·汉密尔顿·巴克利（Jerome H. Buckley）在《青春的季节：从狄更斯到戈尔丁的成长小说》（*Season of Youth：the Bildungsroman from Dickens to Golding*）中找到了大量来自英国的成长小说的例子。参见易乐湘《马克·吐温青少年题材小说的多主题透视》，博士学位论文，上海师范大学，2007 年，第 99 页。

③ 参见易乐湘《马克·吐温青少年题材小说的多主题透视》，博士学位论文，上海师范大学，2007 年，第 99 页。

④ 关学智：《〈西游记〉与西方流浪汉小说之比较》，《丹东师专学报》2003 年第 2 期。

⑤ 徐秀明，葛红兵：《成长小说的西方渊源和中国衍变》，《上海师范大学学报》（哲学社会科学版）2011 年第 1 期。

第三章 凯斯特纳的成长小说

第一节 蒙太奇式的成长过程

"反成长小说"的出现以及成长小说在世界各国的不断普及，足以说明传统成长小说的模式并非一成不变。除此之外，包括凯斯特纳在内的儿童小说作家和他们的作品都不可避免地要涉及成长主题。

凯斯特纳在魏玛时期总共发表了六部小说：《埃米尔擒贼记》，图画书《长胳膊阿瑟》（*Arthur mit dem langen Arm*，1930）和《中魔法的电话》（*Das verhexte Telefon*，1930），《小不点和安东》，《5月35日》，《飞翔的教室》等。本书着重研究凯斯特纳魏玛时期儿童小说中的成长线索，纵向探讨除《长胳膊阿瑟》和《中魔法的电话》之外的其他四篇小说中的少年主人公的成长经历：

《埃米尔擒贼记》：凯斯特纳首次尝试儿童作品创作的作品，取得很大成功。来自乡下小城的少年，独自乘火车到柏林，不幸遇到了小偷，妈妈省吃俭用存下来原本要带给祖母的钱被小偷偷走。到达柏林之后，他在一群柏林少年的帮助下，顺利地跟踪并抓到了偷钱贼，还得到一大笔奖金。

《小不点和安东》：安东家境贫困，妈妈卧病在床。晚上安东在桥上卖鞋带的时候认识了跟保姆一起乔装打扮卖火柴的富家女小不点。安东识破了保姆和她的未婚夫想趁小不点家人外出，准备入室盗窃的诡计，并成功地抓到了他们。最后，安东和母亲住到了小不点家里，他们再也不会因为没钱而苦恼了。

《5月35日》：凯斯特纳唯一的幻想小说。康拉德的算数很好，但是却少那么点想象力，不知道该怎么去写一篇有关南太平洋的作文。幸运的是，他有个童心未泯的叔叔，带着他和一匹会说话的大黑马，穿过房间里的衣橱，经过了懒人国、历史之国、颠倒的世界、自动城，最后到了南太平洋。旅途中，康拉德看到了、经历了很多，回到现实中之后，写了一篇很棒的有关南太平洋的作文。

《飞翔的教室》，这是小说中的少年们正在排练的一部圣诞节戏剧的名字。故事发生在圣诞节前的寄宿学校。他们与实科中学的学生发生冲突打起雪仗。少年们在学校里学习勇气、聪明以及自制等美德，还不断获得两个成年朋友的帮助。

在《埃米尔擒贼记》的序言中，凯斯特纳强调说，他要写一部南太平洋的小说，而这个想法在两年后终于实现，即《5 月 35 日》。抛开小说出版的年份，从创作的本意上，《5 月 35 日》完全可以被看作是凯斯特纳的最初勾画的儿童小说。

在每部小说中，凯斯特纳都遵循不同的线条来表现小说主题：《5 月 35 日》中，康拉德穿过叔叔家的衣橱，经过了四个分别不同的地方，最终到达目的地南太平洋。构成一个单一的旅行历险故事。《埃米尔擒贼记》中，跟着埃米尔以及柏林少年们追踪小偷的脚步，凯斯特纳展现出一幅现代都市的画面。《小不点和安东》的故事主要由两条线以及两条线的相互交织构成，其一是小不点化装卖火柴，其二就是安东和母亲的故事。两条线的交点在于安东识破了小不点保姆的阴谋，帮助伯格先生抓住了企图入室盗窃的小偷，表现出少年的正义和善良美德。《飞翔的教室》中，故事的线条颇为复杂，其中包括贯穿故事始终的圣诞节戏剧的排练和演出，寄宿学校的学生和实科中学的学生之间的争端，学生乌利勇敢的一跳，两个儿时伙伴多年后再次相见以及马丁因为没钱而无法回家过圣诞节的苦恼。五条线索互相交织，多个主题并存，有关道德的思考散布在小说各个角落。

四个故事的表现手法各不相同，透过表面的神奇之旅、都市历险、纯真友谊和圣诞故事，无不渗透出只有一个少年才有的忧虑和苦恼。除了仍处在懵懂阶段的康拉德之外，埃米尔、安东和寄宿学校里的少年们都有各自的忧愁：埃米尔独自前往陌生的地方，因为对母亲的愧疚，他执着地要找回丢失的钱；安东忍受着生活的不公，主动担负起家庭的重任；学校少年的苦恼更多，约尼缺失父母的温暖，明显比同龄人早熟，乌利因为被同学认为是"胆小鬼"而苦恼，而马丁则因为家里缺钱，不得不在圣诞节与父母分离而伤心。如果深入至凯斯特纳小说的心理层面，可以发现，四个故事都笼罩着一层淡淡的阴郁色彩。这些忧郁源自主人公逐步脱离充满天真幻想的童年生活，成长为一个对家庭、社会和朋友背负责任感的少年的过程。宏观上观察四部小说中的少年就不难发现，以埃米尔为代表的他们身上具备传统的成长小说中成长主体的特点，构成了一条少年成长的线索。埃米尔是凯斯特纳在后来的儿童小说中多次提到的儿童形象的原型。他生活的社会和家庭环境，也构成了凯斯特纳小说中的一个模式，比如，母子二人的家庭，母亲辛苦工作，儿子体谅母亲，他们总是受到经济问题的困扰等。① 因此，凯斯特纳的儿童小说中，尤其是魏玛时期的儿童小说中，小主人公们为了母亲从小就学会了承担责任，都刻有"模范少年"埃米尔的影子。

> 埃米尔是个好孩子，但他不是因为母亲胆小、不舍得给他钱或者年纪大才要当好孩子。是他自己想要做个模范少年，当然，他经常会感到有些吃力。
> ……他喜欢受到表扬，也在学校和其他地方到处受到表扬。这不是因为他自己喜欢，而是因为妈妈会因此而高兴。他很自豪可以用自己的方式来报答母亲。(ED. GS. Bd. VII S. 219)

"模范少年"对母亲的爱和责任，以及在面对外界环境变化时产生出的不同心理状态，是贯穿凯斯特纳魏玛时期儿童小说的重要线索，在多侧面反映了模范少年成长的关键因素。

《5月35日》里的少年康拉德走出了少年成长的一步，进而是《埃米尔擒贼记》中的埃米尔，《小不点和安东》里的安东以及《飞翔的教室》中的马丁，包括马丁周围的少年朋友。借用荣格的情结概念，笔者将文本中表现的少年成长统称为埃米尔情结，埃米尔情结分为几个阶段：康拉德阶段、埃米尔阶段、安东阶段以及马丁阶段。纵向来看，各个发展阶段紧密相连。儿童文学上区分儿童的发育阶段和成长的过程划分：幼儿期（3—6岁），童年期（7—12岁），少年期（13—15岁），青年期（16—23、4岁）。② 从康拉德、埃米尔、安东还有马丁的发育年龄上来看，基本上在10岁到15岁之间，但从其行为方式和心理特征上来分，我们可将他们归入到童年期和少年期两个阶段。康拉德处于童年后期，开始逐步脱离

---

① 比如在《小不点和安东》和《飞翔的教室》里，都有同样的主题。
② 王泉根：《儿童文学教程》，首都师范大学出版社2008年版，第38页。

童年的幻想，虽然还未走远，但他已经开始在虚幻世界中思考现实。埃米尔、安东和马丁处于不断成长的少年期。康拉德这时长成了埃米尔，开始真正独自面对现实，解决碰到的难题；安东的出现，显得比埃米尔要成熟许多，不仅要面对现实，还要接受并且努力改变现实，甚至无暇顾及自己的烦恼；马丁则比埃米尔和安东更为独立，他的经历让他开始去思考身处其中的社会现实，但也因为生活中的不幸而苦恼，思考社会是埃米尔成长为马丁的一大标志。对于 10 岁到 15 岁的少年来说，真正细分其成长过程的各个阶段非常困难，少年期本身就是多元复杂的成长期。他们初涉人世，懵懂、好奇、但富有勇气，同时面临很多烦恼。主人公与社会现实的关系构成贯穿于少年纵向发展过程中的红线。成长是逐渐从家长和外界给童年时期的康拉德提供的虚幻世界中走出来，经过了在现实面前的惊慌情绪、努力改变现实的本能行为，到后来开始思考社会中的不公现象，从被动接受到主动思考的过程。

按照凯斯特纳小说中成长主题的特殊模式，笔者将这四部小说归为一体，称为蒙太奇式的成长小说。蒙太奇是电影制作的基本手段，运用画面剪辑和画面组合等方式，把零散的镜头有机地连接起来，从而表达一定的意图。不同的连接方式或许会造成不同的理解。运用蒙太奇手法，电影的叙述在时空上可以自由切换，特定的跳跃场景甚至有增强故事感染力和说服力的作用。凯斯特纳本身就是新兴媒体科技的追随者，他把童年生活的画面作为电影的镜头，自己作为导演经过万般斟酌取舍之后，把这些镜头连接成一部关于少年成长的小说。在埃米尔这个故事的开头，瓦尔特·特里尔（Walter Trier，1890—1951）的插图就像是凯斯特纳电影的片头，随着成长的故事慢慢展开。

第二节 少年成长的线索

成长具有普遍性，是人类集体无意识中的永恒主题。以埃米尔为代表的四个少年的成长主线是少年脱离家庭、逐步实现与外界关联的过程，也是集体无意识的虚像世界和客观世界碰撞交融的过程。凯斯特纳式的蒙太奇手法，虽然镜头是零散的，但是却都包含着少年成长的几个重要因素，构成少年成长的主要线索。

线索一：代表社会的都市。都市始终是凯斯特纳的创作主题。

康拉德见到的是一个未来都市"电动城"。这时的他还未获取完全的社会意识，当城里的一切让他觉得反感而无法接受的时候，他可以选择离开。随着他的逃离，电动城也自行崩溃。这暗示一种美好的泡沫般的幻想。

埃米尔虽然乘火车来到了这个大城市，但还保留着小城的观念和思维方式。在柏林他开始学习像城里人一样行为。一开始埃米尔因为"不了解大城市的规则"① 而疑惑，像位迷路的游客一样观察周围——柏林的世界。城市不是个人的城市。作为公共场所，城市要求自制和高度的社会性，个人才可在其中获得或提供帮助。在柏林，孩子们的公共活动不再局限于在新城给雕像画胡子这么简单。埃米尔一到柏林，就被涌动的大都市所吸引。"少年像着了魔一般，他几乎忘记了为什么站在这里，也忘记了他刚丢了 140 马克。"（ED. GS. Bd. VII S. 264）

身在柏林就意味着更强的社会化程度。生活在柏林的安东就不再有埃米尔初到此地时的青涩。柏林是他无法选择的生存环境，生活的艰辛让他无暇顾及城市的繁华和喧闹。安东具有更为明显的社会性，冷静且机智，主动承担作为普通公民的社会和道德责任。他看到夜幕下的罪恶并及时制止，社会道德感是他行为的驱动力。

寄宿学校是个封闭的幻想世界，但同时又是社会的缩影。聚集在这里的少年都有各自的故事。首先，寄宿学校里的学生们性格鲜明，他们自行决定团体里的分工，就像他们在舞台剧中的角色分工一样。他们跟实科中学的学生发生冲突是年少气盛的结果，但他们敢于承担后果，接受老师尤斯图斯的惩罚，这同样是作为社会人承担责任的一种表现。另外，寄宿学校之外的社会在小说中并未直接体现，但约尼很早就尝到了现实的冷酷。约尼在很小的时候就被父母抛弃，长大后的他独立自主，心智成熟。好学生马丁的父亲失业，家里没有经济来源，他不得不跟安东一样，无奈地接受社会的不公。马丁成长的标志是，他开始对社会产生怀疑，开始思考社会不公产生的根源。当然，对一个少年来说，找到"人类不平等的起源"是个让人挠头的难题。

从康拉德到马丁的成长，是少年逐步实现社会性的过程。

线索二：脱离家庭庇护。成长主题的一个经典模式是成长者离家出

---

① 　Helga Karrenbrock, *Märchenkinder – Zeitgenossen Untersuchung zur Kinderliteratur der Weimarer Republik*, Stuttgart: M und P Verlag für Wissenschaft und Forschung, 1995, S. 209.

走，寻找自己理想中的世界。在凯斯特纳的四部小说中，离家同样是贯穿少年成长的行为。这里的离家出走不仅指空间地域上的离开，也指心理上的疏远。

《5 月 35 日》中，与康拉德一起前往南太平洋的不是父母，而是叔叔。康拉德和叔叔，康拉德的父母分别形成家庭里的两个阵营，即儿童阵营和成人阵营。成长者离家出走的重要原因之一在于自己的理想与家庭，尤其是与成人世界价值观之间的冲突。故事的结尾，康拉德从幻想国最终还是返回到父母的家中，他的出走仅为梦中的自我满足而已。

家庭的构成主要是父母和孩子，那么开始脱离家庭的过程就是与父母的关系发生变化的过程。埃米尔和安东与母亲共同生活，父亲早逝，约尼被父母抛弃等。埃米尔、安东、马丁一方面逐步脱离深爱着的母亲，同时又慢慢获得对自己充满父亲般关爱的成年朋友。成长中，母亲和父亲的地位在悄悄地发生变化，这将是本书第四编和第五编重点分析的主题。

线索三：自我教育的过程。在凯斯特纳的成长主题中，自我教育的基础在于少年成长的痛苦和悲伤。痛苦和悲伤对人格的成长有其不可取代的作用和意义。"在完全没有悲伤和痛苦，完全没有不幸和混乱的情况下，成长和自我实现可能吗？"焦虑导向整合和超越。激情使人的经验更加充实和成熟，悲剧意识不仅不是对人的否定，而且还能使人的经验变得高贵深刻。①

自我教育的过程与成长主体的社会性的过程紧密相关。埃米尔在柏林的经历，是他生命的首次释放。脱离母亲关切的目光，是面向自我教育走出的第一步。在面临困难时，他自由地选择能给他帮助的人。在火车上，对母亲的责任不离左右，埃米尔的每个行为都与母亲不无关系。但踏上柏林土地的那一刹那，对大城市的迷恋让他对母亲的愧疚暂时消失。大城市教会了少年要向别人寻求帮助，这是个互相关联的社会，不仅仅获得别人的帮助，同时也要履行自己的责任。正如卢梭的爱弥儿，他也在学习，变成一个社会性的人，"能在社会中生存，而不破坏世界。教育的目标是要成为完整的个人，——思想如是，行为自由——，这样的个人可以签订一份社会契约，这份契约会让个体存在的社会化过程控制在适当的程度"②。

---

① 冯川：《文学与心理学》，四川人民出版社 2003 年版，第 14 页。

② Zitiert nach Helga Karrenbrock, *Märchenkinder – Zeitgenossen Untersuchung zur Kinderliteratur der Weimarer Republik*, Stuttgart：M und P Verlag für Wissenschaft und Forschung, 1995, S. 210.

成长为一个道德者是成长者最终实现自我教育的重要表现之一。同时，埃米尔的成长过程和他在不同境况下的经历，也是现实中每个人必经的挑战和心理发展历程。但无论心理发展的轨迹如何，埃米尔的善良勇敢、关心他人以及他的责任心，都蕴含着丰富的人性内涵，表现出一种道德的力量，让读者去亲近他，模仿他。其实，埃米尔的成长也是对儿童自我价值的认可。他成长的每个阶段都离不开有关美德的传递，提示出了一个积极的主题：传统美德诸如爱、宽容、责任、团结等无论在哪个时代都是伟大的。他的自我教育其实是一种让孩子们通过对话和交流来实现的教育乌托邦。自我教育的目的此时在于获得社会交往的能力，如团结互助的美德等，发展行为和交流技巧，能更好地解决矛盾。凯斯特纳尝试实现自我教育运用如下手法：第一，鼓励小读者对自己进行评价，寻找他们眼中的榜样；第二，加入作者自己的评价，引导孩子们做出判断。相关分析将在本书第五编中进行。

第四章　与传统成长小说的异同

综上所述，作家早期的儿童小说展现了一个少年成长的故事。"凯斯特纳在小说（指《埃米尔擒贼记》）中引入了经典成长小说和历险小说的元素，只是在内容和功能上做了些改变。"[1] 虽然在凯斯特纳魏玛时期的儿童文学作品中可以找到成长小说的影子，但埃米尔的成长并不完全符合德国传统成长小说中主人公成长的模式。德国传统成长小说的模式被赋予了凯斯特纳的语言。

凯氏成长小说与德国传统小说的相同点在于：

第一，成长小说以一个年轻的主人公的生命历程为中心。在上述四部作品中，小说的主人公更为年轻，处在生命的懵懂阶段。

第二，成长的主人公为清一色的男性。凯斯特纳的四篇小说中的主人公也是成长中的少年。故事中的女孩形象基本上处于边缘位置。如表妹小帽子很想帮助少年们一起抓小偷但遭到柏林少年们的拒绝，不得不沮丧地回家。小不点虽然同样作为主人公，但作者对小不点在道德上的评价却远逊于男主人公安东。

第三，德国成长小说大多注重青少年的人格成长和道德塑造。凯斯特纳在上述四部作品和众多小说、散文、评论和演讲中同样关注少年儿童的道德教育和发展问题。

如上所述，凯斯特纳的四部小说具有连续性，关注少年在成人之前的不同成长阶段，也符合德国传统成长小说的基本特点。但是，由于凯斯特纳笔下的成长者不是单纯的一个人，而是通过不同少年的经历来表现人类意识中的成长主体的不同阶段。我们称之为成长主体，而康拉德、埃米尔、安东和马丁则代表着连续发展的成长阶段。就这一点上，凯斯特纳所

---

① Isa Schikorsky, "Literarische Erziehung zwischen Realismus und Utopie – Erich Kästners Kinderroman Emil und die Dedetive", Betthina Hurrelmann (Hrsg.), *Klassicker der Kinder – und Jugendliteratur*, Frankfurt am Main: Fischer Taschenbuchverlag, 1995, S. 216 – 231, hier S. 223.

描写的主人公的成长过程又与传统成长小说的成长主题有所不同：

之一，传统成长小说中的主人公通常是经过一系列的错误和失望之后，最终实现与客观世界的平衡，这正是成长小说的"目的"所在。如果没有这个角度，只能说是成长小说的一种变体——"幻醒小说"。凯斯特纳的成长主体也在经历失望和错误，但他们仅仅处在接触客观世界的最初阶段，因此也谈不上最后实现与客观世界的融合。就人生阶段来讲，他们处在人生阶段的初期。

之二，传统成长小说的主人公的成长是个完整的过程，经历苦恼—反叛—适应三个阶段，最终达到与社会的融合。凯斯特纳的成长主体始终处在成长初期。他们的苦恼笑中带泪，无须像传统成长小说主人公那样必须通过个人叛逆来摆脱成长的烦扰。凯斯特纳的艺术创作手法正好符合他笔下特殊的成长主题，幽默和讽刺中夹杂着淡淡的忧伤。埃米尔、安东和马丁在半推半就中接受成长的必然过程。

之三，虽然传统成长小说和凯斯特纳的儿童小说都注重道德塑造，但道德教育的手法有所不同。启蒙运动之前的成长小说，主要通过主观思辨获得心灵的净化和道德的提升，因此在故事情节的编排上就略显单薄，比如《痴儿历险记》主要表现基督教教义对人的内在塑造。启蒙运动后的成长小说注重成长者的社会化历程。成长不仅是个人的事件，甚至是民族和国家的公共事件。随着他们社会经历逐渐丰富，成长者通常自主实现道德上的净化。代表作品就是歌德的《少年维特的烦恼》（*Die Leiden des jungen Werthers*，1774）和《威廉·迈斯特的学习时代》。凯斯特纳笔下的成长主体本身已经具备特定的道德素质，在成长过程中也实践着自己曾经受到的道德教育，但由于其发展的特殊阶段，通常需要成人的指导。在这一点上来看，凯斯特纳成长主体的道德本质已经确定，随着与社会和客观世界的接触，他们的道德本质不断体现出来并得到外界的肯定。比起传统成长小说的主人公，以埃米尔为代表的主人公较少受到道德抉择的苦恼，他需要完成的是学会如何让自己的道德在客观世界中生存。

之四，凯斯特纳在魏玛时期还创作了一部写给成年人的小说《法比安》。凯斯特纳在他的这部小说中一改儿童小说里轻松幽默的文风，笔触尖锐严肃，整体基调黑暗。获得博士学位的日耳曼学者法比安，漫无目的地穿梭在经济危机下的柏林城市的大街小巷，因找不到满意的工作而苦恼。其实，凯斯特纳借助法比安的经历表现的却是一个道德者在现代大都市中无所适从的状态。如果把法比安也作为埃米尔成长的一个阶段，或者埃米尔成长的终极阶段来看，就更加丰富了凯斯特纳作品中的成长主题。不管是传统成长小说，还是凯斯特纳小说中的成长主线，都体现了主人公，主要是一个男孩的成长经历和磨难。但是埃米尔等所经历的磨难近乎平淡无奇，他们成长的高潮不在于遭逢标志性如死亡、再生等事件来实现成为一个社会的人。埃米尔在发展到成年后的法比安阶段，戛然而止。法比安脱离社会，借生命的终结喻示埃米尔成长的失败。

凯斯特纳擅长把传统主题进行蒙太奇式的组合，把成长主题分散在不同的作品中。随着康拉德到马丁进而到成年人法比安的成长，传统道德在经过实践之后，却无法在现实社会中实现价值，道德载体的没落象征传统道德的告终。法比安为救落水儿童不幸自己溺水身亡是小说中的标志性场景。看似悲剧的结尾，同时也隐藏着作家的希望：落水的儿童是会游泳的。他从水里爬上了岸。这个结尾象征着新生力量的适应性。爬上岸的识水性的儿童代表着一种新秩序的产生，体现了整个社会的过渡。

毋庸置疑，凯斯特纳的小说具有传统教育和历险小说的元素，主要倾向于道德的教育。凯斯特纳在小说中引入了换位教育的模式，如《5月35日》中"颠倒的世界"里，孩子们为家长办的教育学校，以及《埃米尔擒贼记》中小帽子对成年人的教育，这样，他就把儿童和成人的教育一统化，保持童年状态，如埃米尔的祖母。凯斯特纳的教育理想就是认为孩子们承载着一个美好的未来世界，在某种程度上来说，这是一种幻想，路易斯洛特·恩德勒（Luiselotte Enderle）称之为"乐观现实主义"（optimistischer Realismus）。

第四编

少年成长的情结分析

情结贮藏在个体无意识中。"情结常常是人类灵感和驱力的源泉，对于伟大的艺术家而言，如凡高、毕加索为绘画之景癫狂，莎士比亚、郭沫若为文学之美着魔，伟大的艺术作品莫不由艺术家内心情结的驱使喷薄而出。"[①] 我们知道，几乎每一部文学作品都有作者情感和经历的积淀，成功的文学作品更无一例外打上作家自我的烙印。这种烙印或以某种事件，或某种理想的形式出现，是作者不同情结的释放。凯斯特纳的童年情结是成就他作为儿童作家并取得巨大成功的动因，作品中的都市情结和首次由弗洛伊德提出的"俄狄浦斯情结"（ödipule Komplexe），则分别构成了少年成长的外部环境和内部心理的两条线索。

[①] 尹力：《意识、个体无意识与集体无意识》，《社会科学研究》2002 年第 2 期，第 62—65 页。

第一章　童年情结

凯斯特纳认为："人们淡忘的事物会消失，熟记于心的事物则如昨天发生一般。标准不在于时间，而是价值。最充满价值、最为有趣或悲伤的就是童年。"（AJ. GS. Bd. VII S. 14）童年的记忆渗透在凯斯特纳的大部分儿童小说中，他自己的童年形象也附着在笔下主人公身上，埃米尔、安东等都是童年埃里希·凯斯特纳的再现。在作家的心里有一种不可磨灭的童年情结，而雅各布松的提议让他的童年情结在创作中喷薄而发。

首先，童年情结是儿童文学创作的基本出发点。

匈牙利著名精神分析家桑多·费伦齐（Sándor Ferenczi，1873—1933）指出："在我们灵魂的最深处，我们仍然是孩子，而且终生如此。"人表面上看都是有独立意志和行动能力的，但在内心深处，却存在着根深蒂固的依附性。① 从某种意义上来讲，心灵的东西是没有所谓旧的也没有真正会消失的东西，童年的记忆就是这样。"一个人，在成年以后仍具有的对整个（甚至是形而上学的）童年的留念难以释怀，下意识地一再挽缅回味。经常沉浸在童年氛围、童年体验的环绕中，乃至不仅对童年甚至对他人的童年琐事表现出超乎寻常的兴趣。"②

文学艺术本身遵循一种儿童的游戏原则。弗洛伊德认为读者在欣赏文学作品时获得的快感，与儿童从游戏中获得的快感和成人从幻想中获得的快感，并无二异。它们都满足了某些无法满足的愿望，从而成了这些愿望的代用品（或替代物）。他在《作家与白日梦》中指出，读者在阅读中产生的快感来源于作家创作的作品，而作品之所以能给人以快感，乃是因为它本身是幻想的产物并且满足了人们对幻想的需要。"难道我们不该在童年时代寻找想象活动的最初踪迹吗？孩子最喜爱最热衷的是玩耍和游戏。难道我们不能说每一个孩子在玩耍和游戏时，行为就像是一个作家吗？"

---

① 参见冯川《文学与心理学》，四川人民出版社2003年版，第147页。
② 转引自王泉《儿童文学的文化坐标》，湖南师范大学出版社2007年版，第112页。

"作家的所作所为与玩耍中的孩子一样，他创造出一个他十分严肃地对待的幻想世界……他对这个幻想的世界怀着极大的热情，同时又把它与现实严格地区分开来。"①

儿童是快乐原则的信徒。儿童的快乐世界是靠愿望和想象建立起来的，这些未受到现实原则禁止的愿望只能通过非现实的、幻觉式的实现来获得满足，它无法抵达客观世界。弗洛伊德认为，儿童对自由的体验和对快乐的转述有一个致命的缺陷，即它不可能与现实原则达成妥协。而弗洛伊德自己动摇于彼此相反的答案之间。有时，他认为应该变得成熟并放弃童年时代的梦想，承认现实原则；有时他会说，要改变严酷的现实以便重新恢复丧失了的快乐本源。弗洛伊德还试图在现实原则和快乐原则之间寻求妥协之道。比如对现实原则他曾解释成其本质上也是在寻求快乐——尽管是一种推迟了的和减弱了的快乐，但确实有事实上的实现，这是一种因其与现实相关联而得到保障的快乐。②

弗洛伊德的快乐原则与现实原则冲突的理论对我们理解儿童在成长中或迟或早出现的"分裂期"有直接帮助。儿童文学并不愿追随弗洛伊德成为悲观主义文学，儿童文学作家天生就是具有积极入世精神的清醒的理想主义者。艺术家和诗人的得天独厚之处在于他们比大多数人少受文化中压抑因素的制约，因而具有通过回忆和认知去挖掘已失去的儿童期想象和灵感的能力。用弗洛伊德的话说，他们有"压抑的弹性"，意思是艺术家更容易进入童年经验的宝库。③

幻想文学具有游戏和娱乐性，这是儿童文学的基本出发点。那些深受孩子们喜爱的童话形象之所以成功，最根本的秘密在于他们充分体现了生活的快乐，体现了孩子们喜爱游戏的天性。早在 18 世纪，启蒙主义者卢梭就热烈地肯定和赞扬儿童的天性。19 世纪的浪漫主义作家进一步将返璞归真的愿望寄托在儿童身上。到 20 世纪，由于现代精神危机的加深，自然更要把儿童的天性当作崇拜对象。特别是在弗洛伊德学说影响下，人们通常把孩子身上的游戏本能看作生命原动力的表现，认为适度的纵容比严厉的管教更有利于孩子的成长。

---

① 转引自冯川《文学与心理学》，四川人民出版社 2003 年版，第 44 页。
② 同上书，第 43 页。
③ 参见［美］斯佩克特《弗洛伊德的美学 ——艺术研究中的精神分析法》，高建平译，四川人民出版社 2006 年版，第 145 页。

其次，凯斯特纳对童年尤其钟爱。他认为童年是道德所在，并在儿童小说中多表现自己对童年的补偿。

凯斯特纳的儿童小说作为现代文学的一部分，也蕴含着作者的自我表现。童年的体验是凯斯特纳小说的主要内容之一。他本身所具有的"儿童文学的天性"，将反映"幼少年时代体验"和"儿童体验"视为自己的文学使命。儿童文学正是在这里诞生，同时，作家也才能在儿童文学中达到自我体现。

别林斯基（Vissarion Grigoryevich Belinsky, 1811—1848）说："儿童文学作家应当是生就的，而不应当是造就的。这是一种天赋。"① 作为在时间上早已脱离童年或少年时光的作家，凯斯特纳心中存在着一种特殊的驱动力来推动他为儿童写作。这种心理内驱力就是作家的儿童崇拜和作家刻骨铭心的童年经历。出版社的约稿促使他的童年情结在作品中与儿童的生命实现了某种机缘上的契合。凯斯特纳自己曾表示，他所写的小说之所以能带给世界儿童以愉悦，是因为"那是靠我的天才写成的，我能栩栩如生地回忆起童年来。"②

凯斯特纳对自己童年的钟爱是他进行儿童小说创作的一种重要情绪，反过来，他在创作儿童小说的同时，也在调节补偿自己的童年。他曾经说过："很多很多人像对待一顶旧帽子一样把自己的童年丢在一边，把它们像一个不用了的电话号码那样忘得一干二净。……以前他们都曾经是孩子，后来他们都长大了，可他们现在又如何呢？只有那些已经长大，但却仍然保持了童心的人，才是真正的人。"③ 童心不是天真和幼稚的行为，而是人的天性藏匿之处。每个人的童年各不相同。凯斯特纳的作品散布着他对童年的多个记忆片段。"缺乏童年情结的儿童文学作家所创作出的作品，我不知道是否会受到大家喜爱。"凯斯特纳于 1960 年获得国际安徒生大奖时还说："因为我能够历历在目地回忆起儿时的往事，我便是以这一才能作为创作的资本。……与自己的童年保持没有受到损害、永远是活生生的接触这一天分，在创作中发挥了特殊的作用。"两位女作家（林格

---

① 朱自强：《儿童文学的本质》，少年儿童出版社 1997 年版，第 319 页。

② Erich Kästner，"Zur Naturgeschichte des Jugendschriftstellers"，*Gesammelte Schriften in 9 Bänden*，München：Deuscher Taschenbuch Verlag，2004，Bd. Ⅵ，S. 657.

③ Erich Kästner，"Ansprache zum Schulbeginn"，*Gesammelte Schriften in 9 Bänden*，München：Deuscher Taschenbuch Verlag，2004，Bd. Ⅱ S. 195.

伦、特拉弗斯）深表同感："能够写出优秀的儿童书籍，并不是因为自己游览孩子和自己了解孩子们，而是因为能够回到过去，了解从前的那个孩子即自己本人。"①

在凯斯特纳的儿童小说中随处可见作家童年经历的影子。他把自己的童年经历作为原型，创造了多个形象：父亲去世或者被父亲抛弃了的少年；与母亲关系密切的少年；出身小市民和贫困家庭的少年；模范少年；有文艺气质以及生活在寄宿学校里的少年等。作家把自己放在局外人的位置，让这些少年形象重现自己的童年生活和感受。他自己还不时地化身为作品中的一个角色，直接与"少年时的自己"进行对话。"天生的局外人"是凯斯特纳给自己的定位，这种角色才让凯斯特纳得以终生进行创作。那么至于凯斯特纳关于童年的回忆，以及这种回忆对他自己儿童文学的创作的影响，在他的自传体小说《当我是小男孩时》可见一斑。②

童年并不总是快乐的，凯斯特纳的童年也一样有些不幸福。在《当我是小男孩时》"孩子的苦恼"（Ein Kind hat Kummer）这一章节中集中表现出作家童年时的苦恼。童年时期的不幸也是一种体验，克服过后，心智就会更成长一步。凯斯特纳儿童文学创作的出发点正是少年成长的烦恼，也是因此他才让他的主人公们作为独立的、严肃的个体出现。③

最后，童年是凯斯特纳的道德理想。对童年的记忆不仅是他创作的资本，更是对善的追求，还是成人与儿童之间进行交流的前提。

有关少儿文学中的童年主题的讨论始于20世纪70年代。④ 事实上，早在20年代，凯斯特纳就已经意识到童年对于少儿文学创作的重要性：作为儿童文学作家，他不能忘记他的童年。凯斯特纳认为，孩子就是善的代表，一般成年人都会忘了他们的童年：

　　弊恶的起源

---

① Erich Kästner, "Zur Naturgeschichte des Jugendschriftstellers", *Gesammelte Schriften in 9 Bänden*, München: Deuscher Taschenbuch Verlag, 2004, Bd. VI, S. 657.

② Helga Karrenbrock, *Márchenkinder – Zeitgenossen Untersuchung zur Kinderliteratur der Weimarer Republik*, Stuttgart: M und P Verlag für Wissenschaft und Forschung, 1995, S. 198.

③ Vgl. Helga Karrenbrock, *Márchenkinder – Zeitgenossen Untersuchung zur Kinderliteratur der Weimarer Republik*, Stuttgart: M und P Verlag für Wissenschaft und Forschung, 1995, S. 199.

④ Zitiert nach Malte Dahrendorf, "Erich Kästner und die Zukunft der Jugendliteratur oderüber die Neubewertung einer Besonderheit des Erzählens für Kinder und Jugendliche bei Kästner", *Erich – Kästner – Buch Jahrgang* 2003, Würzburg, 2004, S. 37.

随时都可看到，

孩童是美好、开放、善良的，

成年人却让人难以忍受。

有时，这让我们失去勇气。

险恶丑陋的成年人，

他们年幼时几乎完美无瑕。

……

但是，恶无可救药

善在孩童时已经死亡。 （Genesis der Niedertracht GS. Bd. I S. 166）

　　少儿文学作家不同于普通的成年人，他们本身具备"清晰回忆自己童年的天赋"，[①] 在这一点上，凯斯特纳与著名的儿童文学作家阿斯特里德·林德格伦和帕梅拉·特拉弗斯（Pamela Travers，1899—1996）不谋而合。"童年"是他作品中的中心概念。他认为孩子是优秀的，他们具有健全的理智、纯净的良知、原始的道德，他们开朗、反应灵敏、思想行为的直觉感强、理性、团结、自发、纯洁且正派，他们是未来美好世界的代表。童年"具有不受约束的完美道德，是教育和政治方针的出发点"。凯斯特纳创造出具有鲜明个人特色的童年模式，将童年视为完美的道德世界，在拉尼茨基看来这是"对失落天堂的渴望"，"无异于追忆往日时光的乌托邦"[②]。

　　凯斯特纳创作儿童小说的另一个重要初衷是实现儿童和成人之间的交流，正如彼得·赫尔特林（Peter Härtling，1933—）认为儿童小说的根本问题在于："让孩子们可以去了解成人世界。孩子们需要了解现实。儿童和成人有共同的体验，有各自的童年，也有共同生活的时光，唯一无法同

---

① Erich Kästner， "Zur Naturgeschichte des Jugendschriftstellers"， *Gesammelte Schriften in 9 Bänden*，München：Deuscher Taschenbuch Verlag，2004，Bd. Ⅵ，S. 657.

② Vgl. Michael Sahr， "Kästner – Bücher und ihre Aktualität für Kinder von heute"，*Jugendbuchmagazin* 1/92，S. 4–9，hier S. 5.

时经历和体验的是作为成年人的体验。"① 在他的小说中除了少年主人公之外，仍不缺乏代表作家思想的成人形象出现。凯斯特纳让这些成人和少年之间建立各自不同的关系，构成成年人和少年交互活动的基础。比如，母亲对少年们深深的爱，记者凯斯特纳先生对少年的热心帮助，伯格先生对小不点和安东的理解，以及尤斯图斯和不抽烟的人甚至成为孩子们值得信任的朋友。而凯斯特纳式的"大团圆"结局里，成人和少年都获得了自己的幸福。

---

① Vgl. Helga Karrenbrock, *Märchenkinder – Zeitgenossen Untersuchung zur Kinderliteratur der Weimarer Republik*, Stuttgart: M und P Verlag für Wissenschaft und Forschung, 1995, S. 199.

第二章　都市情结

第一节　现代都市和作家

凯斯特纳创作的儿童小说产生于都市作为文化中心飞速发展的时期，也是人们对大城市生活趋之若鹜的年代。不仅是生活在大城市的儿童对凯斯特纳的儿童小说津津乐道，那些憧憬大城市却还没有机会在那里生活的孩子们也对凯斯特纳的儿童小说爱不释手，这是他们感受大城市生活的一个通道。

"黄金二十年代"中期，柏林得益于魏玛当局的城市复兴计划，逐渐取代巴黎成为欧洲的文化中心，在世界上具有强大的影响力。柏林见证了旧日普鲁士和帝国时代的辉煌，以及魏玛初期的动荡不安。此时的柏林作为文化重镇，远比其他主要大城市如慕尼黑、法兰克福或汉堡更具有吸引力。柏林像块磁石，亨利希·曼（Heinrich Mann，1871—1950）在抗拒多年之后最后还是移居那里。"向中心靠拢，"他幽默且无奈地说，"这实在是无法避免。"[①]"到柏林去"是许多音乐家、新闻从业者和演员心中的愿望。柏林有一流的乐团，有众多报纸和戏院，对一些有野心又精力旺盛的才俊之士，柏林是他们大展身手的绝佳场所。他们不管来自何处，柏林都会是他们最后发迹的地方，因为柏林会令他们名利双收：凯斯特纳在写儿童读物成名之前，曾因写过"色情诗"而被《莱比锡新闻》报社解雇，后来前往柏林。[②] 1927 年，他回忆说，他初抵柏林时一文不名，如今柏林

[①]　Klaus Schräter, *Heinrich Mann in Selbstzeugnissen und Bilddokumenten*, Hamburg: Rowohlt Taschenbuch Verlag, 1967, S. 110.

[②]　凯斯特纳解释离开莱比锡是因为《莱比锡新闻》风格太过保守。1927 年正值贝多芬逝世 100 周年，凯斯特纳写了一首诗，名为《蓝色的心 室内乐师的夜曲》（*Das blaue Herz Nachtgesang des Kammervirtuosen*），由奥赛尔作图，这首诗因有过激内容而引起《莱比锡新闻》报社反感，被视为"亵渎神圣"，凯斯特纳、奥赛尔等因此被报社解雇。随后他们也离开了《莱比锡新报》前往柏林。Vgl. Erich Kästner, "Erich Ohser aus Plauen", *Gesammelte Schriften in 9 Bänden*, München: Deuscher Taschenbuch Verlag, 2004, Bd. Ⅵ, S. 636.

被他征服了。①

披着绚丽的文化外衣，通货膨胀时期的柏林却令人害怕。茨威格（Stefan Zweig, 1881—1942）在《昨日的世界》（*Die Welt von Gestern*, 1942）中写道：

> 一切价值都变了，不仅在物质方面是如此；国家的法令规定遭到嘲笑；没有一种道德规范受到尊重，柏林成了世界的罪恶渊薮。酒吧间、游艺场、小酒馆如雨后春笋般地出现。相比之下，我们在奥地利见到过的那种混乱局面只不过是群魔乱舞的小小前奏，因为德国人把他们自己的全部热情和有条不紊的作风都搞颠倒了。穿着紧身胸罩、涂脂抹粉的青年人沿着库尔菲尔斯滕达姆林荫道游来逛去，还不仅仅是有职业的青年人；每个中学生都想挣点钱，在昏暗的酒吧间里，可以看到政府官员和大金融家不知羞耻地在向喝醉酒的海员献殷勤。纵然斯韦东的罗马也没有见过像柏林那种跳舞会上穿着异性服装的疯狂放荡场面。成百名男人穿着女人的服装，成百名女人穿着男人的服装，在警察的赞许目光下跳着舞。在一切价值观念跌落的情况下，正是那些迄今为止生活秩序没有受到波动的市民阶层遭到一种疯狂情绪的侵袭。年轻的姑娘们把反常的两性关系引以为荣，在当时柏林的任何一所中学里，如果一个女孩子到了十六岁还是处女，就会轻蔑地被看作是一件不光彩的事。②

以柏林为代表的大城市是始于 19 世纪末期的工业化的结果，充斥着随之而来的各种价值观。正如一口沸溢的锅，外来人很容易被表面上无忧无虑、高高兴兴的热闹场面搞得晕头转向。在茨威格看来，这实际上是个非常糟糕的世界，只不过表面上覆盖着一层粉红色的泡沫而已。

在所谓的"黄金二十年代"，确切说于 1927 年，28 岁的凯斯特纳来到了"世界上最有趣的大都市"，跟他的朋友——漫画家埃里希·奥赛尔（Erich Ohser, 1903—1944）一起，享受着柏林自由的空气。凯斯特纳称

---

① Erich Kästner, "Meine sonnige Jugend", *Das Erich Kästner Lesebuch*, Zürich: Diogenes Taschenbuch Verlag, 1978, S. 272.

② 斯蒂芬·茨威格：《昨日的世界》，舒昌善、孙龙生、刘春华、戴奎生译，三联书店1991 年版，第 174 页。

魏玛时期是他"一生中最美的时光",是他的"柏林自由"。① 柏林是让他摆脱传统的地方,他有"选择的自由,是实践自己的行为准则的自由。不是某种具体的自由,人类可以自行规划自己的生命,从这一点来说,这是一种内在的自由"②。魏玛时期的德国柏林,除却它拥有的政治意义,对于一个怀有远大创作理想的青年记者来说,这里就是剧院、出版社、媒体和电影汇集的中心。凯斯特纳视柏林为他的福地,那里有数不清的、大大小小的出版社,凯斯特纳为多家报刊撰稿,既可在《世界舞台》上发表戏剧评论,又能与读者书信往来。柏林也是凯斯特纳走上人生辉煌之路的地方。他开始出版小说和诗集,录制广播剧,找剧本投资。另外,凯斯特纳在柏林拥有了自己的朋友,如赫尔曼·克斯滕(Hermann Kesten,1900—1996),卡尔·楚格迈耶,瓦尔特·特里尔,以及上面提到的埃里希·奥赛尔。他沉浸在魏玛时期"黄金二十年代"大都市的气氛和生活模式中。"我们用自己的方式来发现柏林,报道柏林……我们每天在纽伦堡广场的咖啡厅里坐上几个小时,讲一些政治的或者与政治无关的笑话。……"③ 库特·图霍尔斯基称这段时期为"过渡期"。④

都市,又是新价值观滋生的地方。一战之后,帝国时代价值的根基在一夜之间崩溃,但随之而来的却是人对未来的茫然。科学和技术,以及各种现代化的产业涌入大城市,社会结构发生巨变,但是这一切是否能给人类带来精神上的抚慰,是凯斯特纳对社会提出的疑问。"科学和技术——为何而存在?难道要我们更快、更精确地、更纯粹地走向腐败吗?走向我们甚至都不再信任的天堂或者地狱吗?"⑤ 20 年代的都市是充满科技和进步发展热情的象征,代表一种现代动感的生命力,是人类文明的集中地。但同时,现代化也给都市带来了危险,在自由、活力和文化集中的外衣

---

① Erich Kästner, "Erich Ohser aus Plauen", *Gesammelte Schriften in 9 Bänden*, München: Deuscher Taschenbuch Verlag, 2004, Bd. VI, S. 636.

② Volker Ladenthin, "Erich Kästners Morallehre – eine wiedergefundene Miniatur", Matthias Flothow (Hrsg.), *Erich Kästner Ein Moralist aus Dresden*, Evangelische Verlagsanstalt, 1995, S. 33.

③ Erich Kästner, "Erich Ohser aus Plauen", *Gesammelte Schriften in 9 Bänden*, München: Deuscher Taschenbuch Verlag, 2004, Bd. VI, S. 636.

④ Zitiert nach Karl Heinz Wagner, "Erich Kästner (1899 – 1974)", Michael Frählich (Hrsg.), *Die Weimarer Republik Portrait einer Epoche in Biographien*, Darmstadt: Wissenschaftliche Buchgesellschaft, 2002, S. 415.

⑤ Erich Kästner, "Jugend, Literatur und Jugendliteratur", *Gesammelte Schriften in 9 Bänden*, München: Deuscher Taschenbuch Verlag, 2004, Bd. VI, S. 607.

下，都市中也有野蛮和孤独。"在德国，没有任何地方像柏林一样如此迅速地完成工业社会的现代化转变。柏林就是观察者眼中的放大镜，透过去可见崭新的'大众社会'和'大众交流'（描述 1923 年的柏林的一个概念）。"① 文学作为"大众交流"的一种手段，都市成为重要主题，以阿尔弗雷德·德布林的小说《亚历山大广场》为开端。小说主人公弗兰茨是个普通的工人，虽然积极弃恶从善，但不为社会所容。小说以大都市为背景，运用表现主义的内心独白、意识流以及蒙太奇等手法，更多揭露柏林城市和社会的黑暗以及人的异化。

把故事放在大都市柏林，也是 20 年代儿童小说的发展趋势。在凯斯特纳之前，具有大都市背景的儿童小说《钻出箱子的凯》已经出版。不管是杜立安笔下的凯还是凯斯特纳笔下的埃米尔和他的伙伴们或者安东等少年，也只有放置于类似柏林这样的 20 年代大城市中才能完成他们的使命。虽然凯斯特纳不是唯一把城市的现代生活场景和语言引入到儿童文学创作中去的作家，但他却是影响最大的一个。《埃米尔擒贼记》和《小不点和安东》中出现的现代化大都市：柏林市中心、弗里德里希大街，瓦登桥，新西区，威莫尔斯多夫区（Friedrichstraße，Weidendammbrücke，im neuen Westen，Wilmersdorf）等，涉及包括科技、交通、体育活动和金钱，还有犯罪等在内的都市生活，其中不乏各种现代媒体，如广告、报纸、摄影、电影以及后期的电视等。

随着工业化程度的加深，各种现代文化盛行造成一种"对陌生的接受"。新型城市形象更多是由新型媒体如传媒、广播和电影等来创造，"生长迅速，可供速读"的文学随处可见，从而就产生了一个"文本中的柏林模式"。有关柏林的典型性画面就是有插图的周刊报纸、歌舞剧、自行车比赛以及电影。其中涵括了所有柏林的主题：军事和工厂，外表和表面，速度和交易等。② 凯斯特纳的都市小说的创作手法借鉴现代科技的变化，打上了魏玛文化的烙印。尤其是电影的产生，为文学提供了广阔的空间。而"新客观主义"与新兴的文化产业也密不可分。赫尔穆特·莱滕（Helmut Lethen，1939—）作出精辟解释：这是大众接受文明，尤其是接受现代文化产业的一种体现。"这种新的文化工业可以填平占据垄断位置

---

① Vgl. Helga Karrenbrock, *Märchenkinder – Zeitgenossen Untersuchung zur Kinderliteratur der Weimarer Republik*, Stuttgart：M und P Verlag für Wissenschaft und Forschung, 1995, S. 189.

② Ebd. , S. 190.

的上流文化和大众需求之间的鸿沟，把先锋派文艺形式与'大众交流'的最新科技发展联系起来。"① 在 20 年代的文学作品中，运用蒙太奇的电影叙事手法，将电影片段的衔接和转乘作为主要表达方式成为一种潮流，在以大城市为背景的小说中尤甚。"决定 20 世纪早期文化的是一台制造影像产品的机器——电影。小说中电影式的叙述手段与大城市里的接受方式息息相关，是造成'快餐文化'的根本原因。"②

儿童文学也不例外，尽管属于"新客观主义"的代表，但如果把背景放于表面现代化的大都市柏林之中，就难免陷入上述的"柏林模式"，虚幻而不真实。杜立安的《钻出箱子的凯》和凯斯特纳的《埃米尔擒贼记》同样在借助虚幻的柏林之都作为故事的发生地，两者都采用了蒙太奇的电影手法。在《埃米尔擒贼记》的开头，故事还远没有开始：首先由作者开篇，然后让插图来引出故事。瓦尔特·特里尔为《埃米尔擒贼记》所做的插图就像电影的序幕一样，让读者产生对人物和地点的认知欲望。凯斯特纳不仅用镜头记录小主人公们跟踪小偷的过程，在必要的时候还对细节进行放大，类似电影镜头的特写功能。在布莱尔·巴拉茨（Belair Balasz）看来，"人们通常都有这样的印象，这不再是用眼来观察，而是用一颗善良的心。用心来看，就会散发出一种暖意。"③

凯斯特纳深知，要给儿童写故事无须选取所谓的客观事实，只需要选择一个大城市文学所熟知的戏剧的舞台即可：一个新人是如何在城市中寻找自我——只不过这里的乡下人换成了一个少年而已。④ 凯斯特纳认为，文学中都市的中心主题过分强调外乡人与都市的差异和矛盾，而他更重视大都市帮助生命个体实现"质的飞跃"的功能。在他的笔下，大都市是外乡少年实现自由教育的场所。

凯斯特纳将大都市和小城市连接起来，通过对比来表现主人公在大城市之中实现自我教育的过程。比如，埃米尔跟母亲生活在一个梦幻般的时间近乎停滞的小城——新城。像古老传说和神话表现的那样，人们只需步

---

① Vgl. Helga Karrenbrock, *Märchenkinder – Zeitgenossen Untersuchung zur Kinderliteratur der Weimarer Republik*, Stuttgart: M und P Verlag für Wissenschaft und Forschung, 1995, S. 189.

② Helga Karrenbrock, *Märchenkinder – Zeitgenossen Untersuchung zur Kinderliteratur der Weimarer Republik*, Stuttgart: M und P Verlag für Wissenschaft und Forschung, 1995, S. 189.

③ Vgl. Helga Karrenbrock, *Märchenkinder – Zeitgenossen Untersuchung zur Kinderliteratur der Weimarer Republik*, Stuttgart: M und P Verlag für Wissenschaft und Forschung, 1995, S. 200.

④ Ebd. , S. 201.

行或者乘古老的马车出行。警察仍然是受人尊敬的人物。埃米尔到了大城市后感到万分惊奇，也感到自己的渺小。在跟柏林少年的交谈中，透露出大都市和小城之间的价值对比。埃米尔和"教授"在看到大都市夜晚的景象说起了各自的生活。埃米尔喜欢他在小城中的日子，而"教授"还是喜欢都市。他们还谈到了各自的父母和父母的教育方式，正好象征着大都市和小城各自不同的社会氛围。埃米尔母亲的教育方式，代表着小城镇的小资产阶级的价值观：克制、简单、有秩序、亲近等，埃米尔和他的母亲就是生活在这样的价值体系之下。与之相反，大都市则代表大资产阶级，如知识分子们的价值观：慷慨、开放。上述价值观与凯斯特纳自己的经历有关，他的少年和青年时期就生活在德累斯顿，然后到莱比锡，最后来到世界大都市柏林。或者像成长小说的主人公一样，离开家乡。"他无须到更远的地方接受教育，寻找发展自己的机会，因为大都市的丛林特点会给他提供足够的机缘。"①

　　大都市的背景不可或缺，否则就不会出现小说中的场景：一群少年就在大人的眼皮底下穿梭于城市之中，又是乘出租，又是在咖啡馆和酒店门前盯梢。大都市的包容性，让少年们完成了一项他们心中的壮举。如果是在新城，这一切都不可能发生。要知道，埃米尔和小伙伴们只是在雕塑上画了一小撮胡子，就担心受到耶士克警长惩罚。但是，"柏林是如此之大，让小偷随处可以找到猎食的对象，交通工具的发达，又能让他顺利地溜之大吉。（埃米尔）只有在跟同龄的柏林少年们一起，才能缓解初到城市的陌生感，并通过电车、汽车以及电话等现代化工具逐渐融入大都市中。凯斯特纳的柏林是个有用的柏林，不是被预设过的高速运转的'机器'"②。正是大都市的自由，让少年们得以实现自我教育。"大都市本身就是一名教育大师：马路上的生活教会了现代人去控制危险，实现自我教育。这是人自我教育的熔炉。"③

---

① Isa Schikorsky, "Literarische Erziehung zwischen Realismus und Utopie - Erich Kästners Kinderroman Emil und die Dedetive", Betthina Hurrelmann（Hrsg.）, *Klassiker der Kinder - und Jugendliteratur*, Frankfurt am Main: Fischer Taschenbuchverlag, 1995, S. 216 – 231, hier S. 220.

② Helga Karrenbrock, *Märchenkinder - Zeitgenossen Untersuchung zur Kinderliteratur der Weimarer Republik*, Stuttgart: M und P Verlag für Wissenschaft und Forschung, 1995, S. 206.

③ Isa Schikorsky, "Literarische Erziehung zwischen Realismus und Utopie - Erich Kästners Kinderroman Emil und die Dedetive", Betthina Hurrelmann（Hrsg.）, *Klassiker der Kinder - und Jugendliteratur*, Frankfurt am Main: Fischer Taschenbuchverlag, 1995, S. 216 –231, hier S. 221.

凯斯特纳赞同大都市的文明和高贵的外界环境，但他并不是完全追求一种陌生化和纯粹的社会性。他认为这时候的柏林是"新民主共和的实验室，试着将德国人培养成为文明的、民主的、热爱生命的'新'人"①。埃米尔也正好在历史转型时期来到了柏林，走上了变成"新人"的道路。

除了儿童小说，凯斯特纳的大部分诗歌也都是以大城市为背景，甚至大都市柏林本身也可以成为他的诗歌主题，比如《数字柏林》（*Berlin in Zahlen*），用诗歌韵律的方式表述关于这个城市的数据。② 同样，他的成人小说《法比安》则完全是发生在大都市里一个年轻人身上的故事。另外，如果故事的背景不是在柏林，凯斯特纳也会选择其他的大都市，比如萨尔茨堡、维也纳和慕尼黑等，就算是在《埃米尔和三个孪生子》、《飞翔的教室》、《雪中三人行》中没有明确提到有关大都市的画面，但却是"从一个城里人的角度来描述自然界的平地山峦"的。凯斯特纳是德语文学中地地道道的都市作家。③

第二节　成长少年的都市

《5 月 35 日》中现代化的电动城，《埃米尔擒贼记》中阳光下的都市柏林，以及《小不点和安东》里夜幕下的柏林瓦登桥，是外乡的成长少年一步步接近、认识并融入都市的不同站点，对都市的感受构成了各个阶段的成长少年对客观世界的直接印象。

一　康拉德：想象中崩溃的电动城

"Elektropolis"来自另一个德语词"Metropolis"（大都市），笔者将其译为"电动城"，因为在这个地方集中了很多有可能发生的现代科技。电动城是康拉德南太平洋之旅的第四站。衣橱的那边是林格尔胡特叔叔的房间，是真正的现实世界。小说中没有交代康拉德和叔叔生活的地方是否为

---

① Zitiert nach Helga Karrenbrock, *Märchenkinder – Zeitgenossen Untersuchung zur Kinderliteratur der Weimarer Republik*, Stuttgart: M und P Verlag für Wissenschaft und Forschung, 1995, S. 209.

② Erich Kästner, "Berlin in Zahlen", *Gesammelte Schriften in 9 Bänden*, München: Deuscher Taschenbuch Verlag, 2004 Bd. I, S. 239.

③ Vgl. Volker Ladenthin, "Die Große Stadt bei Erich Kästner", *Euphorien Zeitschrift für Literaturgeschichte. Herausgegeben von Wolfgang Adam* 90, Band 1. Heft 1996, Heidelberg: Universitätsverlag C. Winter Heidelberg, S. 317 – 335, hier S. 317.

某个大都市，但从叔侄二人刚刚进入电动城的反应可以看出，他们居住的地方至少没有"快得令人眩晕的地铁"。在这个现代的科技之城，大楼高耸入云。当康拉德"数到第 46 层的时候，不得不停下来，因为剩下的部分全都被白云遮住了"（FM．GS．Bd. VII S. 588）。"那里的汽车全是自己开，没有司机，没有方向盘。"（FM．GS．Bd. VII S. 588）"农业也全部机械化。"（FM．GS．Bd. VII S. 589）地面上是活动的输送带，人不用走，就可以被送到马路对面去。摩天大楼是用薄铝板做的，人一碰，就发出"奇怪的、像音乐一样的声音"（FM．GS．Bd. VII S. 590）。现代化的设备还有一位先生从大衣口袋里拿出一个电话，"只对着话筒讲了一个号码，就说了起来"（FM．GS．Bd. VII S. 591）。肉类加工厂也实现了自动化，工人一个月只要值一次班，还只是"看看机器而已"。这个现代化的都市里无不有 20 世纪电影《大都市》（*Metropolis*）里景象，是魏玛时期人类面对现代化近乎荒诞的一种想象。"电动城"又是一个未来城市科技发展的预兆。飞机场的传送带以及无线电话即现代人使用的手机等，早已成为当今人类生活必不可少的现代科技产品。

在康拉德、叔叔和大黑马眼里，这一切都不可思议。他们如同乡下人进城一般，眼中的世界让他们万分惊奇。科幻世界里的人对三位来客也同样好奇，织桌布的老太太笑眯眯地问："你们不是这儿的吧？"站在另一条传送带上的人看到他们，议论道："那两个人带着一匹马，一定是乡下来的。"（FM．GS．Bd. VII S. 591）乡下来的康拉德三人进入幻想世界后的行为表现出 20 年代的德国人在现代化面前的状态。他们先是受到惊吓，慌慌张张，甚至绝望，但随着对城市深入的认识，他们接受了眼前的变化，也不在乎别人异样的眼神。叔叔说："这个城市真是一个很实际的城市。我们得把我们的市长送到这里来学习学习。"（FM．GS．Bd. VII S. 591）不过，科技的过度发展同样会带来严重的后果。给电动城供电的"尼亚加拉大瀑布"大水泛滥，导致电厂的电力比往常强了 100 倍，顷刻间，令三位旅者头晕目眩的电动城崩溃了。"街边的传送带像疯了一样，运转飞快。遥控汽车像闪电般横冲直撞。……所有的电灯都灭了。人造花园里的花，不停地开了又谢，谢了又开。……那些摩天大楼里的电梯在飞快地上上下下。薄铝板……这时候发出的声音就像战场上的枪炮声，令人难以忍受。"（FM．GS．Bd. VII S. 593f）

大黑马抱怨道："这叫什么可恶的现代技术啊！"叔叔还因为刚才的

一幕心有余悸，"拍了拍黑马的脖子，又擦了擦自己额头上的汗，说：'这个天堂算是完了'"。康拉德反而安慰叔叔："别难过！等我长大了，我做一个新的。"（FM. GS. Bd. VII S. 594）康拉德并没有因为电动城的崩溃而抱怨，反而他的心里有了对都市的印象。康拉德虽然离开电动城，但都市的影子同样会出现在他对南太平洋之旅的回忆中。

由此可见，就算是在一篇所谓的"谎言故事"当中，凯斯特纳也不遗余力地设计了一个现实都市的变体。一方面，这个"电动城"反映了魏玛时代都市的印象以及未来现代化发展的可能；另一方面，对处于成长初期的懵懂少年，在虚构中接触到大都市，为康拉德的日后成长（埃米尔、安东和马丁）打了预防针。都市至少大体上就是"电动城"的样子。

二　埃米尔：阳光下的完美世界

《埃米尔擒贼记》的故事发生在大都市柏林。柏林拥有繁华的外表，但又是罪恶的藏身之处。人与人之间缺乏信任。柏林的孩子们虽然狂妄，但宽容友好，个性独立。另外，柏林还是个让人名利双收的地方。埃米尔眼中，这是一个阳光下的美丽世界。

埃米尔来自新城，一个静谧安逸的小城，到火车站仅有四公里长的路程，所以"有马车就够了"。可是埃米尔和他的朋友觉得这样的马车简直"丢脸……我们幻想着有一种上下都有电线，前面有五盏探照灯，后面有三盏探照灯的电车"。马车没有固定的车站。新城人有的是时间。"万一谁要有什么急事，那他就只得步行了……"（ED. GS. Bd. VII S. 220）埃米尔和朋友幻想中的电车，是他们对大都市的理解。他们为新城的小马车感到"丢脸"，标志着少年们已经到了向往外面世界的年龄。

埃米尔对柏林的了解还来自顾客的描述："柏林，他一定会喜欢的。孩子们都想去那里。那儿的马路才叫真正的马路呢，晚上和白天一样明亮。还有那么多的汽车！""是外国汽车吗？"埃米尔已经对他将要去的那个世界感到好奇。然而对于未知的世界，他有些犹豫。"开始他还不想去呢。……他对柏林一无所知。"（ED. GS. Bd. VII S. 215）但是，"埃米尔已经长大了"，他得一个人去面对外面陌生的世界，而且他"自己会当心的"。妈妈的再三叮咛，在柏林"要有礼貌，免得人家说我们这儿的人不懂规矩"，都告诉埃米尔，柏林和新城不一样。

通往柏林的火车上埃米尔碰到狂妄的偷钱贼——戴硬边帽的格龙德艾

斯先生。他给埃米尔描述柏林的时候，甚至掩盖不住他的贪婪。"柏林现在有一百层高的楼房，得把屋顶牢牢地系在天上，否则就会被风吹跑。要是你在柏林没有钱，你可以去银行，用脑子做抵押，这样就能拿到 1000 马克。人没有脑子还可以活两天呢！……"（ED. GS. Bd. VII S. 225）结果，埃米尔不小心睡着后的梦里都是格龙德艾斯给他讲述的柏林的样子。

离开新城到柏林，埃米尔的目的地原本不是"富裕的柏林西部（动物园火车站）"，而是柏林中部的"弗里德里希车站"。小城市里的生活单纯安静，但是像柏林这样的大都市却让人捉摸不透。凯斯特纳运用了一种城市文学经常涉及的主题：鲁滨逊式的冒险经历，[①] 让埃米尔置身于这个"人头攒动"的地方，开始他人生的首次"历险"。

但是对于埃米尔来说，初到柏林却是手足无措。"汽车一辆接一辆地从电车旁边飞驰而过，街道两旁是数不尽的高楼大厦，人行道上人山人海、电车、机动车，还有双层公共汽车，像穿梭似的，好不热闹！拐角处站着卖报的人，橱窗里陈列着各种花儿、水果以及书刊、金表、服装和丝织品，真是琳琅满目！这就是柏林！"（ED. GS. Bd. VII S. 238）埃米尔觉得自己的渺小。"城市这么大，而埃米尔却这么小。……柏林有几百万人，没有人对埃米尔·蒂施拜感兴趣。没人过问他的忧虑，每个人都有自己的忧虑和欢乐，已经够忙的了。"（ED. GS. Bd. VII S. 241）

在火车上丢了钱，已经让埃米尔伤心万分，再看到这个头晕目眩的城市街景，更让他茫然不知所措，况且他也无暇顾及外面的景象，一心想着抓到偷钱贼格龙德艾斯。但是，海纳百川的柏林并没有排斥这位小地方来的客人，还给他带来了人生成长的第一笔财富。

首先，埃米尔在柏林获得了友谊。在以古斯塔夫为代表的柏林少年的帮助下，他成功地追踪到小偷取回自己丢失的钱。虽然，柏林少年带着大都市的一种狂妄，但正是这种天生的狂妄和心理上的优越感促使古斯塔夫要倾力帮助外乡来的埃米尔。小城和都市的首次交锋似乎显得不太愉快。

> "我来自新城。"埃米尔自我介绍说。
> "是吗？从新城来的？难怪你穿了这么古怪的一套衣服。"
> "住嘴！不然我就揍得你爬不起来。"

---

① Helga Karrenbrock, *Märchenkinder – Zeitgenossen Untersuchung zur Kinderliteratur der Weimarer Republik*, Stuttgart：M und P Verlag für Wissenschaft und Forschung, 1995, S. 205.

"嘿,"那孩子笑嘻嘻地说,"生气了?行,我可以和你比一下拳头。"(ED. GS. Bd. VII S. 246)

但是,当古斯塔夫知道埃米尔在盯小偷,他的兴趣就来了。

"好家伙,真了不起!"按喇叭的孩子叫道, "像看电影一样。……"

拿喇叭的男孩想了一阵子,说:"这样吧,我觉得抓小偷这种事是挺了不起的。我说的是心里话,如果你不反对的话,我就帮助你。"(ED. GS. Bd. VII S. 246f)

就在古斯塔夫、"教授"、小礼拜二等少年的帮助下,最终找回了自己的钱,他们也结成了朋友。在故事结束时,埃米尔跟妈妈说:

"你首先得欢迎我的朋友们。……(他们)在姨妈家里。……我把朋友们邀请了去,他们现在正等着我们哩。"

海姆波特家非常热闹,所有的孩子都在,古斯塔夫、教授、米腾茨威格兄弟俩、小礼拜二……人多的几乎连椅子都不够坐。 (ED. GS. Bd. VII S. 297f)

其次,都市也是个让埃米尔名利双收的地方。孩子们紧紧跟踪的小偷格龙德艾斯原来是一个从汉诺威流窜来的银行抢劫犯。"银行曾悬赏,谁抓到这个小偷,可得到一笔赏金。"不仅得到了1000马克的奖金,埃米尔还登上了第二天的报纸,成为新闻人物。报纸上大号字印着:"一个当侦查员的小男孩,成百名孩子追捕罪犯。""这篇文章太长了,占了整整一版的篇幅,中间是埃米尔的照片。"(ED. GS. Bd. VII S. 295)埃米尔一下子成了人们眼中了不起的人,他甚至有点学会了柏林少年的一点狂妄,见到妈妈后说: "嘿,您现在怎么说?"妈妈说: "不要自以为了不起!"(ED. GS. Bd. VII S. 296)。埃米尔不仅追回了自己丢失的钱,还获得了大额的奖金,正好缓解他和母亲窘迫的生活。另外,埃米尔登上报纸成了人们眼中的大人物。这一切又从一个侧面反映出都市经济的繁华以及报纸媒体的对个体的宣传力量。

　　最后，埃米尔在柏林实现了他人生的首次独立。他先试着向别人寻求帮助。构成都市社会的不仅仅是个体，而是个体之间的关联。埃米尔学着寻求并接受别人的帮忙。在追贼的过程中，他给自己出主意，甚至由于看到不同的城市少年的家庭，开始思考自己和城市少年境遇不同的原因。

　　　　"我认为要是家里不常谈到钱，那一定就很富裕。"教授考虑了一会儿后说："可能是这样的。"

　　　　"是这样的。妈妈和我经常谈起钱。我们钱不多，她得没完没了地干活挣钱，但还不够用。"（ED. GS. Bd. VII S. 265）

　　另外，在初次进入客观世界之时，埃米尔的行为基本上都源自对母亲的爱。柏林给他打开了另外一个世界，甚至帮助他实现了与母亲的角色转换。他通过自由支配奖金体验到为母亲分担生活重任的自豪感。当然，母子关系不会发生颠倒性的变化，埃米尔仍然是母亲的"模范男孩"。柏林这个大都市，给埃米尔提供了独立的可能，让他获得了前所未有的体验：他甚至"因为钱被偷而感到幸福"。

　　但是，仍有一点不容忽视。少年毕竟还是少年，尽管穿梭在繁华都市之中，他仍然保持着孩童的本性。在火车上，他非常礼貌地接过了小偷递给他的巧克力。虽然他一再地保护自己，保护口袋里的钱，但他还是没有抵御巧克力的诱惑。小孩对甜食的偏爱，这是无须争辩的事实，是成长少年真正本能的表现。"凯斯特纳借用格龙德艾斯的谎言以及谄媚的巧克力，不仅暗示后来的罪行，同时还表现出人们对孩子的一种意象：不必把孩子们当真，只要拿巧克力哄哄就能上钩。"[1] 不知是否吃了巧克力的缘故，他努力拒绝瞌睡虫的来袭。不管是回忆小帽子、捏自己的大腿还是数纽扣，都无济于事，最终还是睡着了。在柏林大街上，埃米尔释放着自己的游戏天性。在新城，他不像其他小孩那样在外面疯玩，就算是母亲允许他"玩到晚上九点钟，但七点钟就回家了"，因为他知道，只要他"提早回家，她准会高兴的"。为了让母亲高兴，埃米尔从小就做着妈妈眼里的"模范男孩"。母亲为了他拼命工作，那么他也为了母亲压抑着自己顽童的天性。到柏林后他跟小伙伴们一起玩到很晚，他很羡慕柏林的朋友们，

---

　　① Heidi Lexe，"Erich Kästner: Emil und die Dedetkive"，*Pippi, Pan und Potter* AO: 00/01, Wien, 2003, S. 133–138.

甚至感叹说:"天啊!……在柏林原来有这么棒的父母!"

都市里的经历,给埃米尔三大成长的收获:其一,尽管与都市里的同龄少年在价值观和意识方面有所不同,埃米尔和他们还是成了朋友;其二,埃米尔获得了1000马克的奖金,这对于他们家来说是不小的数目,足以缓解拮据的经济状况,还成为柏林市民眼里的"小侦探";其三,埃米尔获得人生的第一次自主解决问题的经历,迈出了成长少年面对现实世界的第一步。新城之外的世界给了埃米尔不一样的体验,阳光下的柏林是埃米尔眼中的美丽世界。同时,独立的过程也是酸楚的。真正生存于都市之中则要面对更多生活中的无奈。埃米尔长大到安东阶段的时候,都市也变成另外的样子。

三 安东:夜幕下的生存现实

从小说的情节上看,安东在年龄上略长于埃米尔,也显得更加沉稳理性。他永远知道自己在做什么。埃米尔是初次进入柏林,在此体会到了独立的快乐,安东则不得不自己真正独立地处理面对的生活。埃米尔的现实世界是阳光的,充满理想和爱,但安东的现实世界被涂上夜晚柏林灰暗的颜色,正如凯斯特纳在《法比安》中描绘的那样:"柏林东部犯罪横行,中部骗子当道,北部贫穷不堪,西部淫乱放荡。……城市里到处是奢华和腐败,权力和剥削……"凯斯特纳甚至感到绝望,柏林的"天空中弥漫着毁灭的气息"[1]。

瓦登桥以及瓦登桥边的柏林夜景给整个故事蒙上了一层神秘的色彩。瓦登桥这边是安东的现实世界,那边是小不点的幻想世界。安东和小不点两个主人公又分别代表着来自城市中的两个不同的家庭,进而代表着不同的社会阶层。但是安东和小不点在桥上卖东西,成了两个世界的交汇点。

> 能想象出瓦登桥的灯光在夜幕下闪烁的情景吗?讽刺剧院和艾迪宫殿门楼上的霓虹灯五光十色。对面顶楼上是一个由一千多只小灯泡组成的动画广告,在宣传一种名牌洗衣粉。……广告牌后面柏林大剧院楼顶上的彩灯也隐约可见。
>
> 汽车排着队一辆接一辆地驶过桥去,桥尽头的弗里德里希火车站

---

[1] Zitiert nach Testbericht, *Fabian. Die Geschichte einer Moralisten*, Interpretationen Taschenbuch, S. 99.

依稀可见。高架火车驶在城中，从车窗里射出明亮的灯光，犹如一条发光的蛇在夜色中游弋。天空在各种彩灯的照射下泛着红光。

柏林很美，特别是这儿——夜晚的瓦登桥。汽车大多向弗里德里希大街驶去，路灯和车灯交相辉映，人们在人行道上匆匆赶路。火车的鸣笛声、电车的咔哒咔哒声、汽车的嘟嘟声和人们的说笑声都汇集在一起。（PA. GS. Bd. VII S. 488）

孩子们看到的夜晚的柏林就是这个样子。"这就是生活"，仿佛是说给看到这些景象的安东听的。安东和母亲住在安提勒街上的"又老又丑的房子里"，安东因母亲生病在床，家里没有经济来源，他不得不到瓦登桥上去卖鞋带。也就是在这里，来自另一个世界的他跟同样在瓦登桥上叫卖的小不点成为朋友。在小不点的眼里，安东家的"厨房真的太小了"，但是安东并无抱怨。他的生活就是目前的样子，他的愿望就是母亲早日康复。安东有生存的本能，有独立解决问题的办法。在这一点上，他比埃米尔已经成熟许多。安东的都市生活远非丢钱那么简单，他解决困难也不仅仅是追踪小偷那样的事件。为了生存，他到桥上赚钱；为了母亲他饱受不被理解的委屈；为了正义，他帮小不点家抓到了入室的小偷。阳光下的柏林给埃米尔带来名和利，但是夜色下的柏林隐藏着贫穷、不公、谎言和犯罪。道德评判作为社会行为准绳也被提出。

《小不点和安东》一度被认为是凯斯特纳在二战前创作的最具有社会批判性的作品。社会分配的不公导致贫穷，"不要以为，如果富人在小的时候就知道贫穷是多么糟糕，那贫穷就容易被铲除"（PA. GS. Bd. VII S. 492）。绚丽夺目的霓虹灯下的罪恶和人性的异化，是 20 年代重要的文学母题之一。在《小不点和安东》中也不例外。小孩之间也有敲诈，比如小不点家看门人的儿子因为知道小不点每天晚上的行踪，借此向小不点敲诈；安达哈特小姐拉着小不点在瓦登桥上乞讨，讨来的钱交给未婚夫，还给他提供小不点家的房型图，好让他趁家里没人时进去偷窃；小不点的妈妈是个自私的，对家庭和小不点漠不关心的妈妈；小不点的爸爸关心他的生意和社会关系多于家庭和小不点。虽然发生在夜晚柏林的罪恶并不像《法比安》中表现的那样极端露骨，但终被正义打败。安东既是传统美德的化身，又是正义的代言人，利用他的聪明才智，终于让小不点家摆脱了一场偷窃事件。

《小不点和安东》里的都市柏林，容纳了现代社会中不同的价值判断，尤其表现在小不点的家。这是缩小了的柏林人的影像，其中有利益至上的伯格先生，有自私冷漠的伯格夫人，有忠诚朴实的女佣贝尔塔，有心怀鬼胎的保姆安达哈特小姐和她的未婚夫，只有小不点保持着纯真和善良的天性，但却容易被利用。安东和母亲则是柏林城传统道德的代表，深爱着对方的母子二人在都市中艰难地讨生活。凯斯特纳在安东身上赋予了众多的传统美德：勇气、宽容、爱、友谊、正义、诚实等。埃米尔在抓小偷的游戏中，认识了阳光下美丽的都市柏林，获得了人生的第一次独立带来的快乐。安东则是已经身处柏林，必须承担更多责任。他不仅生活在阳光下的城市，还要面对夜幕下的都市里出现的形形色色的贫穷和罪恶。埃米尔穿梭于柏林出于对母亲的爱，一定要把丢失的钱追回来，否则，他就不再是妈妈的"模范男孩"。安东不仅心怀对母亲的爱，还要担负起照顾母亲的责任。另外，成长中的少年安东已经在履行自己尽一切可能制止犯罪的社会责任。都市让安东比埃米尔更加独立，略带酸楚和无奈。埃米尔最后在都市名利双收，安东也为母亲和自己找到了相对好的生活条件。母亲成为伯格家的保姆，母子二人从此住在了伯格家的大房子里。凯斯特纳设计了一个理想的近乎乌托邦式的解决办法。美德也就此渗透至大资产阶级或者中产阶级的家庭中，在现代发展与传统美德之间实现一种暂时的融合现象。

第三章　俄狄浦斯情结

不管是凯斯特纳本人，还是他笔下的少年，都被最早由弗洛伊德提出的"俄狄浦斯情结"，亦称"恋母情结"缠绕。少年的成长就是逐步克服"俄狄浦斯情结"的过程。

第一节　俄狄浦斯情结的人格面纱

俄狄浦斯（Ödipus）是传说中希腊底比斯的英雄。公元前 5 世纪，索福克勒斯（Sophokles 496 v. Chr. -406/405 v. Chr. ）把俄狄浦斯的神话传说改编成一部不朽的悲剧《俄狄浦斯王》（KÄnigÄdipus）。相传俄狄浦斯出生后，他的父亲，也就是底比斯国王拉伊俄斯听到预言，说自己将要死在亲子之手，因此，他下令把俄狄浦斯扔去喂野兽。俄狄浦斯被好心的奴隶相救，后被柯林斯国王波吕波斯收养。长大后的俄狄浦斯同样接到他要弑父娶母的预言。为了避免灾难发生，他决定离开他一直认为是自己生父的柯林斯国王。预言还是得到印证，俄狄浦斯在漂泊和漫游中，在一个十字路口和自己亲生父亲，即底比斯国王发生冲突并杀死了他。随后他把底比斯人从斯芬克斯的谜语中解救出来，娶了底比斯国王的遗孀伊娥卡斯特为妻，而伊娥卡斯特正是他的亲生母亲。神的预言应验了：他不仅杀害了父亲，而且娶了母亲。俄狄浦斯作为底比斯国王期间，国泰民安，还与自己并不知情的母亲育有两男两女。一场瘟疫来袭，底比斯人再次祈求神示。他们从信使那里获得神谕：只有把杀害老国王拉伊俄斯的凶手驱逐出底比斯国，瘟疫才能停止。故事的结局：老国王拉伊俄斯是被他和王后伊娥卡斯特的儿子，即俄狄浦斯本人杀死。俄狄浦斯惊骇万状，他弄瞎自己的双眼，远离底比斯国。

在弗洛伊德之前，俄狄浦斯的传说或者戏剧简单来说就是一个不幸的孩子的故事，故事的悲剧效果就在于"神明的绝对意志与人类在灾难面前徒劳无力间的冲突"①。弗洛伊德从自己的患者身上发现，父母在他们婴儿期的心理上占据着首要的地位。后来，弗洛伊德在《梦的释义》一书中对俄狄浦斯的故事做过分析之后，人类才对这个故事有了恍然大悟的新理解。他指出："俄狄浦斯的命运感动我们之处，仅仅在于它可能就是我们自己的命运，因为还在我们降生之前，神明便已把他的那种诅咒也施加给我们。我们可能都注定要把我们的母亲作为第一次性冲动的对象，并把父亲作为第一次暴力的憎恨冲动的对象。我们的梦使我们确信了这一点。俄狄浦斯王的弑父娶母不过是一种愿望的满足——我们童年愿望的满足。"② 按照他的解释，在《俄狄浦斯王》中，儿童基本的幻想愿望都像梦中一样暴露无遗和完全实现了。另外，弗洛伊德还在分析《哈姆雷特》时指出，哈姆雷特因受到杀害父王的谋杀者仇恨的驱使而去复仇。但从心灵的另一面来看，谋杀者篡其王位、夺其母后的行为其实正好表现了"哈姆雷特本人童年时被压抑的欲望"。他复仇时犹豫不决，源自他的自我责备和良心疑虑，"良心告诉他，他与必须去惩罚的谋杀者相差无几"③。不管是《俄狄浦斯王》还是《哈姆雷特》的故事，无论对古人、今人都有同样强烈的震撼力。虽然二者表现有所不同，但都源自足以触发人类社会每个成员所具备的深刻的心理情结——儿子的"恋母情结"。弗洛伊德把这个情结称为"俄狄浦斯情结"，并成为世界范围内精神分析学的通用概念。

作为生命个体的人来说，深藏在潜意识深处的"俄狄浦斯情结"披着一层人格的面纱。个体从婴儿到成人的成长，"俄狄浦斯情结"是最普遍、最有力的情结，对于人格的形成起到决定作用。弗洛伊德的人格结构理论指出，人格由"本我"、"自我"和"超我"三部分构成。"本我"是一种原始的力量来源，是遗传下来的本能，最初的如饥、渴、暖等生物冲动来驱使个体的行为；"自我"是人格结构的意识表层，感知外界的刺激，消化和储存经验，是"本我"与外界关系的调节者，一方面让"本我"适应外界，一方面通过个体活动让世界满足"本我"的欲望；人格中的"超我"是个体的一种道德判断，在"本我"和"自我"之间的不断冲突过程中，制定清规戒律，即通常所说的道德准则。"本我"、"自

---

① 弗洛伊德：《梦的释义》，张燕云译，新世界出版社 2007 年版，第 156 页。
② 同上书，第 158 页。
③ 同上书，第 160 页。

我"和"超我"作为人格发展的三种力量共同作用。"本我"作为一种本能冲动,旨在满足自己。"自我"接受了客观世界,因此就会考虑实现"本我"的种种可能性与途径,会对"本我"不加克制的要求作出种种规定与限制,不可避免地与"本我"发生冲突。但同时,"自我"又是"本我"在意识层面的唯一代表,在努力实现"本我"的种种要求,但也与客观世界发生冲突。"自我"处于两条战线,当它代表客观世界时,要抑制"本我",当代表"本我"时,又要与客观世界斗争。其实,"自我"在代表"本我"时,又要极力突破"超我"的禁忌和限制。其现实表现为,一个人为满足发自本能的冲动时,就必须努力排除称之为"超我"的伦理道德观念的束缚。在个体人格发展过程中,三大人格结构之间的制衡关系起着非同一般的作用。

弗洛伊德的人格学说同样贯穿在个体的俄狄浦斯情结中,也形成笔者所提出的俄狄浦斯情结的人格面纱。"本我"主要是指婴幼儿的性欲,把母亲视为本能欲望的对象,而父亲则是本能欲望的敌人。俄狄浦斯"弑父娶母"的行为是其本能欲望的完全表现,是他不自知的"本我"在懵懂"自我"的协调下获得的本能释放。当他得知事情的真相之后弄瞎双眼,表示忏悔,此时的"自我"又站在客观世界的战线上,调节"本我"和"超我"之间的道德对立。"俄狄浦斯情结"在儿童的某个阶段可以说是最有力的情结,甚至控制着年幼的生命,此时的"自我"是"本我"的代表。但正是从这个阶段开始,人类的文化对他实施规范,使他开始了对抗和克服自身俄狄浦斯情结的过程。"自我"逐渐与"超我"站在一起,进而控制"本我"。弗洛伊德认为,"超我"是一种道德因素,支配着有意识的成人心理,也起源于克服俄狄浦斯情结的过程中。对抗俄狄浦斯情结的反应是人类心理最重要的社会成就。

在揭开"俄狄浦斯情结"的人格面纱后,我们不难发现,克服与生俱来的"恋母情结"是少年成长和人格发展过程中的一项艰巨的任务。如果"本我"、"自我"和"超我"三大人格结构未能实现平衡,就会产生俄狄浦斯情结扭曲下的怪胎。比如在母亲过分溺爱的家庭中,母亲是十分强有力的角色,对儿子从小到大的照顾和管教无微不至。男孩是恋母的,又是对母亲唯唯诺诺的,或者成年之后都不能褪掉奶臭,像离开母亲羽翼就无法生活的雏儿，注定没有完整的男性人格。①

俄狄浦斯情结是文学研究中的重要命题之一，或者说，文学给予俄狄浦斯情结的精神分析学研究最多的支持。J. 贝尔曼·诺埃尔在以波德莱尔的散文诗《暮色》为例做文本分析时说："人们可以感到母亲和儿子之间所存在的那种特殊关系，尤其是当儿子是她唯一的子女时。无论是从儿子的角度，还是从母亲的角度来看，这一点都很重要。因为对于儿子而言，成了母亲的伴侣，她的'小丈夫'；而对于母亲，儿子始终都是自己父亲，也就是说是她爱上的第一个男性的活生生的影子。"②

在文学分析中，"俄狄浦斯情结走向了一个带有问题意识进行研究的方向，即导出'谁该向乱伦负责'这一问题。总结起来，不外是以下一种观点：'恋母情结'中，儿子对母亲的独占欲望导致的对父亲的仇恨（恋父情结同样如此）；或者是'恋父情结'中父亲对女儿的独占欲望"③。在凯斯特纳的儿童小说中，同样有关于少年"俄狄浦斯情结"的体现。但是，笔者在此不再纠结于"谁该向乱伦负责"的问题，而是探讨少年克服自身"俄狄浦斯情结"的人格蜕变过程，从而揭示成长少年的"自我"逐渐适应客观世界，压制"本我"，并执行"超我"制定的道德准则的演变过程。

第二节　写给母亲的爱情诗

弗洛伊德除了在分析《俄狄浦斯王》之后，提出人性的一种本能"恋母情结"之外，还多次提到母子关系；他曾经分析歌德的《诗与真》，尤其关注其中所表现出来的童年记忆："当一个人曾经是母亲的恋人，那他毕生都会有一种征服感。他深信自己会成功，而且真的取得成功。这种情况只有一种解释：人的潜力根植于与母亲的关系中。这放在歌德身上全

---

①　柯云路：《童话人格》，作家出版社 2004 年版，第 39—40 页。

②　散文诗《暮色》选自《巴黎的忧郁》第 22 首，［法］J. 贝尔曼·诺埃尔：《文学文本的精神分析——弗洛伊德影响下的文学批评解析导论》，李书红译，天津人民出版社，2003 年版，第 129 页。

③　李丽丹：《俄狄浦斯情结研究及其批判——兼评俄狄浦斯神话与文学批评的关系》，《长江大学学报》（社会科学版）2006 年第 5 期。

无牵强附会之嫌。"① 弗洛伊德有关歌德的描述同样适合来描述凯斯特纳，甚至还能有所深入。

凯斯特纳一生未婚，陪伴他时间最长的女友路易斯洛特·恩德勒曾提到，在凯斯特纳所写的众多诗歌中仅有一首爱情诗是献给母亲的：

> 他的母亲坐在书桌旁写着什么
> …………
> 她戴着眼镜，神情凝重，
> 寂静中只有笔尖在沙沙作响
> 他想：我真是太爱她了！②

凯斯特纳在他的童年传记里，首次非常清晰地说明他和母亲之间特别的关系。母亲眼里只有儿子："她只爱我一个人，对我倾注了全部的情感。她只会对我展开笑容，对其他人则漠不关心，她的心里只有我，不会理睬其他任何事情。她生命中的每次呼吸都是因我而存在，只因为我。"（AJ. GS. Bd. VII. S. 103）母亲忽视除"我"之外的任何人，因此她"在别人眼里，冷漠、严肃、高傲、专断甚至自私。她把她的一切包括自己都给了我，在别人面前总是两手空空。她骄傲、正直但情感贫瘠。"（AJ. GS. Bd. VII. S. 103）母亲也因此苦恼悲伤，感到不幸，甚至患有今日所说的抑郁症，有过轻生的念头。他们的家庭医生一语道破儿子对于母亲的重要性："就算是她忘记了周围的一切，她的心也在你身上。……你是她的守护天使。"（AJ. GS. Bd. VII. S. 105）母亲在厨房留下字条："我再也无法忍受。……好好地活着，我亲爱的孩子！"幼年的埃里希不顾一切寻找母亲，他深知自己就是母亲的天使，他要把母亲从死亡边上拉回来。

> 我发疯似地跑，哭着，喊着，甚至看不清前面的路，穿过马路朝石桥跑去。太阳穴暴跳，脑子轰轰乱响。心在咆哮。撞到行人身上，他们骂我，我还继续跑。我跌跌撞撞，气喘吁吁，满头大汗，但浑身

---

① Vgl. Inge Wild, "Die Phantasie vom vollkommenen Sohn", *Rollenmuster – Rollenspiele. Jahrgang* 2006, Frankfurt am Main, S. 14ff.

② Peter Gay, "Psychoanalyse und Geschichte – oder Emil und die Detektive", *Wissenschaftskolleg – Institute for advanced study – zu Berlin*, Jahrbuch 1983/84, S. 135–144, hier S. 139.

发冷，跌倒了，都感觉不到在流血，爬起来继续跑。她会在哪儿呢？
我能找到她吗？她做什么蠢事了吗？她获救了吗？现在还来得及，是
不是太晚了？……"妈妈，妈妈，妈妈，妈妈！"我什么都想不起。
在这场与死亡的竞争中这是我永不停止的祈祷。

…………

我抓住她，扯过来抱在怀里，喊着，哭着，摇她，就像在摇一个
惨白的大木偶，——这时，她睁开眼睛，像刚从睡梦中清醒过来。
(AJ. GS. Bd. VII. S. 103f)

母亲和埃里希·凯斯特纳之间的关系正好符合弗洛伊德的说法：母子
关系是不受私心左右，亘古不变的温情的最纯净的例证。凯斯特纳和母亲
之间"亘古不变的温情"，促使他们形成一个"封闭的母子共生体"①。他
在 1929 年 1 月 10 日写给母亲的信中说：

这太美妙了，我们对彼此的爱远胜于相识的其他母子之间的爱，
对吗？我们的爱赋予生命最深的私密价值和最重的分量。如果因为工
作的原因而没有时间去思念对方，在潜意识里仍始终认为，他（她）
就在身边。有什么可以破坏的吗？朋友间的爱或者类似的情感都无关
紧要。我们才是对方最重要的人。②

首先，凯斯特纳的母亲伊达·凯斯特纳生活在以男人为主导的帝国时
代，把自己的愿望毫不保留地加载到儿子身上。她打破了小资产阶级给女
性定的规矩，以一种中产阶级的文化方式来塑造自己的儿子。父亲的力量
非常薄弱，无法进入这种母子共生体中，母亲因此也就接过了传统意义上
父亲的责任。对儿子来说，母亲就是他不断学习努力进入上层社会的动
力。母亲代表对世界的征服，她抛开儿子的父亲，把他驱逐在"母子共
生体"之外。她在儿子身上还能感到自己童年和青年时期曾经错失的机

---

① Inge Wild, "Die Phantasie vom vollkommenen Sohn", *Rollenmuster – Rollenspiele. Jahrgang* 2006, Frankfurt am Main, S. 11 – 39.

② Franz Josef Görtz, Hans Sarkowicz, *Erich Kästner Eine Biographie*, München: Piper Verlag, 1998, S. 85.

会。母子之间的互相认可和崇拜让他们永远地联系在一起。① 凯斯特纳知道他就是母亲的一切，"是包括母亲生命在内的一切"。（GS. Bd. VII. S. 105）出于对母亲的回应，小埃里希要努力成为"完美的儿子"。"这张牌就是我，所以我必须要赢，我不能让她失望。我要当最好的学生，最乖的儿子。……我必须做个完美的儿子，我做到了吗？不管怎样，我在努力。……我爱完美的母亲。我很爱她。"（GS. Bd. VII. S. 102）

最能证明凯斯特纳与母亲的这种共生关系的是他和母亲之间近乎一天一封的书信往来，信中甚至涉及性的细节。格尔茨和萨克维茨称这些细节的公开是"令人震惊地大胆"。② 而且，在凯斯特纳眼里，"母亲是最好的女人"，《法比安》里的主人公也同样评价自己的母亲为"这个世纪最好的女人"。

从社会学角度上来讲，儿子对母亲的爱恋是逃避社会进步和女性解放的体现。凯斯特纳的通信行为或者信中的内容正好反映出魏玛共和国末期由于提倡女性解放而带来的"对男性意象的刺激"。这个时期的女性走向社会，向男权提出挑战，追求"两性平等"。③ 很多年轻的男性在经历过第一次世界大战之后，对追求个性独立和解放的年轻女性心存恐惧，因此就要在自己温柔的母亲身上寻找心理上的依托和爱。"母亲和儿子就是对方的一面镜子；母亲在儿子寻求男性认同的道路上制造一些麻烦，而正是为了母亲，儿子有义务保证实现母亲的男性情结。"④

凯斯特纳的儿童小说中存在明显的移情现象。凯斯特纳童年时期与母亲非同一般的关系，以及成年后在精神上和生活上对母亲的依赖，是探究其作品中的"俄狄浦斯情结"的切入点。与精神分析学中提到的移情现象不同，凯斯特纳没有将他对母亲的依赖转移到对上级等的忠诚上，而是在儿童小说中找到出口，塑造出一系列跟母亲共同生活在爱的天堂里的儿童形象。凯斯特纳笔下的模范少年就是作者的"第二个自我"（alter ego）。

----

① Inge Wild, "Die Phantasie vom vollkommenen Sohn", *Rollenmuster – Rollenspiele. Jahrgang* 2006, Frankfurt am Main, S. 14ff.

② Franz Josef Görtz, Hans Sarkowicz, *Erich Kästner Eine Biographie*, München: Piper Verlag, 1998, S. 84.

③ Föhnders 1998 S. 240, In: Inge Wild, "Die Phantasie vom vollkommenen Sohn", *Rollenmuster – Rollenspiele*, Frankfurt am Main: Jahrgang 2006, S. 19.

④ Ebd. , S. 20.

不过，"俄狄浦斯的天堂"随着少年的成长和人格的逐步完善终将幻灭。凯斯特纳同样直面这样一个现实问题。他自己首先从地域上离开深爱着自己的母亲，脱离父母的家庭来到柏林，母亲也仅仅只是偶尔"来访"而已。因此，作品中的少年同样在成长的道路上艰难地不断与"本我"的俄狄浦斯情结抗争，并最终实现人格蜕变。

第三节　克服母恋的艰难蜕变

"现代心理学认为：人的一生有两个断乳期：一是婴儿长大不再吃奶的'生理性断乳'，二是正在走向成熟进程中的少年渴求个体独立的'心理性断乳'。"[①] 心理性断乳持续时间比较长，处于这个阶段的少年总是要经历不断出现的各种状况，这就是成长的过程。以《埃米尔擒贼记》为例，埃米尔跟母亲一起生活在"俄狄浦斯的天堂"里。[②] 埃米尔以不同的身份逐渐成长，逐步摆脱或者脱离恋母情结。凯斯特纳小说中的俄狄浦斯情结的体现"或多或少是无意识之为"[③]。在埃米尔的世界，不会因为对母亲的特殊情感而产生对父亲的恨，[④] "凯斯特纳所表现的是一种退化了的愿望，全天候地拥有母亲"[⑤]。当然，这一切并非始终如一。埃米尔的成长，需要走出非常重要的一步，走出对母亲的爱恋。

一　埃米尔："俄狄浦斯的天堂"

对于埃米尔来说，和深爱着自己的妈妈一起生活的新城就如天堂般美好。笔者称其为"俄狄浦斯天堂"。少年终归要长大，从地域上脱离母亲是少年克服"俄狄浦斯情结"走出的第一步。"大都市是充满父性、排斥母性的地方，是逃离母亲的避难所。"[⑥] 埃米尔只身前往大都市柏林，在不自觉中开始了与无意识中的"俄狄浦斯情结"的抗争。

---

① 王泉：《儿童文学的文化坐标》，湖南师范大学出版社 2007 年版，第 154 页。

② Peter Gay, "Psychoanalyse und Geschichte – oder Emil und die Detektive", *Wissenschaftskolleg – Institute for advanced study – zu Berlin*, Jahrbuch 1983/84, S. 135–144, hier S. 137.

③ Ebd.

④ 弗洛伊德认为"恋母情结"必然导致与父亲的对立甚至仇恨。

⑤ Peter Gay, "Psychoanalyse und Geschichte – oder Emil und die Detektive", *Wissenschaftskolleg – Institute for advanced study – zu Berlin*, Jahrbuch 1983/84, S. 135–144, hier S. 137.

⑥ Inge Wild, "Die Phantasie vom vollkommenen Sohn", *Rollenmuster – Rollenspiele*, Frankfurt am Main：Jahrgang 2006, S. 36.

埃米尔必须一个人去柏林，因为妈妈说"他已经长大了"。他要独自应对在柏林发生的一切，必须独立解决碰到的难题。母亲的"模范少年"的身份在新城之外对埃米尔并无束缚，柏林促使他爆发出孩子顽皮的天性。埃米尔的"自我"已经在逐渐向客观世界倾斜。除了对母亲的爱之外，在埃米尔的"自我"意识中同样被植入了诸如友谊、冒险和狂妄的性情等概念。尽管如此，"本我"中为"母亲"而存在，对"母亲"的爱恋和责任时刻都还萦绕在少年心头。

临出发前，妈妈一再嘱咐埃米尔路上小心。埃米尔对他的天堂依依不舍："好妈妈，不要劳累过度，当心身体。生了病可没有人服侍你，那我就得乘飞机赶回家了。还有，你也给我写信呀。你知道，我在那里顶多待一个星期。"（ED. GS. Bd. VII S. 222）然后，还紧紧地跟妈妈拥抱。妈妈也爱他的儿子，火车开动后，"她手里拿着手帕，又哭了一阵子"。（ED. GS. Bd. VII S. 223）

上火车后，埃米尔首先要应对车厢里的乘客，他不知道哪个是好人，哪个是坏人。"那个送巧克力糖、胡说八道的人绝不是个好人，埃米尔有些害怕。"（ED. GS. Bd. VII S. 226）让他害怕的还是因为他担心会丢失妈妈交给他的钱，好像妈妈在盯着他的一举一动似的。埃米尔不小心在车上睡着，还做了一个奇怪的梦。"梦见许多东西在奔跑。"（ED. GS. Bd. VII S. 228）梦中的世界是混乱的，梦中的埃米尔也是心怀恐惧的。他不仅害怕火车被撞，更害怕被耶士克警长抓到。耶士克警长代表外界社会，暗示埃米尔对"天堂"之外的世界的抵触情绪。在埃米尔的意识深处，认为妈妈那里才是最安全的。在梦里他逃到了透明的磨坊里，妈妈正在里面干活。风车的翼翅转动起来，耶士克警长不得靠前。埃米尔安全了。他"坐到一把玻璃椅子上，嘴里吹着口哨。他大声地笑着说：'真伟大！要是我早知道您在这里，那我也不用爬上那该死的高楼啰！'"（ED. GS. Bd. VII S. 232）在埃米尔的人格深处，母亲就是他的保护神，是他的庇护所。然而，就在他大松一口气的时候，母亲问道："你把钱看好了没有？"（ED. GS. Bd. VII S. 232）一句话把埃米尔从梦中惊醒。此时的母亲跟耶士克一样，也给埃米尔带来恐惧。如果没有这些钱，不需要埃米尔带这些钱去柏林，那么埃米尔和母亲还会生活在他们的"俄狄浦斯天堂"里。但是，埃米尔丢了这笔钱，让他"怕得要命"，让他对母亲有了恐惧和愧疚。"模范男孩"在成长初期，心里的恐惧是他最大的成长驱动：一是对警察的恐惧；二是因为丢钱对母亲由爱而生的恐惧。"恋母"已经不再纯粹。"丢钱事件"正是少年克服"俄狄浦斯情结"的第一个诱因。

在某种意义上来讲，判断母子关系是否由"俄狄浦斯情结"来维系没有一个统一的标准。正如弗洛伊德提出，每个人或多或少心里都有"俄狄浦斯情结"，只在于是否被引发而已。长在新城的埃米尔的人格中的"本我"和"自我"达成一致，"本我"中的"俄狄浦斯情结"要求他扮演母亲情侣的角色。"自我"就为"本我"创造条件，埃米尔会让自己晚上很早回家，因为他"不愿让她一个人孤单单地在厨房里吃晚饭"。（ED. GS. Bd. VII S. 266）但是，埃米尔的成长必须克服"本我"中的"俄狄浦斯情结"，这需要"自我"来完成，因此"自我"慢慢地开始压抑"本我"的要求。小说中的"丢钱事件"就是"自我"控制"本我"的一个小手段。"自我"明白，完全割裂少年与母亲之间的爱恋是异想天开，那么它就尝试部分转移这种爱恋。原来纯粹的爱恋，有一小部分在埃米尔的心里转成对母亲的恐惧。

出于对警察和母亲的恐惧心理，埃米尔开始了他在柏林的"历险"。他学会寻求帮助，学会了自己去处理突发事件，认识了新的朋友，看到了与自己生活不一样的世界，甚至还改变了自己对警察的恐惧。"丢钱事件"给予埃米尔另一种体验，他不再是原先的那个小男孩了。"孩子们像小男人一样，正儿八经地握握手。"同时，原先的埃米尔一切为母亲而为，做母亲的"模范少年"，帮母亲干活，这个时候的他因为获得一笔奖金可以用一种男子汉的口吻跟妈妈说话，自豪地在母亲面前"大声嚷"，他知道"这笔钱是属于我的，我想要什么，就可以买什么！"（ED. GS. Bd. VII S. 300）尽管如此，"自我"仍未能实现对"俄狄浦斯情结"的压抑。柏林的历险显得如此美好，但大团圆的结局不会给少年太多心灵上的冲击。这好似一场抓小偷的童年游戏，游戏过后，一切回归平静。埃米尔也跟妈妈回到了他的"俄狄浦斯天堂"。发现"丢钱"的刹那间产生的对母亲的恐惧也重新转为对母亲的爱，因此他才会加倍地补偿，要用奖金给妈妈买"电吹风和一件有衬里的冬大衣"。

柏林的游戏让埃米尔的"自我"发现了另外一个世界，并为下一次压制"本我"的需求来寻找机会。埃米尔的"自我"表现是被动的，他内心里从未想过要脱离母亲。小说中有一个非常细小的道具——别针。一开始"别针"就为这个有关"俄狄浦斯天堂"的故事做好铺垫。埃米尔用别针把钱别在自己衣服衬里的时候，全篇主线已经明了。别针的使命至关重要，不仅是少年们最终抓到小偷的证据，更是埃米尔"俄狄浦斯情结"的一种外在表现。表面上看是他对母亲的爱和心疼以及责任，实际上暗示着一种与母亲不可分离的关系。别针的作用就是把他们联系在一起，就算是不小心丢失对方，借着这个小小的别针就可以找到。埃米尔带着他的第一次人生荣誉最后回到了自己的"俄狄浦斯天堂"，继续他和母亲的童话。

二 安东：心灵上的无意识剥落

埃米尔到安东的成长是一个极大的跨越。安东的"自我"具有更强的社会性，虽然他还是与母亲生活在一起，但"本我"中的"恋母情结"已经慢慢地在不自觉中脱落，他们作为"恋人"已经逐渐走向精神的分离。

首先，与埃米尔位于新城的"俄狄浦斯天堂"相比，少年在都市里面临更多的世俗困难，比如疾病、孤独、猜疑和欺骗等。埃米尔的母亲蒂施拜夫人承担着家庭的重任。可是，安东的母亲已经无力支撑她和儿子的世界。她卧病在床，一方面说明其身体上的虚弱，另一方面也象征她在母子关系中力量的削弱。其次，埃米尔深深地依恋着母亲，做听话的"模范男孩"。安东则不得不开始靠自己的力量去养活自己和母亲，在所谓的"母子共生体"中，安东的力量明显较强。再次，埃米尔虽然经历了"丢钱事件"，也体验到独立的快乐，但他还是回到了母亲的爱的怀抱。安东的成长日益具有自主性，他虽然深爱母亲，但要更多地面对生活的困难，也开始结交异性伙伴。最后，埃米尔执着地去追回自己丢失的钱，不管是对母亲的爱还是对母亲的恐惧仍与母亲有关。安东制止了一场罪行，在不自觉中已经负担起社会责任。从这个角度来看，他已经不时地跳出了与母亲的"共生体"。

从上述比较可以看出，安东的"自我"更加转向客观世界，甚至促使"本我"主动退让。小说中表现在安东不小心忘记了母亲生日的小插曲中。这是一个无意识行为，连安东自己都无法解释。这正是因为安东在他的客观世界扩大后，"本我"中"俄狄浦斯情结"面临削弱的一种体现。仅仅是削弱，在安东的内心里仍然深藏着对母亲的爱恋。直到后来在母亲万般呼唤下，"本我"中的"恋母情结"又再次被唤起。不仅如此，安东还因此承受着一种精神上的折磨。在他知道自己忘记了妈妈的生日之后，"惭愧地坐回到椅子上，闭上眼睛，希望地上有个洞，可以立即钻进去"。（PA. GS. Bd. VII S. 505）此时，他才理解母亲今天的行为。"现在她站在窗前，好像被整个世界遗忘了似的，他却无法走近她，安慰她，因为她不能原谅他。"（PA. GS. Bd. VII S. 505）他必须补偿，所以出门为母亲去买礼物。为此伤心的母亲也在矛盾中挣扎。她因为儿子忘记自己的生日而失望。让她更为担心的是，"他会像其他所有的一切一样，慢慢地离她而去。这样，她的生命就失去了最后的意义"。　（PA. GS. Bd. VII S. 505）片刻过后，她又因为自己对安东太严厉而后悔，她知道，安东"这几个星期为了她，已经牺牲了许多。每天去医院看望她，在食堂吃饭，夜晚孤孤单单一个人在家里。……还烧饭，买菜，还要擦地板"。（PA. GS. Bd. VII S. 506）这段心理描写正是母亲内心独白，她挣扎徘徊，不知是否对安东放手。母亲从俄狄浦斯的梦想中清醒过来，刚才还在抱怨儿子忘了自己的生日，现在"她开始找他，卧室里没有，厨房里没有，厕所里没有。她把走道里的灯打开，看看他是否躲在大橱后面"。与埃米尔的情况是一样的，母子之间的恋情没有如此容易了断，当母子俩最后找到对方并得到谅解之后，刚刚有些破裂的恋情又回来了。"'他们是不会理解我们的。'他们手拉手慢慢地上楼。"（PA. GS. Bd. VII S. 511）楼梯上，母子二人相见时的场景是母子恋情的最佳体现。但是就安东忘记母亲生日本身，以及母子二人各自的表现来看，却反映出母子精神上的分离。虽然他们最后都各自找了对方，但都经历了内心分离的痛苦。埃米尔体验过独立的快乐后，回归"俄狄浦斯天堂"，安东则挣扎于内心深处"自我"和"本我"之间的对抗，在这次对抗中，"俄狄浦斯情结"略占上风。

在克服"俄狄浦斯情结"的道路上，埃米尔的别针象征主动建立起的与母亲之间不可分割的联系。安东为母亲买生日礼物，则是一种被动的与母亲的关联，说明他在心里深处已经迈出了脱离"俄狄浦斯情结"实质性的一步。

三　马丁：游离于母亲世界之外的少年

少年的恋母情结在《埃米尔擒贼记》和《小不点和安东》中先后经历了地域和心灵上的分离，但最终在表面上仍保持着"母子共同体"模式。在《飞翔的教室》中，成长为马丁的少年，在地域和心灵上都实现了与母亲的分离，他与母亲之间的联系不单纯是所谓的"俄狄浦斯情结"。

首先，不同于埃米尔和安东，马丁拥有一个完整的三口之家。父亲的存在或多或少都会影响到母子关系。马丁对家的概念是一个整体，否则他不会画一幅父母同在的画。"画的名字叫《十年以后》。……湖滨马路上，行驶着一辆蓝色的马车，……车上坐着马丁的父母，他们穿着节日盛装，而马丁自己坐在马车夫的位置上。……马车旁边站着一些人，身穿五彩缤纷的南方式样的节日盛装，向他们一家招手。"（FL. GS. Bd. VII S. 97f）圣诞节前马丁的悲伤不仅源自对母亲的思念，主要是对家里父母的思念。

其次，马丁的母亲也不像埃米尔和安东的母亲一样，生活在"俄狄浦斯"的幻觉里。她了解现实，压抑自己对儿子的思念，采取了当时情况下最为理智的行为：写信表达对儿子的爱，让马丁在学校过圣诞节。"可以说这是叫人痛心的一封信了。……家里一贫如洗，……想到你圣诞节待在学校，我顿时心乱如麻。……圣诞节时我们都要勇敢，丝毫不许哭，我答应你那样做。你也答应我吗？"（FL. GS. Bd. VII S. 119）

再次，马丁生活在寄宿学校里，这是一个他在某种程度可以实现自身价值的地方。他学习很好，在危机时刻又能打抱不平，拥有自己的伙伴和成人朋友。在空间上，他已经离开母亲，并且作为独立的个体存在。母亲只是他远方家里的一个牵挂而已。他甚至考虑更多的还是父亲，他不理解"父亲很能干，为什么家里还很穷"。他的社会感更要强于安东，因为他开始了自觉的对社会不公现象的思考。

最后，有一场景从另一个侧面说明了"俄狄浦斯情结"在时间上的远去：尤斯图斯讲述的有关他童年的故事。当年他冒着违反学校纪律的危险到医院看望生病的母亲的经历对他的人生产生很深的影响。在这段淡淡的一段往事中并未提及任何有关母亲以及幼年尤斯图斯之间真正的母子关系，也未见如《埃米尔擒贼记》中的"我爱母亲"、"为了妈妈"等字眼。这段往事留给尤斯图斯最深的记忆不是母亲，反而是他对朋友的感激，甚至决定了他日后的职业。

从以上四点看出，经过埃米尔阶段的地域分离、安东阶段的心灵分离之后，马丁时期的成长主体则已经相对成功地摆脱了所谓的"俄狄浦斯情结"，正在逐步实现他的自我教育。

　　值得补充一点，真正让埃米尔，或者以埃米尔为代表的成长者克服俄
狄浦斯情结的是在《埃米尔和三个孪生子》中，埃米尔接受了母亲要和
耶士克警长结婚的事实。凯斯特纳在写这部小说的时候，于 1935 年 5 月
19 日曾经给母亲写信道："警长耶士克先生要娶蒂施拜夫人！你觉得如
何。我们要同意吗?"① 成长少年埃米尔首次承认自己对母亲深深的爱恋，
是和外婆的一次"严肃的谈话"。他们谈到马上要和母亲结婚的耶士克
警长：

　　　　"人还不错。"埃米尔说，"我们已经以你相称。……最重要的是
　　我母亲喜欢他。"
　　　　"没错。"外婆承认道，"可我觉得你正是在这一点上生他的气。
　　别反驳！谁要有你这么个出色而又亲近母亲的儿子，她就不需要男人
　　了。这就是你的想法。"
　　　　"你猜的差不多。"埃米尔说，"不过你说得也太直接了。"
　　　　……
　　　　埃米尔哭了，过了一阵，外婆说："你只爱她，她只爱你。出于
　　爱，每个人都迷惑了对方；尽管彼此怀着深深的爱，每个人还是误解
　　着对方。生活中会出现这种事。"外婆还告诉埃米尔："有一天人们
　　得离开家。即使没有离开家，也应该离开家！"
　　　　为了对方作出牺牲，但不让对方知道，这会让对方更幸福。
　　(EZ. GS. Bd. VII S. 439f)

　　埃米尔人格中的"超我"为他做了决定：选择"高兴地沉默"。此时
的埃米尔在倾诉了自己深藏多年的对母亲的爱之后，知道该是自己离开的
时候了。他终于克服了心理的"俄狄浦斯情结"，"自我"开始按照"超
我"的道德准则和规范来行为。外婆望着他的眼睛："让人佩服！"她说，
"让人佩服！今天你长成大人了！谁比别人早成为男子汉，他就比别人当
男子汉的时间长"。(EZ. GS. Bd. VII S. 440)
　　埃米尔就此经过了与自身"本我"的对抗之后，最终克服"俄狄浦
斯情结"，实现了少年人格的艰难蜕变。

————————
　　① Zitiert nach Sven Hanuscheck, *Keiner blickt dir hinter das Gesicht Das Leben Erich Kästers*,
München：Carl Hanser Verlag, 1999, S. 227.

第四节 俄狄浦斯三角关系中偏居一隅的父亲

与母亲的地位相比，凯斯特纳的童年传记中较少出现有关他与父亲之间互动的记录。父亲在凯斯特纳的笔下是个沉默的、勤勤恳恳养家糊口的手艺人，他甚至不被视为家庭中的一员。母亲带着儿子去看戏剧，母亲和儿子一起去旅行，母亲和儿子亲密地拥抱，父亲则甘愿躲在地下室做活计。当他尝试表达自己对儿子的爱的时候，得到的却是冷漠的回应。父亲和母亲在圣诞节前都投入极大热情给儿子准备圣诞礼物。平安夜的时候，父母二人对儿子的爱的争夺上升到了顶点。当然，作为儿子的小埃里希的苦恼在于，他要表现出极大的喜悦，至少给他们相同的拥抱或者感谢：

> 父母二人分别坐在桌子的两边。……"哇哦，"我说，"太棒了！"我是说给他们两人听的。我必须要演好这出圣诞节戏剧，我就是个比父母还成熟的外交家，要让圣诞树下的如此温馨的三角竞争顺利进行。……我站在桌子旁边，忙不迭地表示我的喜悦。我先转向右边，对母亲表示感谢，母亲非常高兴。再转向左边对父亲的"马厩"表示感谢。我再转向右边，感谢妈妈送的平底雪橇，再感谢左边父亲送的皮具。然后在转向右边，再转向左边，两边的感谢都不长不短。……我在他们的脸上都亲了一下。先亲的母亲。我把礼物送给他们，最后送父亲香烟。这样的话，趁父亲拆香烟盒的空当，我可以在母亲身边多站一会儿。母亲因收到我的礼物而惊讶，我偷偷地抱住她，偷偷地好像在做什么坏事。父亲注意到了吗？他会伤心吗？（AJ. GS. Bd. VII. S. 100）

在凯斯特纳幼年时的家庭中，凯斯特纳真正属于父亲和母亲之间的纽带，他们两个对对方的关注远小于对儿子的关爱。仍是在平安夜，他们互送礼物之前会说："我差点忘记了。"有时，他们在晚饭时才会想起，刚才没有送礼物，那么母亲会说："晚餐后送也不迟的。"（AJ. GS. Bd. VII.

S. 100）"很显然，凯斯特纳的父母之间没有爱情可言。"① 而埃米尔·凯斯特纳②也乐于忍受这些。但在凯斯特纳母亲去世后，有关凯斯特纳父亲的一些文字也表明，父亲对"自己的儿子和儿子的成就也备感欣慰"。③ 但是在儿子还年幼时，埃米尔·凯斯特纳被自己的太太剥夺了作为父亲的荣耀。小埃里希在平安夜的一个小小的动作，却像放大镜般把父母和儿子三人之间的微妙关系展现出来。他先是感谢母亲，给母亲的亲吻更长一些，最后还悄悄地拥抱母亲。表面上看都是不容易被人察觉的动作，然而这幅画面中的小埃里希和母亲被置于光亮之处，仿佛那只是他们两个人的世界，父亲坐在阴影处扮演着完全的"局外人"的角色。父亲就这样被母子置于一边。一个少年的成长过程就是要从与母亲的认同关系中走出，进而实现一种男性的与父亲的认同。幼年凯斯特纳家庭里的俄狄浦斯三角关系中，父亲力量薄弱，被处于优势地位的母子关系隔离，很少与儿子之间获得认同感。这种关系同样造成凯斯特纳日后实现男性认同的艰难过程。

　　平安夜的一幕也出现在凯斯特纳的儿童作品中。父亲在家庭中无足轻重，母亲与儿子是家庭的全部。但是，有一个细节同样不容忽视。幼年的凯斯特纳虽然生活在母亲对自己无尽的爱，以及自己对母亲的责任之中，但他内心里也会对父亲的担心感到内疚或者有些许期待。"他注意到了吗？会让他伤心吗？"担心是因为，如果父亲注意到这个小动作是否会破坏他和母亲之间的爱；内疚是因为，他担心父亲会因此伤心；其中也隐藏着一种期待，或者如果父亲真的伤心的话，小埃里希也许去拥抱父亲一下。简短的心理表白说明在凯斯特纳的意识中父亲不仅仅是一个名词，同样是一个触及他心灵的真实的存在。如果假设凯斯特纳接受了荣格的词语联想的测试，当他听到父亲这个词的时候，是否会有延迟反应呢？笔者认为，与母亲一样，父亲是凯斯特纳个体无意识中一个关键的症结，否则就不会在作品中出现形形色色的父亲的替代形象。凯斯特纳与母亲微妙的关系，决定了他对自己父亲的看法。埃米尔·凯斯特纳在家中徒有父亲躯壳，只是保证家庭表面上"三位一体"的完整性而已。母亲才是凯斯特

---

　　①　Dietrich Mendt, "Erich Kästner, die Mutter und die Frauen", Flothow（Hrsg.）, *Erich Kästner Ein Moralist aus Dresden*, Evangelische Verlagsanstalt, 1995, S. 77.

　　②　埃里希·凯斯特纳的父亲。

　　③　Dietrich Mendt, "Erich Kästner, die Mutter und die Frauen", Flothow（Hrsg.）, *Erich Kästner Ein Moralist aus Dresden*, Evangelische Verlagsanstalt, 1995, S. 77.

纳生命以及艺术的重心所在。

1928 年，凯斯特纳在《莱比锡新报》上曾经发表一篇题为《艺术作品中的母与子》（*Mutter und Kind im Kunstwerk*）的文章，他始终认为母亲才是艺术的主题。"家庭——父亲、母亲、孩子三位一体——是家庭和艺术的永恒模式。……但是，事实上却不是这样的。艺术中的'父亲'主题又在何处？在现实中，父亲是家庭重要的成员，不管是生理上、经济上还是道德上。但是对于艺术家来说，'父亲'作为家庭主题的一个组成部分却无关紧要。""基督教从根本上就没有'父亲'的根基。按照基督教教义，耶稣是凡间女子同天上男子的儿子。这个父亲是看不见的。因此，宗教绘画中只有'母亲和孩子'的画像。父亲终是看不见的。只有很少的基督教的绘画和雕塑作品中表现出来那个隐秘的父亲的形象，他们通常作为生产者、保护者和引导者出现。"凯斯特纳甚至认为，就算是耶稣和他的父母在画像中以一家人的形象出现，耶和华看起来"根本就不属于这个位置"。这个可怜的老人真让人同情，因为"宗教传统要让他替代父亲来保证家庭概念的完整"。①

根据上述的三位一体原则，家庭中父亲、母亲和孩子作为一个稳定体对孩子来说是至关重要的。埃米尔、安东都和母亲相依为命。小不点的家庭虽然完整，但是父亲的功能仅仅停留在赚钱养家的层面上，跟孩子的交流和对孩子的教导并非他主要关心的活动。在《飞翔的教室》中，五个主人公有五种不同的家庭，代表社会上各种家庭状况。被父母抛弃，但很幸运地碰到好心船长的小诗人约克，家庭完整和睦但生活拮据的模范男生马丁，生活富裕的"胆小鬼"乌利等等，他们有自己的父亲或者如父亲般的船长。寄宿学校不同于家庭，这是个男孩群体生活和成长的地方，而父亲在他们的成长中起着举足轻重的作用。因此，伯克博士和不抽烟的人就代替着家庭中的父亲。凯斯特纳内心有关父亲的心结在小说中实现了某种平衡。生活中的他担心父亲阻碍他和母亲之间的爱，而作品中的父亲完全没有这种机会，因为他们已经离开。凯斯特纳的母亲去世之后，父亲代替母亲与儿子通信，父子之间的关系有所缓和，凯斯特纳甚至邀请父亲到慕尼黑自己的家里做客。父亲终于等到了回归儿子身边的那一天。

---

① Zitiert nach Gundel Mattenklott, "Erich Kästner und die Kinder", Matthias Flothow（Hrsg.）, *Erich Kästner Ein Moralist aus Dresden*, Evangelische Verlagsanstalt, 1995, S. 69.

第五编

天爻原型分析

　　魏玛时期的社会结构发生巨大变化，家庭结构也随之转变。成长主体一方面要克服"本我"的"俄狄浦斯情结"的过程中，另一方面还要慢慢地贴近理想中的天父。在《5 月 35 日》、《埃米尔擒贼记》、《小不点和安东》和《飞翔的教室》中，埃米尔、安东和约尼都没有父亲，或者故事中父亲的角色边缘化，如康拉德和马丁的父亲。正如尼采所说，"……没有父亲的人必定会编造一个父亲"①。那么父亲 对个体成长究竟有何重要作用？在凯斯特纳的小说中"编造"出怎样的"一个父亲"呢？

---

① ［意］鲁伊基·肇嘉：《父性：历史、心理与文化的视野》，张敏、王锦霞、米卫文译，中国社会科学出版社 2006 年版，第 83 页。

第一章 天父原型

第一节 集体无意识之原型概念

在荣格看来，构成集体无意识的两大基本结构是本能和原型。他曾分别于 1919 和 1934 年发表《本能与无意识》和《集体无意识的原型》两篇论文，探讨本能和原型作为集体无意识构成的合理性。

原型，是荣格集体无意识的一个基本结构，是一种与生俱来的心理形式，可思不可见的实体。Archetypus（原型）来源于希腊词根 arch，意为 "Urbild，Muster" 等。在柏拉图哲学中，他用来描写被人认为存在于神圣的心灵中的理想形式，与日常生活中的具体事例无关。卡尔·荣格在他的心理学中曾广泛地采用了原型这一概念，并将它定义为 "形成神话主题图像的人类思维的遗传倾向"，他还更有诗意地将它定义为 "人类共有的原始意象处于休眠状态的潜意识的更新层次的表现形式"。"正像本能把一个人强行迫入特定的生存模式一样，原型也把人的直觉和领悟方式强行迫入特定的人类范型。本能和原型共同构成了 '集体无意识'。我把它称之为 '集体的' 是因为与个人的无意识不同，它不是由个人的、即或多或少具有独特性的心理内容所构成，而是由普遍的、反复发生的心理内容所构成。……原型也和本能有着同样的性质，它也同样是一种集体现象。"而且，由于集体无意识原型的作用，甚至在个人出生之前，他将要 "出生在其中的世界的形态业已成为一种虚像诞生于他的心间"。（《自我与无意识的关系》1928）在作出如上结论之前，荣格就提出，在集体无意识的内容中，包含了人类往昔岁月的所有生活经历和生物进化的漫长过程，包含了 "前婴儿前期，即祖先生活的残余"。（《无意识心理学》1917）作为祖先生活的一种贮藏，集体无意识所隐藏的父亲、母亲、孩子、男人、妻子的个体经验，以及在本能影响下产生的整个精神痕迹，都作为原型和本能预先形成于大脑及神经系统中，成为个人存在的原则和通

道。就此而言，集体无意识既是人类经验的贮藏所，又是这一经验的先天
条件；既是驱动和本能之源，同时也是将创造性冲动和集体原始意象结合
起来的人类思想感情的基本形式之源，它们的表现形式就是集体无意识原
型。荣格把"原型"理解为与"生命的起源一样'神秘'（就目前的科
学水平而言）、一样不可思议、一样不可企及的内在性质和固有模式。
……如果说'原型'可以遗传，那么可以遗传的并不是任何特定的内容
而仅仅是某些'纯粹的形式'，而且所说的'遗传'并不一定是生物学领
域中的遗传而完全可能是文化意义上的'遗产'（荣格更多使用的是这个
词）"。这只是荣格"被迫做出"的"理论假设"。他做这样的假设是
"为了帮助我们更清楚地看到在没有这两个概念之前我们未能看到或习焉
不察的那些现象"①。

　　从这个假设出发，在世界各民族的宗教、神话、童话、传说中，荣格
找到了大量这样的原型，包括出生原型、再生原型、死亡原型、儿童原
型、英雄原型、母亲原型、父亲原型等等。每一原型对所有人都具有普遍
一致性，宛如磁石一般吸引着与之相关的各种生活经验，形成影响个人发
展的情结，进而在生活中表现出来。在个人发展的世界中，出生前的虚像
通过与现实世界中与之相对应的关系的认同转化为意识，个体在意识指引
下被施加一种预先形成的行为模式。荣格的集体无意识，为人类、人类文
化和客观世界的探讨提供了一个更为宽阔的领域。从集体无意识的角度来
看，世界不过是一种内在精神世界的显现，是一个意象的世界，但它同时
又作为外在的诱惑和内在的驱力，吸引并推动着人们去认识、创造和
生活。②

　　作家的文学创作，"就在于从无意识中激活原型意象，并对她加工造
型精心制作，使之成为一部完整的作品。通过这种造型，艺术家把它翻译
成了我们今天的语言，并因而使我们有可能找到一条道路以返回生命的最
深的源泉。艺术的社会意义正在于此："它不停地致力于陶冶时代的灵
魂，凭借魔力召唤出这个时代最缺乏的形式。艺术家得不到满足的渴望，
一直追溯到无意识深处的原始意象，这些原始意象最好地补偿了我们今天

---

　　①　参见冯川编《荣格文集 让我们重返精神的家园》，冯川、苏克译，改革出版社 1997 年
版，第 491—492 页。
　　②　尹立：《意识、个体无意识与集体无意识——分析心理学心灵结构简述》，《社会科学研
究》2002 年第 2 期。

的片面和匮乏。艺术家捕捉到这一意象，他在从无意识深处提取它的同时，使它与我们意识中的种种价值发生关系。在那儿他对它进行改造，直到它能够被同时代人所接受。"①

第二节　天父原型的来源

父亲的概念是随着人类文明的产生而产生。"父亲身份的起源沿着自然与文化接合的缝合之处延伸。这一断言是站得住脚的，因为一夫一妻制的父权制家庭，在所有的历史社会中都占主导地位，是文化的产物，似乎不存在于自然世界（例如，在类人猿当中）。"母亲天生就是母亲的身份，要完成整个对幼子生理和心理上的哺育工作，但就父亲身份来说，"是一种心理和文化的事实，而生理的父亲身份并不足以保证其存在。……父亲的身份必须被宣告和创立，而不是在孩子出生的那刻便得到展示，它必须在父亲和孩子建立关系的过程中一步一步地揭示出来。"②

随着社会财富和社会结构的转变，父性行为逐渐产生并发展。在原始的母系氏族黄金时期，女性多居住在相对稳定的农业定居点，而男性外出寻找食物，这时的父亲对孩子们来说仅存在于"概念之中"，甚至没有机会与父亲接触。进入家庭后的父亲与母亲之间形成合作和竞争的关系。不管是合作，还是竞争，母亲和父亲角色存在的关键和根本因素在于创造生命的活动和子女的存在。然而，与母亲的先天优势相比，父亲与家庭和子女的关系自从人类和家庭产生以来就处在一种或对立、或亲密、或若即若离的状态。因此，父性也总是蒙着一种神秘面纱出现在各种文化中。

分析心理学明确给出了原型的概念和意义甚至范畴，但是对原型的起源并未给出具有说服力的建议。既然构成集体无意识的中心就是原型，那么，我们借用"原型"这个词来表示人类和人类文化的基础，以及人类文化基础得以形成的根深蒂固的潜意识模式。那么父亲原型，或曰父性行为，在某一天出现，然后发展，最后变成了一种永续的具有社会意义的行为。但是，不管父性行为如何变化和发展，人类的"父性"深植于人类

---

① 参见冯川编《荣格文集 让我们重返精神的家园》，冯川、苏克译，改革出版社 1997 年版，第 228 页。

② ［意］鲁伊基·肇嘉：《父性：历史、心理与文化的视野》，张敏、王锦霞、米卫文译，中国社会科学出版社 2006 年版，第 16、19 页。

的集体无意识层面，代表一种人类文化深层潜意识模式。"将双亲意象区分为天地两种形式就是与地理因素或历史条件无关的人类共有的原型模式的原始例子。这种天地模式不但在人的梦境和幻想中，而且在创世神话、宗教、偶像以及社会结构中都如此普遍存在。"①

在家庭结构中，最直接的双亲意象的区分就是天父和地母的区分。在多种文化的传统家庭结构中，地为母，天为父。这是一种广泛流行的模式。当然，按照性别来区分该范畴并非绝对有效，但目前为止，性别区别却是大家所熟悉并牢固不变的。天父和地母各司其职。他们既是合作者，又是对立者，因为创造生命而联系在一起，并因为子女的存在而存在，共同构成完整家庭的基本要素。地母的天性决定了她们的精力主要的地的领域，广博而温暖，对家庭成员负担着一种神秘的、无限的、亲密的抚养责任，与他们建立起一种坚固的亲属联系。与地母相反，天父把精力则集中在了天的领域，超越家庭之外，总是表现出保护者的特征。他们思维敏锐、头脑清晰、做事理性、不会为感情所左右。但是，由于他们与子女之间的血缘关系，又决定了天父们本身的矛盾，虽然活动于家庭之外，却无法完全脱离家庭。但是回归家庭时，又发现是"地的世界的局外人"。天父的位置决定了他们与地母不同，天父们没有与儿女过多亲密的行为，而是多关心他们的成长和前途，关心他们日后进入的天的世界的行为，关注"他们作为小男人和小女人的地位，而不是把他们看成孩子。"父亲的社会和家庭角色决定了他对孩子的道德和社会性的影响力，这令地母无法企及。天父型的父亲是连接家庭世界与外部世界的纽带，在孩子社会性形成过程中起着非常重要的引导作用。

第三节 天父的缺失

一 天父缺失的时代

天父原型的社会性，决定了父亲一开始就无法与家庭和周围的文化分离。但父亲之为人父母的特殊性正好在于其功能的复杂性。不管是个体意义上的父亲，还是集体无意识中的天父原型，都存在一种悖论。一方

---

① ［美］阿瑟·科尔曼、莉比·科尔曼：《父亲：神话与角色的变化》，刘文成、王军译，东方出版社1998年版，第6页注释。

面，作为个体的父亲，他不得不身兼两职，在家庭内部，父亲是道德象征，"必须遵循一个道德的正直的准则"；但在社会方面，他又必须是力量的象征，"有点类似达尔文的进化规律，也就是适者生存规律，'好的'就是'最合适'的，在这层意义上，就是能显示最强大的能力"①。二是由于父权制的全球化，集体层面上的天父也存在一种悖论，"欧洲文化的核心，在地球的表面到处传播理性的准则，其本身却是如此深远地非理性。就像个体的父亲，这种父权制在遵守爱的法则和力量的法则之间摇摆，却离两者的调和有着相当远的距离"②。

人类文明伊始，父亲就是联结家庭与外界的纽带，也是儿子效仿的楷模。儿子在长大成人以后，继续着父亲的功能。他们成家立业，保护供养自己的家庭。母亲的作用就是在家庭之内抚养孩子。强大的父权制统治着欧洲乃至世界，直到距今一百年前，父亲的仍然处于主导，甚至被呼喊回归。19世纪末，尼采的一声"上帝已死"，给西方思想界以及父权制的社会带来轩然大波。20世纪初，帝国和皇帝倒台，父权制受到前所未有的重创。到20年代，德国魏玛共和国建立。初期，国内尚未成熟的议会制度，国外巨大的战争赔款压力等纷繁复杂的局面导致魏玛共和国政治上动荡不安，经济上通货膨胀，普通民众"无依无靠地听任日益加剧的混乱局面的摆布，因而感到非常绝望"③。直到1923年，时任总理兼外交部长的施特雷泽曼（1878—1929）推行新的货币制度而结束通货膨胀，"共和国和国家的统一得救了"④。随后，科学技术和各种现代化产业不断涌入大城市，此时出现"出人意料的经济和政治安定局面"⑤。然而，在表面的繁荣背后却隐藏着社会价值的巨大转变。

如前文所述，茨威格在《昨日的世界》中对当时社会价值的变化做了精辟描述："一切价值都变了，不仅在物质方面是如此；……没有一种道德规范受到尊重，柏林成了世界的罪恶渊薮。………在一切价值观念跌落的情况下，正是那些迄今为止生活秩序没有受到波动的市民阶层遭到一

---

① ［意］鲁伊基·肇嘉：《父性：历史、心理与文化的视野》，张敏、王锦霞、米卫文译，中国社会科学出版社2006年版，第6页。

② 同上书，第7页。

③ 迪特尔·拉甫：《德意志史 从古老帝国到第二共和国》，Inter Nations 1985年版，第252页。

④ 同上书，第254页。

⑤ 同上书，第255页。

种疯狂情绪的侵袭。"① 市民阶层不仅受到了经济动荡的冲击，他们的家庭结构也在悄悄发生变化，父亲在家庭中的地位岌岌可危。随着社会工业化程度的加深，"一个史无前例的现象出现在西方社会的集体意象中：不健全的父亲。19 世纪的小说、插图，甚至最后连法律都开始注意这一现象。这种家庭结构的衰落——部分真实，部分只是资产阶级的幻想"②。直到第一次世界大战之后，欧洲大陆经历了现代化潮流，社会的各个角落无不发生变化。"父亲的缺失与不健全的父亲等现象是伴随着无产阶级的贫困以及工业革命的开始而爆发出来的。……20 世纪的战争：残酷的战争更加拉大了父亲与孩子之间的距离。和平来临的时候，父亲也没有随之一起回来。……世界大战犯下的罪行远不止扼杀了数百万孩子的父亲。……他们虽然回来了，但是再也不能恢复他们做父亲的身份了。"③就算是从战场上幸运回来，回归家庭的父亲，社会角色的变化已经让他茫然不知所措。在政治经济形势突变的魏玛时期，他们茫然于如何教导孩子。他们没有能力完成天父应该承担的教育子女、传授子女职业的任务，甚至不知道应该把孩子引导向哪个社会群体。随着外界变化而不断变化的社会价值和规则对于父亲们来说都是无法把握的，他们更不知如何讲授给孩子们听。

　　魏玛时期社会结构的变化也是导致父亲缺失的重要原因。该时期德国女性获得前所未有的解放，她们摆脱了紧身衣的束缚，穿着超短裙，梳着"短发"④。她们走出家门开始承担社会和家庭的责任。母亲逐渐进入到父亲的角色范围，一直以来把持家中的一切权力的父亲的地位受到威胁。随着现代进程的发展，父亲的角色越来越处于家庭的边缘。随后，家庭内部按照性别区分的某些传统的行为模式受到了新的社会价值观的挑战，父亲的行为正在受到攻击。理想的天父原型变得模糊，他所代表的价值不再是"超验的"⑤，而是世俗、日常的世界。魏玛时期，天父逐渐已经由精神上

---

①　斯蒂芬·茨威格：《昨日的世界》，舒昌善、孙龙生、刘春华、戴奎生译，三联书店1991 年版，第 174 页。

②　［意］鲁伊基·肇嘉：《父性：历史、心理与文化的视野》，张敏、王锦霞、米卫文译，中国社会科学出版社 2006 年版，第 234 页。

③　同上书，第 299 页。

④　Bubikopf：流行于魏玛时期，标志女性解放的短发发型。

⑤　天父的主要功能是教给孩子价值观，他能给予孩子的教育就可以使得尘世力量的原则从属于更伟大的神圣公正的原则。

和形而上学上的事实转变为一种物质上的事实。新"父亲"产生，并随之带来一种新的行为法则："正如弗洛伊德所指出的，我们称之为超我的内在权威①应该代表道德，但却秘密地倾向于尊重胜利者法则：如果我的行为已成功，即使它们是不道德的，也不会为我招致非难；而如果我失败了，尽管我的行为是道德的，也会导致我抑郁，充满负疚感。"②

"天父"原型的缺失是现代化过程中的一个不容忽视的现象。社会变革引发天父缺失，进而导致个体父亲亲手扼杀了孩子们理想中的父亲，主动抛弃了他们原始意象中的天父形象。在工业革命之后，对于父亲们来说，"物质上的成功似乎比道德正直更加恰当。伴随着工业革命而出现的心理不健康的父亲，更多的是一个社会的，而不是伦理上的失败，而这不是偶然的：欧洲的工人沉湎于酗酒，跟随其后的是失业的父亲沉沦在美国的黑人聚居区当中。他们是家庭中的头面人物，却放弃了权利，失去的不只是社会的尊重，还有他们自己的自尊，导致了恶性循环的过程。……父母的焦虑也会影响到他们的孩子。因此，孩子们反过来收回了他们对父亲的尊敬与爱戴；父亲未能成功，导致他失去了甚至对自己的尊重与爱。当社会变得越来越世俗化时，传统的伦理法则开始消退，……它与市场的联系导致它更多地去回应市场的循环，而不是去回应道德价值"③。原本作为"精神导师"和道德领袖的天父意象，在如此恶性循环之中逐渐退出。

在思想界，弗洛伊德和他的后继者们多关注"母子关系"。"俄狄浦斯情结"，抑或"恋母情结"被众多学者趋之若鹜。当然，"恋母情结"的绝对化是否合理还有待商榷，但毋庸置疑，弗洛伊德更关注的是母婴之间的共生关系。荣格曾提出，除"恋母情结"之外仍存在多种影响和决定人行为意识的情结，但仍无法阻挡"俄狄浦斯情结"的提出所掀起的在心理学界以及各学术界的革命。父亲、母亲和孩子在家庭中的地位和关系也成为学者探讨的对象。此后，心理学家们把注意力转向个体生活的早

---

①　出于文本翻译的误差，此处的内在权威是指心理学中的"超我"，源自弗洛伊德对天父理想的表述。他个人倾向把父亲等同为希伯来人传统的精神导师。父亲是引导者，他离开还没定性的孩子，作为一个社会人存在。对于孩子来说，他内心中形成了一个印象中的父亲形象，也就奠定了自己的道德基础；在与母亲亲密联系期间的最后阶段，孩子内心产生一种超我（内在权威）印象，被看做是天父的理想化，个体父亲的完美形象。

②　［意］鲁伊基·肇嘉：《父性：历史、心理与文化的视野》，张敏、王锦霞、米卫文译，中国社会科学出版社 2006 年版，第 354 页。

③　同上书，第 351 页。

期阶段，尤其是梅兰妮·克莱因（Melanie Klein 1882—1960）提出假说，甚至认为超我少年的形成发生在生命的第一年，发生在孩子与母亲的身体之间的关系当中。父亲因此失去了作为传授道德感和社会生活的老师的角色：对善恶对错的分辩、人性理念、信任尊敬等美德都被看做回到了一个孩子还没有学会说话的阶段。在克莱因看来，天父根本没有发挥功能的机会，因此也就没有存在的必要。

父子冲突是天父缺失情况下一个重要的主题。多数父子冲突发生在孩子意识相对成熟，父亲仍在努力维护自己权威的背景下。价值观以及社会和个体意识的截然不同导致父子之间甚至存在不可调和的矛盾。虽然父权制社会在 19 世纪末 20 世纪初受到严重冲击，但是父权却始终存在。当父亲挣扎于社会地位的沉浮之时，又必须面对家庭带来的危机。双重压力之下，他就会采取极端且简单的方式来维护自己曾经的权威。行为方式的改变导致他们远离作为孩子精神导师的角色，虽极力维护但通常以失败告终。

现实生活中，当父亲无法满足儿子对生命刺激的欲望时就被抛在一边。"天父"原型的缺失同样表现在众多文学作品、尤其是神话或者童话中。比如《皮诺曹》中皮诺曹抛弃自己的父亲，与野性十足的鲁西格鲁鲁出走。或者父亲以及具备父亲功能的人物通常位于边缘地位。《小红帽》的主人公是小红帽和外婆；《灰姑娘》里的父亲也慢慢地不喜欢灰姑娘了；《白雪公主》里的国王对自己女儿的遭遇也是不闻不问；就连水下王国的国王，《海的女儿》里美人鱼的父王，也很少出场。父亲这个人物在儿童文学中多以无关紧要的形象出现，他们的功能是在表面上维护家庭的完整。这种家庭通常由父亲、女儿和继母（或者带着亲生孩子的继母）组成。不管是在现实中，还是在文学作品中，"大量的研究都已经敲响了警钟，宣告父亲的缺失是一种史无前例的弊病"。好在文学作品具有补偿现实中无法实现的理想的功能。《灰姑娘》和《白雪公主》都是讲述一个少女被继母迫害的故事。他们都曾经有过善良的父亲，但是因为妻子惨死，而自己又无力抚养孩子长大，就与可怕的女人结婚，而他们自己不是死去，就是完全受恶毒女人控制，对她迫害女儿的行为听之任之。父亲边缘化，谈不上实现天父的功能。但是女主人公在心里还坚持着对父亲的幻想：如果他还活着，一定回来救他的。美好的幻想在现实中起到一定的慰藉作用。最终替代父性的是前来拯救她们的潇洒的青年王子，借助类似王子这样的角色来实现主人公对父亲的理想。

凯斯特纳的小说中的父亲角色同样位于边缘或完全退出，女性角色主要集中在母亲身上。就形式上来看，这是最直接的一种父亲缺失。彼得·盖伊在他的文章中指出，"在我看来，毫无疑问，埃米尔·埃里希·凯斯特纳在无意识中杀害了自己的父亲"。① 笔者认为，凯斯特纳在小说中运用与主人公有关联的成年男性角色来填补"天父"的空缺。

本书第四编主要讨论了处于少年阶段的成长主体逐步克服"恋母情结"的过程。脱离地母就意味着走出家庭。家庭对少年来说，既是温暖的港湾，但同时又是其进入社会的牵绊。早期对少年成长发生影响的天父和地母，因其功能不同，在少年成长过程中构成了一种博弈格局。通常情况下，"父母的职责是非常清晰的。母亲给予孩子生命，并在其生命的最初几年照料好他。第二阶段，则主要由父亲引导，至少在男性儿童这一范围内是这样"②。"经常有人指出，与女性的发展不同，在男性的发展当中，总是依靠'停顿'。女性儿童如果与其母亲有着一种好的原生关系，可以仍然把她当榜样，继续其心理发展，没有被打断。对于男性儿童而言，事情就不一样了。一出生，然后在决定性的原生阶段的大致过程当中，他主要是与母亲联系在一起的；但迟早，他必须将目光转向父亲或另外一个男性人物。"③ 男孩的成长永远不可能是直线型的。母体中的孕育决定了他与母亲不可断绝的关系，但在"依附于母亲很长一段时间之后，男孩们进入了父亲的生活圈子，用眼睛、脚和手，甚至在某种程度上用他们的思想模仿他们的父亲"④。这是男孩成长的必然阶段。父亲在家庭的天父地位，一开始给男孩足够的神秘。男孩与父亲的距离，让他们对父亲产生了众多的期待。

少年依赖的目光投向母亲，这是自然而然的永恒现象，源自出生和照料的事实，甚至是源自母亲身体里那个阶段的生命。当孩子的生命步入第二阶段，需要父亲引导的时候，母亲就在其中起到调停者的作用，努力将父亲和孩子联合在一起。如果母亲出于主观上对孩子的占有或者孩子自己

---

① Peter Gay, "Psychoanalyse und Geschichte – oder Emil und die Detektive", *Wisschensahftskolleg – Institute for advaned study – zu Berlin*, Jahrbuch 1983/84, S. 135－144, hier S. 138.

② ［意］鲁伊基·肇嘉：《父性：历史、心理与文化的视野》，张敏、王锦霞、米卫文译，中国社会科学出版社 2006 年版，第 324 页。

③ 同上书，第 326 页。

④ 同上书，第 229 页。

无法克服对母亲的留恋，在心理上就会被"俄狄浦斯情结"主导，从而造成男孩和父亲之间的冲突根源，导致父子之间的裂痕愈来愈深。① 反之，在孩子成长第一阶段游离在家庭之外的天父们，除了在孩子心中竖立一种完美的英雄形象的同时，也在牵挂着自己的孩子。天父与孩子的关系在列维·布留尔的描写中让人感动。这是南美印第安部落中的一位父亲，他无论走到哪里，心中都想着自己刚生下来的孩子。

> 如果他爬过来一根树干，他总要为总跟在他身后的儿子的小精灵架起两根小棍作为桥梁……如果偶尔遇到了一只美洲豹，他并不快速离开，而是大胆地冲着这只野兽走去。很可能，他孩子的生命与它有关……如果有什么东西咬了他，不管多么厉害，他必须非常小心地搔痒，因为他怕他的指甲有可能伤了孩子。……他没有看见它，但这一事实并不妨碍他相信它就在跟前。然而，整个这段时间里，婴儿正躺在摇篮里，仍在母亲的关怀之下。②

从上述角度上来看，天父和地母在行使职责时并非对立，而是共同承担着孩子不同成长期的不同作用。地母身居家庭，照料孩子生活起居，教会孩子基本的生活技能。天父则要在家庭和社会这两个世界之间架起一座桥梁。"这种作用开始于儿童时代的最早期，也就是当父亲以局外人和陌生人的地位介入母亲与孩子之间开始有聚合到分离和各自独立的过渡时期。"一旦有母亲承担起孩子的抚养责任，父亲就只是在扮演一个男人有时必须扮演的角色：帮助孩子离开家庭这个窝，去独立地生活。"父亲以其局外人的地位，则是最适合于发挥这种作用的人选。"③ "在青春期的'通过仪式'上，几乎总是父亲、父亲的男性同龄人或父亲的代表指导孩子通过各种考验。"④

鉴于魏玛时期"天父"原型的缺失，能胜任青春期少年成长的精神

---

① 弗洛伊德认为，父亲和儿子之间存在着一道不可调和的裂痕，而这道裂痕的根源就在于人性中的"俄狄浦斯情结"，抑或"恋母情结"。

② 转引自〔美〕阿瑟·科尔曼、莉比·科尔曼《父亲：神话与角色的变化》，刘文成、王军译，东方出版社1998年版，第30页。

③ 〔美〕阿瑟·科尔曼、莉比·科尔曼：《父亲：神话与角色的变化》，刘文成、王军译，东方出版社1998年版，第35页。

④ 同上。

导师的父亲也日渐稀少，地母逐渐脱离单纯的家庭价值，为孩子赋予在她体内刚刚复苏的社会意识。孩子不幸成长在天父和地母的功能博弈和拉锯战中。"如果孩子把父亲看作是走向分离的引路人，则父亲这个角色带来的是愉快而不是恐惧。……父亲可能变得令人喜欢，但伴随着愉快也可能存在着深刻的愤恨。父亲是有力的和善良的创造者，他是在天堂里保护他所抚养的孩子。但是他也是不知从什么地方冒出来的一条毒蛇，而且他悄悄地说着一些秘密知识和外部世界的事情。"①

这种天父地母之间的博弈格局在凯斯特纳的小说中有多处表现。天父地母之间的势力对比随着少年的成长构成一种此消彼长的关系。与众不同的是，小说中被赋予天父的"精神导师"特性的男性并非成长主体在血缘上的父亲。当亲生父亲无法完成"天父"功能时，作者就塑造出具备"天父"特性的男性作为补偿，让他们代替生父在道德和精神上引导少年走出家庭，走向客观世界。然而，凯斯特纳笔下的少年走出家庭的道路是艰难的，因为他们本身具有对地母无穷无尽的爱和牵挂。通过埃米尔、安东以及约尼和马丁等少年的成长经历，可以看出天父又是如何一步一步实践着他的桥梁和"精神导师"的功能，而地母不得不一点点完成心理上的蜕变，接受孩子逐步脱离家庭的现实。

二 凯斯特纳的天父缺失和补偿

早在 19 世纪的文学中就已经有关于父亲权威的弱化和母亲权威逐渐强化这一现象的反映。凯斯特纳自己的家庭毫无例外地出现了父权退位，母权至上的情况。面对先进工业的发展，凯斯特纳的父亲不知所措，不得不退到家庭的边缘。社会角色的转换让他无法满足孩子对他在外界社会作为成功人士的期待，因此他选择与孩子拉开距离，母亲此时就跨入父亲职能的领域。另外，在政治经济形势突变的魏玛时期，他们不知应该把孩子引导到哪个社会群体。他们甚至不能给孩子讲授任何有关价值和规则的东西，因为这些东西随时都在发生变化。

现实中凯斯特纳的生父忙于生计，默默无闻地履行着养家糊口的天然父性。客观来看，这是现今流行在全世界的父亲榜样。这样的父亲在孩子身上花的时间非常少，但通常对此没有太多的内疚感；他更有可能体验到

① ［美］阿瑟·科尔曼、莉比·科尔曼：《父亲：神话与角色的变化》，刘文成、王军译，东方出版社 1998 年版，第 80 页。

的内疚感，是在他失业后无法承担家庭经济支出的时候。凯斯特纳的父亲曾经拥有自己的作坊，但随着工业化程度的加速，他的作坊倒闭，自己不得不到皮箱厂去上班赚钱。晚上他再打点零工，与家人尤其是与儿子的接触和交流甚少。再者，凯斯特纳的父亲少言寡语，甘愿让孩子母亲代替自己在家庭中的地位，父亲因此"失去了对孩子的权威以及……在孩子心目中和想象中的安全地位：他们的工作、他们的日常生活、他们的情感都发生在远离孩子的地方，与孩子的生活无关。……不再被作为榜样，或直接教育，或引导孩子进入成人生活的教育"①。这样的父亲面临着一种潜在冲突：当他决定在家庭以外工作时，就不得不抛弃自己在家庭中充满丰富而愉快的活动的角色，同时把对孩子的抚养事宜交给了妻子。当夫妻双方合作愉快顺利，父亲会毫不怀疑。时机成熟时，他的儿子得和他一起加入到他的生活领域。但是，多数家庭逃脱不了"天父的悖论"，也因为父亲的选择，使他被排除于对孩子和家庭的亲密了解之外，排除于见证孩子成长的家长之外。这就是凯斯特纳家庭冲突——尽管是一种沉默中的冲突——产生的原因。父性和母性本身性别的严格划分就是其原因之一。

　　母子之间形成的共同体在凯斯特纳的家庭中占主导地位。性别的差异和社会角色的转变导致凯斯特纳的父亲游离于母子共生体之外。凯斯特纳的家庭仅仅是工业化社会中一个侧影。幻想进入中产阶级的女人忍受着她自认为不幸的婚姻，把全部的希望寄托在儿子身上，不允许父亲与之争夺。真实的父亲游离在家庭之外。然而父亲作为一个抽象的概念在家庭里的辐射是必不可少的，既然真正的父亲无法完成这项任务，那么总会出现他的一种功能上的替代。作家自身关于"父性"的体验主要来自他们当老师的房客和家庭医生。原本在农业经济中，孩子们在父亲的职业中寻找安全感，他们的力量、灵敏度以及职业能力——或实际上根本没有这些品质——都是源于他们的父亲，这就是父亲形象的作用。在凯斯特纳的家，房客为他提供了一种职业上的引导，他希望以后当和"舒里希先生一样的老师"，这是小男孩第一次以成年男性为榜样设计自己的未来。在有关凯斯特纳父亲的研究中，有一个重要人物——凯斯特纳家的医生齐默曼先生，不管后人关于凯斯特纳生父问题的争论有多热烈，在凯斯特纳的记忆中，这是位热心、对凯斯特纳和他的母亲充满关爱的医生。在母亲碰到精

---

　　① ［意］鲁伊基·肇嘉：《父性：历史、心理与文化的视野》，张敏、王锦霞、米卫文译，中国社会科学出版社2006年版，第231页。

神困扰的时候，小埃里希首先是在齐默曼先生那里寻求帮助，而非父亲埃米尔·凯斯特纳。以舒里希为代表的老师房客和深得他信任的齐默曼医生是幼年凯斯特纳身边两个足以替代父亲"天父"功能的男性。

凯斯特纳对父亲的期待在教师房客和家庭医生齐默曼身上获得补偿，少年对天父的渴望部分转移到了家庭之外的男性身上。在凯斯特纳的小说中，天父原型的代表也多是非父亲角色的成年人形象，他们代替父亲完成着"精神导师"的功能。这些成年人从一开始小心翼翼地陪伴在成长少年身边，到后来作为他们的朋友来帮助少年解决成长的烦恼。另外，在文字的背后，隐藏着一个对少年更为忠诚，对少年的成长倾注全身心血的天父形象，那就是创造这些文字和人物的父亲——埃里希·凯斯特纳先生。

值得一提的是，凯斯特纳的母亲去世之后，父亲代替母亲开始和凯斯特纳通信。① 在某种意义上来看，这是凯斯特纳的天父回归。他也重新审视作为手工业者的父亲："手工业者和艺术家就是一家人。"凯斯特纳在文化上认同父亲，认为他的作家身份是由父亲决定的——也就是说，父亲的遗传要多过母亲。②

---

① Sven Hanuschek, *Keiner blickt dir hinter das Gesicht Das Leben Erich Kästners*, München, Wien: Carl Hanser Verlag, 1999, S. 382.

② Inge Wild, "Die Phantasie vom vollkommenen Sohn", *Rollenmuster － Rollenspiele*, Jahrgang 2006, Frankfurt am Main, S. 33.

第二章　赫克托尔的父亲意象

童年的生活经验进而反映在凯斯特纳的文学创作中。凯斯特纳在他的《艺术作品中的母与子》的文章中提到，"对于艺术家来说，'父亲'作为家庭主题的一个组成部分却无关紧要"①。但是，当亲生父亲无法完成"父亲"功能时，作者却塑造出具备"父亲"特性的男性作为补偿，如《埃米尔擒贼记》中的记者——凯斯特纳先生，《小不点和安东》中的伯格先生，以及《飞翔的教室》里的尤斯图斯和不抽烟的人。我们称其为"代父"，如在作家生命中起到至关重要的家庭医生齐默曼先生和老师房客们。从小说中"代父"们的行为来看，作家理想中的父亲意象可追溯至荷马史诗《伊利亚特》中的英雄形象——赫克托尔（Hektor）。

《伊利亚特》中，"头戴闪亮钢盔的伟大的赫克托尔"②是特洛伊的保卫者。关于特洛伊的故事在此无须多谈，众多的英雄形象在西方文学和艺术上都留下了深深的印迹。而其中，唯有赫克托尔具有典型的父亲特征。"尤利西斯让我们着迷，阿喀琉斯让我们激情燃烧，而赫克托尔却唤醒了一种柔和的温暖感觉，就像某个我们深爱的人再一次回到家中，我们的心窝感觉到的那种无法描绘的舒坦。与其他英雄相比，他代表着某种更为真实的事物，而它的真实使他与我们更加靠近。"③

赫克托尔"与我们更加靠近"的父亲角色的真实，尤其体现在他奔赴战场之前与儿子告别的场面：

> 显赫的赫克托尔这样说，把手伸向孩子，

---

① Zitiert nach Gundel Mattenklott，"Erich Kästner und die Kinder"，Matthias Flothow（Hrsg.），*Erich Kästner. Ein Moralist aus Dresden*，Evangelische Verlagsanstalt，1995，S. 69.

② ［古希腊］荷马：《荷马史诗·伊利亚特》，罗念生、王焕生译，人民文学出版社2008年版，第140页。

③ ［意］鲁伊·基肇嘉：《父性：历史、心理与文化的视野》，张敏、王锦霞、米卫文译，中国社会科学出版社2006年版，第121页。

> 孩子惊呼，躲进腰带束得很好的
> 保姆的怀抱，他怕看父亲的威武形象，
> 害怕那顶铜帽和插着马鬃的头盔，
> 看见那鬃毛在盔顶可畏地摇动的时候。
> 他的父亲和尊贵的母亲莞尔而笑，
> 那显赫的赫克托尔立刻从头上脱下帽盔，
> 放在地上，那盔顶依然闪闪发亮。
> 他亲吻亲爱的儿子，抱着他往上抛一抛，
> 然后向着宙斯和其他的神明祷告：
> "……日后他从战斗中回来，有人会说：
> '他比父亲强得多'……"①

　　战场上所向披靡的赫克托尔扮演起父亲的角色来却稍嫌笨拙。他走到孩子面前，"把手伸向孩子"，可男孩"惊呼"，孩子因父亲的盔甲和可怕的头盔受到惊吓。在孩子面前，防御敌人的盔甲成了父子之间的障碍。虽然赫克托尔一开始遭到儿子的疏远，但是他意识到自己的失误并积极弥补，"脱下帽盔，………亲吻亲爱的儿子"，因为"再让自己沉浸在忧郁之中将十分危险。对于未来，他构建了美好的愿望"。赫克托尔将儿子举过头顶，"往上抛一抛"，同时表达他无限的关怀。"这个姿势，在接下来所有时代，将是父亲的标志。"②

　　在上述几部凯斯特纳的小说中，从埃米尔、安东再到以马丁为主的学校少年，鲜有生父伴其左右，取而代之的是路边的好心人如凯斯特纳先生，"善良"的父亲伯格先生以及孩子们的成年朋友尤斯图斯和不抽烟的人。凯斯特纳利用这些"代父"形象，弥补了孩子们生命中父亲的缺失，因此，也刻意给这些"代父"赋予了浓浓的赫克托尔式的父亲特征。他们沿着赫克托尔与儿子互动的模式和轨迹，逐渐地与小说的少年主人公亲近，履行一位从外部回到家庭的父亲的功能。

　　在《埃米尔擒贼记》中，177 路电车上一位看报的先生——记者先生

---

　　① ［古希腊］荷马：《荷马史诗·伊利亚特》，罗念生、王焕生译，人民文学出版社 2008 年版，第 147—148 页。
　　② ［意］鲁伊·基·肇嘉：《父性：历史、心理与文化的视野》，张敏、王锦霞、米卫文译，中国社会科学出版社 2006 年版，第 116—117 页。

符合准备履行父亲责任的"代父"形象。当时埃米尔因为没钱买车票，茫然地看着车上的乘客，多想求求人。

> 唉，这些人都很严肃，有一个在看报，另外两个在讨论一桩银行抢劫案。……"我来给这孩子买一张票。"这时，那个看报的先生说，并付了钱。……虽然一位陌生的先生给埃米尔买了票，但再也没有人关心他，而这位先生又在看他报纸了。（ED. GS. Bd. VII S. 239）

天父小心翼翼而且不露声色，或者在维护他在孩子心中天一样高的位置，显得不苟言笑，刻意与孩子保持距离。但是，天父在埃米尔最无助的时候伸出援手对整个故事的发展起到决定性的作用。如果埃米尔没有买上这张电车票，也许他逮小偷的计划就会泡汤，也就不会有那么一段抓贼的经历。也许埃米尔在柏林的一个星期会因为丢钱而变得懊恼，情绪低落等等。如果没有这位看报的先生，故事极有可能走上另外一个轨道。

天父形象的第二次出现还是这位看报的先生。埃米尔此时才得知，这是位名叫凯斯特纳的记者先生。记者代表都市的新媒体。埃米尔在柏林获得的"名"归功于这位凯斯特纳先生。凯斯特纳先生作为天父形象第二次帮助了埃米尔赢得成人世界的认可，并给埃米尔展示了"天"的世界——报社。

> 埃米尔随凯斯特纳先生乘车去编辑部。……报馆楼又高又大。……他仔细端详了男孩一番，说："埃米尔，快来！我们得给你照相。"
>
> "哟！"埃米尔惊讶地叫了一声。他跟着凯斯特纳先生到了四楼，走进一间有许多窗户、亮堂堂的大厅。（ED. GS. Bd. VII S. 287f）

天父虽然长期脱离家庭，但他们逐渐回归的趋势是必然的。少年在克服"恋母情结"的努力中，同时要在父亲身上寻找天父般的指导，从而让家里的俄狄浦斯的三角关系实现平衡。埃米尔还处在与母亲的"俄狄浦斯的天堂"里，天父只能偶然试探性地闯入少年的视野，在他人生关键时刻提供帮助，然后再次隐身。天父也不忘记告知母亲他的回归计划："他们热情地握手告别。凯斯特纳先生说：'你到家后，向你妈妈问好。

她一定是位很好的太太。'"（ED. GS. Bd. Ⅶ S. 287）

这句话含义颇深。一方面，表现出天父和家庭的关联。另一方面表达了天父对地母的欣赏和谢意。另外，他也期待自己作为孩子父亲出现，但现在还为时尚早。"'还有一件事，'汽车开动了，凯斯特纳先生喊道，'请你读一下今天下午的报纸，你会感到吃惊的，我的孩子。'"（ED. GS. Bd. Ⅶ S. 287）记者凯斯特纳先生在此完成了赫克托尔对孩子张开双臂的动作，尽管最后选择离开，但"我的孩子"这一称呼则预示着他不久的回归。

在《小不点和安东》中，安东是集儿子和天父形象于一身的人物。作为母亲的儿子，他竭尽全力维持与母亲之间的"俄狄浦斯"的幻想，扮演着母亲的恋人。作为恋人，那他就是天父在家庭中的化身。安东担负着家庭的责任，"我妈妈病了很长时间，所以我一放学就回来烧饭。我们总不能饿死吧"。（PA. GS. Bd. Ⅶ S. 465）天父同时还要面对家庭以外的世界。安东为了赚钱养家，每天晚上到桥上卖鞋带，年龄尚小的他因睡眠不足，在布摩先生的课上不小心打起了瞌睡。他不得不想办法避免让母亲听到这件事而受到烦扰。与母亲相比，天父具有较强的社会性。安东也不例外，他知道自己该如何在这个物欲横流的柏林生存。家里穷，但是男性的自尊没有让他像格夫力说的一样"进救济院"。在桥上卖鞋带就是他的赚钱手段，他不是伯格所认为的"讨饭的男孩"。如果碰上好心人，也许会多赚点。天父还具有传统的人性美德。安东也一样。他对人友好，跟小不点交朋友，陪着小不点玩她的幻想游戏；安东遵守诺言，为小不点保守秘密；爱打抱不平，替小不点去惩罚那个借此敲诈的格夫力；安东具有正义感，在他看出保姆和保姆未婚夫的诡计之后，立即采取行动；同时，安东还很理智，他在电话里教小不点家的女佣该如何制服那个入室盗窃的小偷。总之，少年安东在有意无意中具有天父的一些特征。虽然安东还是那个成长中的少年，但他体内的父性已经开始慢慢地萌发出来。

另外，凯斯特纳在《小不点和安东》中塑造了一个父亲形象：伯格先生。凯斯特纳给伯格先生的评语为："他太好了。"从社会学和心理学角度分析，则意味着："他太无力了"，属于战后虚弱畏缩的那一代父亲。① 这里的"无力"是指在家庭中的"弱"。伯格先生拥有自己的工

---

① Inge Wild, "Die Phantasie vom vollkommenen Sohn", *Rollenmuster - Rollenspiele*, Jahrgang 2006, Frankfurt am Main, S. 34.

厂，在经济社会中获得了一定的社会地位。他完成着天父最基本的职能，为家庭成员创造了富裕的生活。在家庭里，他一开始忽视自己的天父职能。他虽然看到小不点对着墙壁"乞讨"，也发现女儿的脸色苍白，但他没有多问什么，他更关心的是他的胃，"他经常吃药，饭前，饭后，睡觉前，起床后。药有圆球形的，有扁圆形的，也有方形的。……其实，他只是为了他的胃"。（PA．GS．Bd．Ⅶ S．456）甚至有时候会对小不点感到不耐烦。"每当父亲称她做路易莎时，就意味着她该听话了。"（PA．GS．Bd．Ⅶ S．459）

但是，凯斯特纳后来给伯格先生很高的评价。"伯格先生的举止无可挑剔，他做得非常得体。我越来越喜欢伯格，对他越来越有好感。"（PA．GS．Bd．Ⅶ S．537）不仅因为伯格先生懂得感激，更因为他还反省自己作为父亲的失误。他亲自给"小不点洗了脸，帮她脱了衣服，"并对小不点说："你知道，我很爱你。"坐在小不点床前的伯格先生是典型的天父的代表。他除了要养家之外，主动对小不点进行道德上的引导。

> "我不能天天看着你，我要上班挣钱。你为什么总是搞这些恶作剧？为什么要欺骗我们？如果这样下去，我就无法信任你了。……你能向我保证，今后对我说实话吗？那样我才能放心。"……伯格先生吞了好几种药片，尽管如此，这一夜他还是失眠了。　（PA．GS．Bd．Ⅶ S．536）

故事结尾处凯斯特纳让一个生活中的天父形象跃然纸上。成长少年安东也是幸运的，安东的母亲被接到伯格家里做小不点的保姆。安东也住进了伯格家"绿墙布的房间"。天父就这样把少年拉在了自己的身边。从伯格先生对小不点和安东的态度转变来看，他完成了赫克托尔的反思之举，实现了自己在社会角色和家庭角色之间的转换，正如聪明的赫克托尔一样，在发现失误之后积极弥补，脱下"铜帽和插着马鬃的头盔，……亲吻自己的孩子"。

在《飞翔的教室》中，尤斯图斯和不抽烟的人是两个典型的天父形象。贡德尔·马滕克洛特（Gundel Mattenklott）强调说，他们是"理想化了的父亲形象，只会出现在以男孩为主的寄宿学校里，而不是在现实的家庭生活中"①。

　　小说里，凯斯特纳延续一贯的对生父的态度。故事里五个主人公约尼、马蒂亚斯、乌利、马丁和塞巴斯蒂安有各自不同的家庭。约尼四岁的时候被父亲抛弃。"当他长大一些后，他有许许多多的夜晚难以入眠，淌着泪水。他四岁时心灵遭受的创伤，是一辈子也弥合不了的。"（FL. GS. Bd. VIII S. 48）马蒂亚斯和家里的"老头子"作对。"要是我家老头子知道我在这儿演戏，他马上就会把我领回家的。"（FL. GS. Bd. VIII S. 56）马蒂亚斯拼写错单词，他对父亲的帮助不屑一顾。"我家老子如果愿意，会叫人给我辅导的。不过这些零零碎碎的东西我总是弄不明白！"（FL. GS. Bd. VIII S. 64）乌利有个不错的家庭，是父母的宠儿，但是他并不怎么想家，或者"只是在晚上，或者在寝室里，或者对面步兵营房里吹起晚点名号时"，（FL. GS. Bd. VIII S. 65）才会想家。马丁的父亲失业，因此没有多余的钱给马丁让他回家过圣诞节。凯斯特纳对塞巴斯蒂安的父亲没有交代，但是从塞巴斯蒂安的表现来看，他似乎总是与众不同，甚至连送圣诞礼物这样的事情在他看来都是"老掉牙的风俗"。

　　这五个学生具有典型的成长期少年的特质，他们一起构成在概念中具有普遍性的少年，分别由五个伙伴代表五种不同的性格特征。这个概念少年"是一个诚实而用功的孩子。跟马丁·塔勒一样，他对不公正的事情会感到气愤；跟马蒂亚斯·泽尔普曼一样，不得已就打架；跟乌利·冯·西默恩一样，晚上坐在寝室的窗台上想家；跟塞巴斯蒂安·弗兰克一样，读些非常难懂的书；同时，他又跟约纳唐·特洛茨一样，有时候躲在公园里"。（FL. GS. Bd. VIII S. 93）"概念少年"心思细腻、个性鲜明，但为成长而烦恼。约尼、马丁和乌利的各自的故事分别代表着成长少年无法回避的苦恼。

　　少年们解决苦恼的方式各有不同，他们学会了向"天父"寻求帮助。如果在家庭里没有"天父"，那么孩子们接受教育的学校是寻找"天父"的最佳场所。在约尼、马丁等五位少年身边时刻陪伴着两位重要的成年人——尤斯图斯和不抽烟的人。"伯克博士外号叫尤斯图斯，德文的意思是公正的人。因为伯克博士本来就是公正的。正因为这样，他们都那么尊敬他。"（FL. GS. Bd. VIII S. 63）"这位不抽烟的人正派、聪明，看来在

　　① Gundel Mattenklott, "Erich Kästner und die Kinder", Matthias Flothow（Hrsg.）, *Erich Kästner Ein Moralist aus Dresden*, Evangelische Verlagsanstalt, 1995, S. 69.

生活中遭受过许多不幸。"（FL. GS. Bd. VIII S. 63）这两个成年人是凯斯特纳心中完美的"天父"形象。在他看来，能完成对孩子道德教育的天父不一定是孩子血缘上的父亲，或者事实上的老师，符合天父的前提条件只有一个：没有忘记自己的童年。①

尤斯图斯和不抽烟的人是学生时代的好朋友。他们再次相见后交换了两人对人生的态度，从中可以得知，他们已经厌倦了物质社会的"金钱、地位和荣誉"。尤斯图斯童年的经历让他决心"以后就在这所学校里，在这所他小时候因找不到可以信赖的人而受过苦的学校里，当一名主管教师，以便孩子们有个贴心人，有什么苦处，都能向他诉说"。（FL. GS. Bd. VIII S. 95）他们讨论各自的近况以及对学生、人生和社会的看法。"我还从来没有像这几年这样花这么多时间来思索和读书呢。我当时遭受的不幸，是有意义的。现在必然会有像我这样的怪人。""你不要用'人不能没有雄心壮志地生活'这种空话来对我说教，因为像我这样生活的人毕竟寥寥无几，无关大局。……不过我希望有更多的人有时间去想想，哪些东西才是主要的。金钱、地位和荣誉，这些都是微不足道的东西！都是玩具，而不是什么别的东西。真正的成人如果只追求这些东西，那是不会有什么出息的。"（FL. GS. Bd. VIII S. 127）他们共同选择回到学校，或者回到少年们身边，来履行"天父"的职责。

但是，天父从遥远的外部世界回到孩子身边并取得少年的信任并非一蹴而就。五位少年碰到与实科中学的矛盾和冲突后，去向不抽烟的人讨一个解决的办法。这并不存在信任的问题，他们只是想去成年人那里获得肯定。不抽烟的人的处理方式也别具一格，他不像母亲一样会说"绝不应该让孩子单独外出旅行"的话，而是完全一种父亲的声音："那好，你们就投入到你们由来已久的战争里面去把，……也许我也要到福斯特勒街的战场上去替伤员包扎伤口。"（FL. GS. Bd. VIII S. 67）不抽烟的人不仅没有劝和，反而鼓励他们参加到争斗中去。但还是嘱咐一句："可别把人家毁了。不要毁掉你们自己，也不要毁掉别人。"（FL. GS. Bd. VIII S. 68）"赶快去打吧，你们这些野人。"（FL. GS. Bd. VIII S. 67）父亲的指示更为粗犷。他让孩子们去面对问题和矛盾，就算是用武力解决，也是一种方式，或称为"理智的武力"，因为父亲明确告诉孩子们，"不要毁掉你们

---

①　Esther Steck – Meier, *Erich Kästner als Kinderbuchautor*, Frankfurt am Main：Peter Lang, 1999, S. 252.

自己，也不要毁掉别人。"父亲形象的另一个代表伯克博士后来评价小伙子们的做法时说："我赞成你们采取的行动。你们这些小顽皮干得不错。"（FL. GS. Bd. VIII S. 91）同时表现出他的宽容和理解。两位成年人对他们的支持赢得了孩子们的好感和信任。

天父取得孩子们的信任在有些少年身上的道路却颇为坎坷。约尼的烦恼在前言部分已有交代。他因为被父母抛弃，孤独寂寞，体内产生一种免疫力，尽管心中苦恼多多，但他还是对生活保持积极的态度，就像他的名字"特洛茨"（Trotz）表达的意味。既然叫"特洛茨"这个名字，"如果生活得不好，那就太可笑了！"他是个完全独立，甚至可以说是成熟，像成年人一样的少年。甚至在不抽烟的人和尤斯图斯那里，约尼都是个稳重的小伙子。

乌利因为自己胆小而苦恼。他想变得勇敢起来，一开始只向马蒂亚斯讨主意。后来，他为了证明自己的勇敢，或者说为了鼓励自己要勇敢，在大雪天从高高的体操杆上撑着伞就跳了下来。伯克博士当时认为从上面跳下来是个"蠢念头"，但是当他知道乌利这样做的目的之后，却表示理解："别忘了，这样一次腿部骨折，总比小个子一辈子害怕人家瞧不起要好。我的确相信，这次跳伞，并不完全像我先前嘲笑的那么愚蠢。"（FL. GS. Bd. VIII S. 117）他了解到乌利借此是在证实自己的勇气，也就认可了乌利的做法，还认为这是少年成长道路上值得称道的一件事。不过跟不抽烟的人的原则一样，"不要毁了你们自己"。腿部骨折固然可以修复，但他们更需要一种证明自己的力量，或许在别人看来，似乎是蠢事一桩，但却是少年心理成长的重要经验。乌利在得到大家的认可和称赞之后心满意足，"感到高兴和自豪，脸上焕发出光彩"。（FL. GS. Bd. VIII S. 124）此时的伯克博士部分赢得了乌利的信任。

这两个成年人可称为凯斯特纳早期儿童小说中完美的"代父"形象。他们实现了赫克托尔对儿子的期许，他们不仅用自己的双手将儿子举起，还适时地为少年们解决生命中的烦恼。赫克托尔的一个动作就让父子之间的信任关系得以确立，而两位"代父"在取得孩子信任的道路却颇为坎坷。以少年马丁·塔勒为例，家里拮据的生活以及强烈的自尊，让他回避本可以帮助他的尤斯图斯和不抽烟的人。他的骄傲让他决定自己忍受因没钱而圣诞节不能回家的痛苦，以及对母亲的思念。"代父"尤斯图斯以他作为教师的敏锐，发现了马丁的苦恼并给予帮助。最后，马丁的问题得到了一个圆满的结局。有别于赫克托尔的儿子，小说中的少年给了"代父"明确的回应，尤斯图斯也因此真正被赋予了父亲的意义。马丁画了一幅画。"他在画一个年轻的男子，从这个男子后面的上衣里，长出两只巨大的天使翅膀，这位奇特的人从云里飘然而下，……手里拿着一个厚厚的皮夹，向小孩递过来。……画的下面，马丁用印刷体字母写上：一个名叫伯克的圣诞节天使。"（FL. GS. Bd. VIII. 154）

在与成长少年的互动中，以不抽烟的人和尤斯图斯为代表的"代父"们逐渐取得孩子信任。从一开始名叫凯斯特纳的那位记者走到孩子面前开始，经过伯格先生"脱掉头盔"对父亲角色的反思，以及最后尤斯图斯和不抽烟的人"亲吻亲爱的儿子，抱着他往上抛一抛"，凯斯特纳笔下的"代父"们终于如赫克托尔，"向着宙斯和其他的神明祷告，……'他比父亲强得多'……"其实，不管是赫克托尔还是凯斯特纳小说中的"代父"们，他们身上都充满着对孩子浓郁的爱，正如尤斯图斯和不抽烟的人所希望的："我们两个都成了这所学校的一部分，就好比这个建筑的基柱，好比外面覆盖着雪的公园里的老树。我们是这里的一部分，成为你们的一部分了。如果你们像我们爱你们一样，哪怕只拿出一半的爱来爱我们，那就好了。"（FL. GS. Bd. VIII. 138）

《伊利亚特》中，赫克托尔不仅是一个纯粹的、理性的、永远的英雄，可以在对抗希腊人的战场上拼杀，还是一位充满温情的父亲，这是一个传统父亲古老的隐喻，但也是一个父亲与孩子的世界有着无法弥补的距离的古老隐喻。从战场归来的赫克托尔走到孩子面前，朝儿子张开双臂，可男孩哭叫了一声后，在乳母处寻找庇护：孩子因父亲的盔甲和可怕的头盔受到惊吓。战场上，沾满泥土和血渍的双手是英雄斗士的象征，盔甲是他防御敌人的硬壳，然而，在孩子面前，盔甲却成了他和儿子之间的障碍。聪明的赫克托尔意识到了自己的失误并积极弥补，因为"再让自己沉浸在忧郁之中将十分危险。对于未来，他构建了美好的愿望"。赫克托尔将儿子举过头顶，同时在表达他无限的关怀。"这个姿势，在接下来所有时代，将是父亲的标志。"①

成为好父亲的条件，不在于了解什么是父亲，同时父亲还必须了解自己的儿子，并且理解父子关系的性质。如果一个父亲对于成年人外界的生

---

① ［意］鲁伊基·肇嘉：《父性：历史、心理与文化的视野》，张敏、王锦霞、米卫文译，中国社会科学出版社 2006 年版，第 116—117 页。

活过于熟悉，正如同英雄赫克托尔沉醉于武士生活一样，那么他也就疏远了他自身的内在儿童，甚至不再与生活在内心的内在儿童有所接触。赫克托尔的盔甲在父子关系之间的隐喻作用在于：盔甲"是家庭中的父亲建立起来的防御工事。不仅仅单独位于他自身和外部世界之间，还将自己保护在家庭之外：远离将要长大成人的儿子和女儿，远离一个有着竞争性态度的配偶。同时，赫克托尔是一个传统父亲古老的隐喻，但也是一个父亲与母亲和孩子的世界有着无法弥补的距离的古老隐喻。当母亲与奶妈和年幼的阿斯图阿纳克斯交流时，没有碰到任何问题，而赫克托尔必须脱下他的盔甲。他忘记这样做的原因就是，他已经对于身穿武士的盔甲，变得毫无意识"①。在西方文化中，赫克托尔具有典型的天父特征。"尤利西斯让我们着迷，阿喀琉斯让我们激情燃烧，而赫克托尔却唤醒了一种柔和的温暖感觉，就像某个我们深爱的人再一次回到家中，我们的心窝感觉到的那种无法描绘的舒坦。与其他英雄相比，他代表着某种更为真实的事物，而它的真实使他与我们更加靠近。"②

《飞翔的教室》里，马丁和天父伯克教授之间也被赫克托尔的盔甲隔离，他们互相试探着进入对方。尤斯图斯在给予马丁帮助之后，马丁竟然"不知道该怎么感谢才好。最后胆怯地抓住老师的一只手，轻轻地握了一下"。（FL. GS. Bd. VIII S. 145）虽然"几乎像是要拥抱自己的老师了。他当然没有那么做，而是恭恭敬敬地朝后退了一步，长时间而且真诚地凝视着尤斯图斯"。（FL. GS. Bd. VIII S. 146）伯克教授"拍了拍马丁的肩膀"。孩子诚惶诚恐地接受天父。在他们之间，正如赫克托尔和儿子之间一样，仿佛隔着一层厚厚的盔甲。但是，天父的温暖体现在马丁接受帮助前后截然不同的情绪。之前的伤心没落转变为现在的兴高采烈，甚至约尼都认为他"疯了呢"。尽管没有在伯克教授面前表达自己的感激，但是他对约尼说："我只能告诉你，像尤斯图斯这样的人，找不出第二个来。"（FL. GS. Bd. VIII S. 147）天父在孩子心里得到认可，甚至还获得孩子的祝福："他的目光追随着那颗流星，这时他又倏地想到：我要为我的母亲，为我的父亲，为尤斯图斯，……祝福，祝（他们）一辈子无比幸福。"（FL. GS. Bd. VIII S. 155）马丁是个内敛的男孩，他心里感受到尤

---

① ［意］鲁伊基·肇嘉：《父性：历史、心理与文化的视野》，张敏、王锦霞、米卫文译，中国社会科学出版社 2006 年版，第 125 页。

② 同上书，第 121 页。

斯图斯带给他的温暖，尤斯图斯就是他的"圣诞节天使"。

从康拉德、埃米尔、安东再到以马丁为主的学校少年，他们血缘上的父亲更多地脱离了自己的角色，取而代之的是童心未泯的长辈如林格尔胡特叔叔，路边的好心人如凯斯特纳先生，"善良"的父亲如伯格先生以及孩子们的成年朋友尤斯图斯和不抽烟的人。在少年成长的关键时刻，他们甚至取代了孩子们心中生父位置。凯斯特纳利用这些天父的形象，弥补了孩子们生命中父亲的缺失，因此，也刻意给这些替代父亲赋予了浓浓的赫克托尔式的天父特征：

首先，小说中的"代父"作为外在的主体存在。虽不像赫克托尔一样披着英雄的外衣，也无须四处征战，但是他们的社会角色就如赫克托尔那身盔甲：凯斯特纳先生是见多识广的记者，伯格先生是勤劳富裕的手杖厂的厂长，而尤斯图斯则是学校的老师，以及生活方式独特的不抽烟的人。

其次，他们就像赫克托尔一样迫切地想亲近自己的儿子。赫克托尔因为自己身上的头盔和盔甲吓到孩子，不得不脱掉之后再去接近儿子。凯斯特纳的"代父"们不仅身披社会的"盔甲"，而且他们努力让儿子接受自己的"盔甲"。第一次尝试，记者凯斯特纳先生先让埃米尔认识了自己和自己的职业，并带埃米尔到工作的报社去体验社会角色的快乐；第二次尝试，伯格先生把安东接来自己家，"父亲"与儿子之间的关系更进一步；第三次尝试，"代父"尤斯图斯和不抽烟的人和孩子们的生活产生了一个交集，他们都是学校生活的主体，建立起某种互相依赖的关系。尤其在马丁和天父伯克教授之间，他们虽然被赫克托尔的盔甲隔离，但逐步试探着去了解对方。一开始孩子对"父亲"回避，"胆怯地抓住老师的一只手，轻轻地握了一下"。（FL. GS. Bd. Ⅷ. 145），后来"父亲"在孩子心里得到认可，获得孩子的祝福："我要为我的母亲，为我的父亲，为尤斯图斯，……祝福，祝（他们）一辈子无比幸福。"（FL. GS. Bd. Ⅷ. 155），这一过程说明，经过"代父"的努力，他身上的盔甲并非危险之物，而"父亲"的社会角色和家庭角色在此融为一体。

最后，赫克托尔对孩子的宽容和帮助也体现在"代父"身上。在史诗范围内，赫克托尔把儿子举过头顶，预示着父亲的回归，并向诸神祷告，让他的儿子变得比他自己更强大。小说中"代父"们对孩子们的行为表示宽容，最终取得了孩子的信任。而他们对孩子的希望也是一种

"父亲"般的方式："祝你一路平安，马丁!"（FL. GS. Bd. VIII. 146）这不仅是一种简单的祝福，祝马丁圣诞节回家的路上一路平安，同样也是"父亲"对孩子人生的希冀：一路平安。隐含着一种"我就在身旁"的意味。

　　综上所述，在魏玛共和国时期这个特殊的历史背景下，凯斯特纳的儿童小说没有回避该时期尖锐的社会和家庭问题，尤其是父亲的退出所导致的家庭结构的不平衡状态。改变父亲缺失的这一现实举步维艰，因此承载原始父亲意象的"代父"角色反复出现在作品中。充满父亲隐喻的赫克托尔在凯斯特纳的笔下渗透至小说中的"代父"们身上，他们相继完成了赫克托尔对孩子表达渴望、对父亲角色进行反思和为孩子的未来祷告的过程。"代父"们与少年互动的上述轨迹揭示出，作家在着力追求一种赫克托尔式的父亲归家之旅。小说中"代父"角色的意义在于：英雄的"盔甲"绝非父子关系的障碍，社会角色与家庭角色之间的转变需要父亲们的反思与实践。这不是个体的希望，而是对一个时代的希望，而且正如荣格曾经提出的："一部艺术作品被生产出来后，也就包含着那种可以说是世代相传的信息。"①

---

① 冯川编：《荣格文集 让我们重返精神的家园》，冯川、苏克译，改革出版社 1997 年版，第 243 页。

第三章　天父——成长主体的精神导师

荣格在他有关父亲原型的例子中指出存在一个"智者"，或称为"智慧老人"。荣格并未完全明确智慧老人是以父亲的形象还是以上帝的形象出现。只是在早期，荣格逐渐意识到有一个嵌入其自身人格之中的年长的权威形象或经验之声。荣格开始把"智慧老人"称作腓力门（philemon）（他追随于希腊时期的一位诺斯替教思想家）。智慧老人帮助人格来处理那些复杂的道德问题。① 凯氏的成长小说中，作家自己以及小说中的替代父亲形象就是这位智慧老人的化身，为孩子们进行道德上的引导。因此，笔者称他们为"精神导师"。

第一节　天父背后的凯斯特纳

原型父亲最好的方面根植于他道德的威严。作为家庭中神圣的父亲的代言人，他发展出来的意象更多的是精神上的。凯斯特纳在他的"幻想王国"中制造出一种缓和近乎田园般的气氛，他自己摇身一变，成了荣格所指的智慧老人。他除了是小说的作者，还是身处"幻想王国"中的某个人物，甚至在某些时候，读者无法区分凯斯特纳究竟是写故事的人还是故事里的人。

第一，凯斯特纳通常会在前言中交代自己创作故事的缘由。前言部分，一方面正如前文所分析的结论，主要功能是现实世界和虚幻世界的连接。通过前言的引述，读者慢慢地进入到作者所设计出的幻想世界中。另一方面，一本书的前言部分远非桥梁这么简单，同样是作家通往童年生活的一个通道。在作者看来，"小说的序言就像房前的花园一样漂亮，不可或缺。当然有些房子前没有花园，有些书也没有序言。可是我喜欢给我的

---

① ［美］R. 比尔斯克尔：《荣格》，中华书局2004年版，第39页。

书修一座花园，不，是序言。我不喜欢让客人们直接就到房子里。这对客人不礼貌，对房子和房门也没什么好处"。(AJ. GS. Bd. VII S.9)凯斯特纳借此慢慢展开童年的画卷，读者们带着一颗好奇心踏入奇妙的少年的世界。作者此时具备双重身份，一面向读者展示年幼时的自己，一面又以过来人的身份审视当年的自己，或者说，他的书同样是写给成年人的，这是很多儿童文学作家创作的一个重要的出发点。安徒生在开始写作时，曾经在一封致友人的信中这样说：我用我的一切情感和思想来写童话，但是，同时我也没有忘记成年人。当我写一个讲给孩子们听的故事的时候，我永远记住他们的父亲和母亲也会在旁边听，因此，我也得给他们写一点东西，让他们想想。① 因此，凯斯特纳的小说不仅是写给孩子们的，而且也是成年人的理想童话。

　　第二，凯斯特纳打破了儿童文学创作的传统，他以一个男孩、男性、父亲以及教育者的角度来回忆。传统上来看，儿童文学作家以女性为主，她们在创作中的回忆能力和叙述技巧，很大程度上依赖于她们天生的女性性别和体内的母性特征。父亲、教师和心理研究者始终是儿童文学的局外人。就算是通过某些艺术手段，可以掩饰局外人的角色，但是从根本上来说，局外人的状况是无法改变的。② 尽管如此，凯斯特纳还是采用别具一格的艺术手段，让自己进入到故事中去，充当故事中的一个叫凯斯特纳的角色，目的在于缩小男性作家与儿童文学的距离，缩小男性与家庭的距离。在小说中的表现则是缩小天父与儿子的距离，进而改善男性作为"局外人"的尴尬局面。凯斯特纳在故事里会与少年碰面、互相问候、甚至讨论他人的近况。作者非作者，更像少年们的老朋友。故事外的凯斯特纳和故事内的凯斯特纳交织在一起。《埃米尔擒贼记》里的凯斯特纳先生就是作者的一个替身，在《小不点和安东》和《飞翔的教室》里，凯斯特纳的声音更能多地集中在小说的前言和后记里。

　　在《小不点和安东》中，凯斯特纳延续了《鹅妈妈故事集》道德训诫的形式，在每个章节结束后都配有一篇后记（或称思考题 Nachden-kerei），以聊天的口吻对故事进行道德评价，孩子们可以选择听，也可选择不听。"我有个主意，在这本书里凡是要动脑子思考的地方，我就做个

---

① 参见安徒生《安徒生童话全集》，叶君健译，浙江文艺出版社 1995 年版。
② Erich Kästner, "Zur Naturgeschichte des Jugendschriftstellers", *Gesammelte Schriften in 9 Bänden*, München: Deuscher Taschenbuch Verlag, 2004, Bd. VI, S. 657.

小结。我请印刷工人把它们印成仿宋体。只要你们一看见仿宋体就跳过去，好像根本就没有思考题这一节。"（PA. GS. Bd. VII S. 454）思考题构成一幅长辈对小辈谆谆教导的温馨画面。比如，在关于"义务"的思考题中，凯斯特纳多用反问句来告知，"你们喜欢故事里的哪些人？……既然她从来不关心丈夫，为什么还要和他结婚？既然她从来不关心女儿，为什么她还要生养她？……"（PA. GS. Bd. VII S. 462）在关于"自豪"的思考题中，他设计出一个叫保尔的男孩和他对话："我对他说：'如果你照顾生病的妈妈，让她有热饭热菜吃，你就应该感到自豪，你应该感到比你跳了四米远还要自豪。''是四米二。'保尔说。'瞧，你自以为是了吧！'我说道。过了一会，保尔说：'我想了，让别人看见了我烧饭，也许我不会难为情。……'"（PA. GS. Bd. VII S. 470）在关于"好奇"的思考题中，凯斯特纳甚至讲了自己的母亲读书的习惯来对比孩子们圣诞节前翻礼物的好奇心。当然，除了给读者讲自己母亲的故事，还讲"我"自己亲眼见到的富家小孩的故事（见"思考题"：关于生活的严肃性），甚至包括给孩子们的建议，"我突然觉得这些内容应该给大人们看。所以，如果你们家里以后发生争吵，你们就打开书的这一页，请你们的父母读一读"。（PA. GS. Bd. VII S. 512）"简短的后记"中，他自己一边以读者的口气提问，一边以长者的口吻回答。

　　　"亲爱的凯斯特纳叔叔，你的这个安东和那个埃米尔都是一种类型的男孩，你为什么不能写一个和埃米尔不一样的男孩的故事？"这个问题提的有道理，所以我回答你们。……是因为像安东、埃米尔这样的好孩子，应该多讲，这样的孩子越多越好。（PA. GS. Bd. VII S. 545）

　　作者的身份在《小不点和安东》中最终明了，他就是那个给孩子们讲故事、谈美德的凯斯特纳叔叔。在《飞翔的教室》的序言里，凯斯特纳身兼数职。他首先是一位写故事的小说家，反感通常儿童书的定位："我真对这种书大为恼火！什么原因，我也要告诉你们。原因就是，那位先生存心在欺骗读他的书的孩子们，说他们一直是快活的、幸运的，而且幸运得真不知如何是好了。据那位不老实的先生说，似乎童年都是顶呱呱的面团烘出来的。"（FK. GS. Bd. VIII S. 46）同时他又是一位智慧的长者，写着"差不多属于哲学方面的语句"："人世的艰辛，确实还不是从挣钱时开始的。既不是从挣钱时开始，也不是从挣钱时结束。……我也不是要吓唬你们，让你们感到惶惶不安。……只是，你们不要糊弄自己，也不要叫人糊弄。你们要学会正视不幸的本领。失败了，不要害怕；倒霉了，不要胆怯。要打起精神来！一定要接受生活的磨炼！……尽管被（生活）打了耳光，但保持镇静，这还是值得的。……没有机智的勇敢，是胡闹；而没有勇敢的机智，又是荒唐！"（FK. GS. Bd. VIII S. 49）凯斯特纳还是孩子们的朋友，了解少年在成长道路是上的艰辛，比如有关小约克被父母抛弃在汉堡港的码头的故事，这是孩子"一辈子也弥合不了的"心灵创伤。后记部分，凯斯特纳让自己在柏林的选帝侯大街偶遇约克和收留他的船长先生，谈起了有关约克和他在寄宿学校伙伴的故事，那么凯斯特纳称自己是尤斯图斯和不抽烟的人"远在柏林的一个朋友"。（FK. GS. Bd. VIII S. 159）朋友关系让凯斯特纳更加贴近少年们的世界。

　　第三，凯斯特纳不仅让自己成为故事的人物之一，还附着在里面的人物形象，让他们代替自己行使作为父亲、道德者甚至是天父的职责。

　　之一，小不点的爸爸伯格先生承载着凯斯特纳对天父的幻想，是作者自我童年天父缺失的补偿表现。与作者的父亲埃米尔·凯斯特纳正好相反，伯格先生在经济转型的时代很快便适应了现代化的发展。凯斯特纳的父亲曾经有自己的小厂，后因不景气而破产，只得到皮箱厂去打工，伯格先生却在经济复苏的大潮中站稳脚跟，开了自己的手杖厂，给全家创造富足的生活。埃米尔·凯斯特纳为生活所累，晚上还要做活计赚钱养家，而伯格先生则穿梭于各种社交场合。凯斯特纳的父亲在家里偏居一隅，而伯格先生则是家里的主心骨，虽然伯格夫人冷漠自私，但仍会畏惧伯格先生的威严。父亲把对儿子的关注隐藏在内心深处，与幼年的凯斯特纳之间并无太多交流，而伯格先生虽然对小不点少有关心，但是当他得知小不点每天晚上的行动之后，却又深感内疚，与小不点在床前倾心交谈后，甚至一夜未眠。凯斯特纳的父亲在妻子去世之后，才得以靠近儿子，与儿子通信，到慕尼黑看望儿子，因为儿子的成就自豪等等，伯格先生在小不点乞讨事件之后，就开始反思自己的行为，及时补救自己之前的疏忽。尽管伯格先生的补救方式也有推卸天父责任的嫌疑，因为他找保姆来替代原本应该是他和小不点的母亲共同承担的对孩子的抚养教育职责。当然伯格先生还是在积极地建立他跟孩子之间沟通的桥梁，与作者的父亲被动接受家庭现状则有完全不同的结果。

在生活中无法实现的对父亲的幻想，在伯格先生身上得到了全方位的体现。伯格先生是天父的世俗形象的代表。正如前文所述，小不点的朋友安东身上有着作者凯斯特纳童年时的影子。作家的母亲倾其所有，努力工作，目的就是让儿子出人头地，挤入中产阶级甚至大资产阶级的生活圈里，凯斯特纳所描述的伯格先生和他的家庭是魏玛时期典型的资产阶级家庭，代表当时魏玛时期中产阶级的一种普遍的生活模式。受母亲的熏陶，凯斯特纳不免有一种对中产阶级的心理预设，伯格先生就是他预设中的中产阶级代表。安东和安东的母亲能进入到伯格的家里，也是凯斯特纳在小说中对母亲愿望的一种满足。

之二，尤斯图斯和不抽烟的人是凯斯特纳自己作为天父的化身。"他不是神灵，而是校长。"① 凯斯特纳以校长自居，或者是道德学校的校长自居。他在学校里同时化身为教师尤斯图斯和后来的校医不抽烟的人。医生治疗身体上的疾病，确保健康的体魄，教师则是精神的指引者，治疗孩子精神上的疾病。尤斯图斯和不抽烟的人出现在小说中并非偶然。从凯斯特纳的童年中寻找根源，会发现这两个人物与凯斯特纳童年时期的几个成人有着千丝万缕的联系。

首先，教师一直是凯斯特纳梦寐以求的职业，也是母亲特别希望他从事的职业，就连家里的房间前后租给了三个教师。"第一个房客叫弗兰克，是公立学校的老师。他是否叫'弗兰克'对我无关紧要，可他是个老师，对我的人生却意义非常。"（AJ. GS. Bd. VII S. 53）第一个教师搬进来之后，年幼的凯斯特纳从弗兰克那里听到了学校里发生的故事，看弗兰克批改作业本，看到弗兰克的教师朋友来访。这一切都让小埃里希着迷。弗兰克搬走之后，"来自日内瓦的法语女老师"（AJ. GS. Bd. VII S. 54）搬了进来，但是不久就搬走了。在凯斯特纳家里住得时间最长的是叫保尔·舒里希的高个子、金头发的年轻人。凯斯特纳如此介绍他的第三位房客，"老师？当然也是老师！……他不在家的时候，我可以在他的房间读书、写字、弹钢琴。慢慢地，他就像我的叔叔一样。在学校的第一个假期里，他带我到他位于莱比锡附近的法尔肯海因旅行"。（AJ. GS. Bd. VII S. 55）和这位舒里希先生一起，小埃里希经历他人生第一次离家，

---

① Erich Kästner, "Kästner über Kästner", *Gesammelte Schriften in 9 Bänden*, München: Deuscher Taschenbuch Verlag, 2004, Bd. II, S. 326.

第一次因想家而落泪，写了第一张明信片来安慰思念着自己的母亲等等。"我在老师的旁边长大。我不是在学校里才认识他们的。我家里就有老师。……要是有人问，他们喜欢这样问一个孩子：'你长大想干什么？'我会毫不犹豫地回答：'老师！'在我还不会读书写字的时候，我就知道要当老师，而不是其他什么职业。"（AJ. GS. Bd. VII S. 57）凯斯特纳一开始想成为教师的理想，在他 17 岁时发生改变，由于在一次给低年级学生讲课时犯了错误，他觉得自己不能成为老师，而是一名学习者。"我不想教别人，我只想学习。"（AJ. GS. Bd. VII S. 58）从那里以后，凯斯特纳放弃了成为老师的理想，开始了大学学习之路。童年的职业理想，最终由尤斯图斯来实现。尤斯图斯就是一位开明、真诚、值得信任的老师。他就像凯斯特纳童年时的第三个房客舒里希先生，和少年之间近乎一种亲人关系，他还完成了凯斯特纳童年的职业梦想，尤其是作家对自己"校长"的定位。"校长"的教育观都体现在尤斯图斯的行为之中：他理解孩子们的行为，鼓励他们的成长，帮助解决他们的烦恼等等，这其实也是作为作家的凯斯特纳通过他的儿童小说所要传达的信息。

其次，校医不抽烟的人同样是凯斯特纳的化身。上文提到的有关凯斯特纳的生父的讨论中有一位所谓的但是无法考证的凯斯特纳的生父是齐默曼医生。是否有如此传言，或者传言的由来何在，无据可考。凯斯特纳自己也从未就此作过书面或口头上的说明，在遗嘱中也无任何交代。[①] 唯一明确的是，家庭医生齐默曼对少年时的凯斯特纳以及成长期的凯斯特纳带来了父亲般的慰藉，在他成长的道路上是个好心的引导者。每次母亲生病，或者家里遇到难题，小埃里希首先要找的不是自己的父亲，而是家庭医生齐默曼先生，从他那里可获得解决的办法。因此，医生的职业在凯斯特纳的意识里也是非同一般。医生也是孩子成长道路上必不可少的引导者，所以他在《飞翔的教室》里塑造出了一个医生的角色来代他完成对孩子们的教育职能。医生不抽烟的人过着一种独特的生活，住在一节他"花了一百八十马克从德国国家铁路公司买来的"（FK. GS. Bd. VIII S. 62）火车车厢里，过着隐士般的生活，就如齐默曼之凯斯特纳的身份一样神秘。马丁的一幅画正好是不抽烟的人的写照："上面画着一个男子，坐在一个小果园里，淹没在烂漫的花丛中。篱笆前面站着三个招手的

---

① Vgl. Inge Wild, "Die Phantasie vom vollkommenen Sohn", *Rollenmuster - Rollenspiele*, Jahrgang 2006, Frankfurt am Main.

男孩，他凝视他们，神色和蔼，但又沮丧。在他的肩膀上、手上，栖息着小巧而温顺的山雀和红胸鸲，显出彩虹色泽的蝴蝶，在他头上翩翩起舞。"（FK. GS. Bd. VIII S. 63）"隐士"不抽烟的人却是孩子们的朋友，他"觉得在自己的那节破车厢里自在得很呢"，不过，"要是可以照应照应你的（指尤斯图斯）那些学生，让他们个个身体健壮，倒也不是什么太坏的事情。……在马丁、约尼、马蒂亚斯、乌利和塞巴斯蒂安毕业之前，我反正不会离开我的小果园"。（FK. GS. Bd. VIII S. 127）从不抽烟的人口里可以听到凯斯特纳的心声，在后记中提到他是尤斯图斯和不抽烟的人的朋友，他同样也是孩子们的朋友。尤斯图斯是凯斯特纳作为"校长"的化身，因为他们都在跟学生互动，不抽烟的人则是凯斯特纳作为思考者的化身，因为他"花这么多时间来思索和读书"，思考"哪些东西才是主要的。金钱、地位和荣誉，这些都是微不足道的东西！"

在前文中讨论了在埃米尔、安东和马丁、约尼等成长少年身上随处可见幼年凯斯特纳的影子，在部分成人形象身上也同样寄托着凯斯特纳幼年时的幻想和成年以后的愿望。他幻想拥有一个像伯格先生一样的天父，他让尤斯图斯替他实现作老师的理想，完成"校长"的职责，给不抽烟的人赋予曾经的家庭医生齐默曼的职业，让他就像当年的齐默曼给小埃里希提供慰藉一样来做成长少年们的心灵导师。

综上所述，不管是《埃米尔擒贼记》里的凯斯特纳先生，还是《小不点和安东》里的伯格先生以及《飞翔的教室》里的尤斯图斯和不抽烟的人，都是作者凯斯特纳精心设计的、体现父性的人物。在这些人物的背后，其实站着一个更为坚定的父亲形象——作者埃里希·凯斯特纳。总结凯氏早期的儿童小说，其中弥漫着某种神秘的色彩：成年后的父亲在跟年幼时的自己之间的对话。成年后的甚至可以做父亲的凯斯特纳反过来指导年幼时的自己的成长。从这点上看，凯斯特纳的儿童小说具有鲜明的童话特点：抹杀时空变幻，一切皆有可能。

第二节　精神导师和美德培养

在众多天父形象背后隐藏着一位主导性的天父——凯斯特纳，他充当着少年成长中"精神导师"的角色，引导少年们回归传统的理性道德，因此，有关少年美德的培养是凯斯特纳在小说中不可回避的问题。

　　"美德"（Tugend）或曰"德性"，在西方有着悠久的历史。有关美德的理解也经历了几千年的演变。古希腊时期，美德（areté）意味着"卓越"或"优秀"（Bestheit），这种卓越不仅可以指人，也可以指动物，甚至可以扩及世间万物，比如马的卓越在于它有迅速奔跑的能力，刀的卓越则是因为它有锋利的刀刃。而人的卓越建立在他理性和社会性的本质特征上，智慧、节制、勇敢和正义四种美德就是人类的卓越。古罗马时期，美德（virtus），由代表男性的词 vir 衍生而来，因此，也指男性所代表的优秀品质。到中世纪之后，盛行基督教美德，信仰（Glauben）、希望（Hoffnung）、仁慈（Mitleid）代替古希腊人的四主德。[①] 中世纪伟大的神学家阿奎那代表一种古希腊传统和基督教信仰相融合的美德观。随着启蒙思想的盛行，人们又把美德的目光转向独立世俗的此岸价值，"上帝"以及基督教美德观被推向理智王国之外，"没有任何超越的绝对存在为人的世界提供意义和支配它"[②]。再加上尼采"对一切价值的重估"，人类失去了一直以来的精神停泊的港湾"上帝"，人类的信仰秩序发生巨大转变，失去了超验的上帝，也就失去了普遍的道德律，并同时产生一种自主的，由个体自由决定的道德律。基本道德价值的改变，引发了人们对传统德目的不同理解，在康德看来，"道德生活充满着斗争而不是和谐，较之于节制、审慎这些美德来说，勇气才真正体现了道德力量和实践智慧"[③]。不仅仅是勇气，其他的德目如正直（Anständigkeit）、纯洁（Sauberkeit/Reinheit）以及团结（Solidarität）等都在特定的人类社会以特定的面目出现，还有可能出现旧德目悄然退出，而新的美德仍运用人们熟悉的词汇，但是这些传统德目的词汇被赋予了新的含义。启蒙思想对伦理学产生了另外一种影响，即伦理学划分为功利主义伦理学（Güterethik）、美德伦理学（Tugendethik）和义务伦理学（Pflichtethik）。英国哲学家西季威克（Henry Sidgwick，1838—1900）在他的《伦理学方法》中讨论过义务和美德的问题。他认为，美德是人们在履行义务时，其心灵或品性所具有的一种性质。行动者经过长期的习惯培养后，在意志上乐于去履行义务，就意味着

---

　　① Vgl. Otte Friedrich Bollnow, *Wesen und Wandel der Tugenden*, Frankfurt am Main: Ullstein Taschenbücher – Verlag, 1958, S. 13.

　　② 金生鈜：《德性与教化 从苏格拉底到尼采：西方道德教育哲学思想研究》，湖南大学出版社 2003 年版，第 18 页。

　　③ 蔡蓁编：《美德十二讲》，天津人民出版社 2008 年版，第 4 页。

拥有美德。然而，在他看来，有美德的行为比单纯履行义务的行为具有更高的道德要求，甚至超越了行动者的能力之上，因而只能是一种理想。因此，义务才应该更受关注，美德也就渐渐淡出道德视野的核心。①

人类社会进入 20 世纪以来，实现飞速现代化。现代人同样获得道德自由，人类按照自己的理性良知来自律地实现道德，"道德律令的正当性和规约性都内在于个人的自我之中，统一的道德的基础已经丧失，而个体化的自我中心的道德的确定，不可避免地出现分离性道德，造成实质性的道德秩序的解体"②。有关美德的理解通常集中在"什么是有德性的行为"或者"人应当如何行为"等，以"人的行为"和"行为规则"为中心，探讨诸如责任、正当、应该、义务等所谓的道德问题。20 世纪后半叶，美国伦理学家麦金太尔（Alasdair MacIntyre，1929—）在他的著作《追寻美德》（*After Macintyre*，1981）中描述现代社会的道德现状，"我要提出的假设是，我们身处其中的现实世界的道德语言，……处于一种严重的无序状态。……我们诚然还拥有道德的幻象，我们也继续运用许多关键性的语汇，到那时无论理论上还是实践上，我们都已经极大地（如果不是完全地）丧失了我们对于道德的把握力"③。麦金太尔在书里讨论了荷马、索福克勒斯和历史上许多其他作家所描述的美德，揭示了美德概念的多样性，进而批判了启蒙思想的道德运动的失败，呼吁以亚里士多德为代表的传统伦理道德的回归。

20 世纪初期正是德国社会道德价值发生急剧变化的年代。从帝国时代进入共和体制的人们，面对科技和经济的冲击，他们的日常生活面临着多元的、相互冲突的道德价值。由于道德秩序的混乱导致道德危机，生存的外在世界已然受到污染，精神内心也为此焦虑烦恼。借用麦金太尔的概念，魏玛时期德国的道德社会也同样处于一种严重的无序状态。传统道德的现代人代表，如凯斯特纳笔下的法比安，就是在这样的无序道德社会中没落。与法比安不同，凯斯特纳一早就在他的儿童小说中进行了重构传统美德的尝试。美德的培养是少年成长的一个重要任务，也是天父凯斯特纳倾力帮助少年的一个重要方面。

---

① 蔡蓁编：《美德十二讲》，天津人民出版社 2008 年版，第 4 页。
② 金生鈜：《德性与教化 从苏格拉底到尼采：西方道德教育哲学思想研究》，湖南大学出版社 2003 年版，第 18 页。
③ ［美］A. 麦金太尔：《追寻美德》，宋继杰译，译林出版社 2006 年版，第 2 页。

西方伦理学中的美德伦理的传统，可追溯到古希腊的亚里士多德。亚氏认为，"美德是指体现在个体活动中的普遍的性格和品格特征"①。其核心问题就是："什么样的品格使人成为道德上的好人？"或者"为了培养品格，人应当怎样生活？"另外，亚里士多德还在《尼各马可伦理学》（*Nikomachische Ethik*）中明确表示："同一种习惯性行为最终发展为固定的行为模式。我们必须为其赋予某种价值特征，因为不管行为本身表现如何，都符合一种永恒不变的基本行为。这全部取决于，我们是否从幼年开始就朝某个行为方向进行培养。"② 这说明人的美德和品性是可以培养的。但是无须为了获得某种美德而行为，美德是在为实现某种道德目标而行为的过程中无声无息形成。比如，人不能为了感受一下当英雄的滋味，才要让自己勇敢。如果真正身处险境，那他就不愿勇敢起来。人只有在特定的情境中，为了实现某种固定的目的才能作出勇敢的行为，而不是"勇敢"这个概念本身。③ 因此，我们称美德是从有德性的行为中归纳而来。所以培养美德就是要培养有德性的行为。凯斯特纳的小说同样表现出了美德培养的理念，以埃米尔为代表的少年的行为承载着作者对少年读者们美德培养上的指导。埃米尔、安东和马丁等不仅仅是妈妈的"模范男孩"，也是凯斯特纳的"模范男孩"，更是少年读者们的"模范男孩"。他们的行为里蕴涵着凯斯特纳对传统美德的向往。

凯斯特纳同样坚信"美德"是可教的，尤其是在孩子们身上。"他相信，孩子们与善仅咫尺之遥。人们只要教会他们轻轻地打开'善之门'。……就在他总是谈到'善'和'恶'，'愚蠢'和'理智'，'可教育'和'不可救药'，我豁然开朗。"④ 在他不遗余力设计出的道德王国中，涉及众多人们日常生活中经常提及的美德德目，如勤劳节俭、责任、义务、勇气、公正、团结、诚实、信任等。而对于凯斯特纳小说中的少年们，他们的成长是个多层次的发展过程。离开家庭，脱离本我深处的"俄狄浦斯情结"，接触社会，学习跟外界交流互动，必然要接受"天父"

---

① Vgl. Otte Friedrich Bollnow, *Wesen und Wandel der Tugenden*, Frankfurt am Main: Ullstein Taschenbücher - Verlag, 1958, S. 23.

② Ibid.

③ Otte Friedrich Bollnow, *Wesen und Wandel der Tugenden*, Frankfurt am Main: Ullstein Taschenbücher - Verlag, 1958, S. 23., p. 24.

④ Erich Kästner, "Kästner über Kästner", *Gesammelte Schriften in 9 Bänden*, München: Deuscher Taschenbuch Verlag, 2004, Bd. II, S. 326.

们在道德上的指引。从上面众多德目来看，具有传统意义的勇敢、诚实、信任是贯穿少年成长不可缺少的三大德目，也是"天父"凯斯特纳进行美德培养的重点所在。

凯斯特纳把勇敢（Tapferheit）投放在几乎所有他早期的儿童小说中。在柏拉图的"理想国"中，勇敢是战争时期最有价值的德目，除了身处险境时凸显勇敢之外，勇敢也是日常生活中一项重要的美德，指运用理性抵抗恶的、痛苦的、危险的和不公的结果。"在日常生活中勇敢是件难事，甚至难过在战争中做个勇士。"① 亚里士多德还指出，勇敢的行为要恰到好处，太过则为鲁莽，不及则是懦弱。② 日常生活中，有些人会做一些令人咋舌的行为，有人会把双脚缠上绷带，然后从直升机或者埃菲尔铁塔，或从哪座桥上跳下去，还称这种行为"试勇"。但亚里士多德只会将他们视为疯人，压根谈不上勇敢。凯斯特纳在《飞翔的教室》里写道："没有机智的勇敢，是胡闹；而没有勇敢的机智，又是荒唐！"埃米尔在丢钱的那一刻感到恐惧，但那是出于对妈妈的爱，但他是勇敢的，没有犹豫，坚决地要找回自己的钱。同时他又是机智的，他会想出打探小偷行踪的办法，让柏林的古斯塔夫大叫："你这个埃米尔，机灵得像个柏林人！"埃米尔勇敢的另一表现就是战胜了自己对警察的恐惧。正好印证了亚里士多德的观点："通过习惯于鄙弃恶习、坚定自己反对邪恶的立场，我们将变得勇敢；而且只有变得更加勇敢之后，我们才能坚定自己的立场。"③《小不点和安东》里的安东的行为也一样勇敢，他帮助伯格家抓到了贼。贝塔也很勇敢，她独自一人在厨房里跟入室贼作战。凯斯特纳还明确区分了勇气和怒气，并说明理性对于勇敢的行为是至关重要的。安东虽然教训了比自己个子大的格夫力，但作者认为，"这不是勇气，是怒气。……人只有在冷静的时候，才可能有勇气。……勇气不是靠拳头来证明的，而是需要经过头脑的思考"。（PA. GS. Bd. VII S. 482）《飞翔的教室》里，乌利为了证明自己的勇气从高高的体操杆上跳了下来，这是少年的"试勇"

---

① Otte Friedrich Bollnow, *Wesen und Wandel der Tugenden*, Frankfurt am Main: Ullstein Taschenbücher - Verlag, 1958, S. 78.

② 亚里士多德提出，由于德性品质是在生活的现实活动中形成和表现，行动与情感有过分、中道和不及。如"勇敢"的德性在"过分"中就是"鲁莽"，而"不及"则是"怯懦"。每一种具体的德性的卓越实现都基于中道，"过分"和"不及"都不是德性。转引自金生鈜《德性与教化 从苏格拉底到尼采：西方道德教育哲学思想研究》，湖南大学出版社2003年版，第18页。

③ ［美］威廉·贝内特：《美德书》，何吉贤等译，中央编译出版社2005年版，第398页。

行为，跟那个绑着腿从埃菲尔铁塔上跳下来的人一样"疯狂"。乌利这样做也并非单纯为了勇敢而勇敢，而是"要获得别人的认可，进而能被可以取代家庭位置的群体接受"①。乌利身边的朋友和老师对乌利的行为展开了讨论，凯斯特纳借此强调有关于勇气的不同理解。大家一致认为，"小个子西默恩算是一条好汉，谁也没有料到，他竟会做出这种极为大胆的事来"。而塞巴斯蒂安认为，"这次跳伞可不能跟大胆相提并论，……乌利从梯子上往下跳的时候，并不比以往来得胆大，只不过是那种绝望的心情把他推下来的"。但遭到了反驳，"这可是绝望的心情所产生的胆量！……这是一个区别。胆小的人多得很，他们如果感到那么绝望，做梦也不会想到从梯子上往下跳的"。塞巴斯蒂安认为，乌利比那些人要面子，并一语道破了乌利的心理，"因为乌利是个十分单纯而乖巧的孩子。缺乏胆量这样的心理，最使他感到不安！"（FK. GS. Bd. VIII S. 120）不管怎样，乌利在跳伞事件之后"身上有一股谁也抗拒不了的力量。……要是他眼睛盯住了谁，谁就会被镇住"。（FK. GS. Bd. VIII S. 158）至少在表面看，他不再是之前的那个胆小鬼了。有关勇气，凯斯特纳借尤斯图斯之口说："我请在座的各位严格注意，绝对不要把这种勇敢当成时髦的玩意儿。我请大家尽量不要偷偷去做这类表现勇敢和缺乏勇敢的事。"（FK. GS. Bd. VIII S. 125）在他看来，比起鲁莽的行为，内心的坚强才是真正的勇敢，比如安东面临家庭的困境，积极乐观；约尼被父母抛弃，学着坚强；马丁在对圣诞回家感到无望的时候，也准备勇敢地接受现实，坚强地忍住泪水。勇敢是少年成长必须要学会的德性，理性的勇敢更是他们需要具备的基本品德。

诚实（Ehrlichkeit）是凯斯特纳在《小不点和安东》中表现的一个重要德目。诚实是一种具有普遍人性的品质。通常人们用诚实来指真诚、可靠和守信。诚实的人光明磊落，他没有可以隐藏或需要坦白的内心，表里言行一致。Ehrlich 这个词本身就说明的诚实的特征。Ehrlichkeit 源自名词 Ehre，意味着名誉，诚实的人的行为以维护名誉为首位，如果有不诚实的行为，那他就失去了自己的名誉。② 诚实居于理性基础上并尊重事实。爱

---

① Ulrich Wickert, *Das Buch der Tugenden*, Hamburg: Hoffmann und Campe Verlag, 1995, S. 483.

② Vgl. Otto. F. Bollnow, "Wahrheit und Wahrhaftigkeit", Ulrich Wickert, *Das Buch der Tugenden*, Hamburg: Hoffmann und Campe Verlag, 1995, S. 235.

尔兰讽刺作家乔纳森·斯威夫特（Jonathan Swift，1667—1745）在《格列佛游记》（*Gullivers Reise*，1726）中指出，并非所有人都具有理性。"人的内心深处隐藏着各种与理性不协调的趋势和冲动。人需要经过一段时间的学习和实践才能成为一个刚直不阿、与人为善的人。在达到这一境界之前，人会做出各种处于谨慎而必须加以隐藏的事情。说谎是一种隐蔽'好'的手段。"① 《小不点和安东》是凯斯特纳的作品中秘密最多的一部小说，存在着各种各样的谎言。小不点的保姆安达哈特和未婚夫罗伯特策划偷窃阴谋是最大的谎言，也是凯斯特纳有关恶的最直接的表现。骗子不在意个人的名誉，更谈不上接受理性的指导。而少年在成长的某些情况下又不得不说谎，或称为"真实的谎言"（ehrliche Lüge）："说谎的人并非装作不知，他明白自己说谎，说谎也是因为做最好不被人知晓的事情，但是他会对自己的谎言负责。"② 安东就是这种情况，他向母亲和老师都隐瞒了自己晚上在桥上卖鞋带的事情。凯斯特纳认为这体现出一种高尚道德，并给他以非常正面的评价。但是小不点的情况就有所不同。这是个满脑子充满幻想又颇为自信的小女孩，化妆卖火柴就像游戏一样给她带来乐趣。她没有思考到底为什么要卖火柴，也不知道自己乞讨的行为是对父母说谎，更不会因为自己化妆乞讨有任何道德上的谴责。凯斯特纳在"关于说谎"的后序中，对小不点跟父母说谎的行为作为反面典型来警告读者。"如果你不想说谎，那么世界上就没有哪种力量能够逼迫你去说谎。"小不点也是说谎了的，"不管她以往是多么可爱，……这是不能原谅的"。（PA. GS. Bd. VII S. 517）凯斯特纳深信不疑，人经过学习就会培养出诚实美德。伯格先生代替凯斯特纳给小不点上了一堂有关诚实的课："你知道，我很爱你，但是，……你为什么总是搞这些恶作剧？为什么要欺骗我们？如果你这样下去，我就无法信任你了。……你能向我保证，今后对我说实话吗？那样我才放心。""好吧，我向你保证。"小不点或许还没有真正理解诚实的含义，她还沉浸在游戏带来的快乐中："厂长先生，不管怎样，这件事还是挺有趣的呀。"（PA. GS. Bd. VII S. 536）安东的诚实更具理性，凯斯特纳对其赞美有加。"像安东、埃米尔这样的好孩子，……也许你们喜欢他们，把他们作为榜样，像他们那样努力、正直、勇敢、诚

---

① ［美］威廉·贝内特：《美德书》，何吉贤等译，中央编译出版社 2005 年版，第 544 页。

② Vgl. Otto. F. Bollnow，"Wahrheit und Wahrhaftigkeit"，Ulrich Wickert，*Das Buch der Tugenden*，Hamburg：Hoffmann und Campe Verlag，1995，S. 233.

实。"（PA. GS. Bd. VII S. 545）

少年成长除了培养自身的勇敢和诚实品德之外，他们在与外界关联时，信任（Vertrauen）与勇敢和诚实同样重要。信任是一种特别的美德，是人类共同生活体的基本前提，是家庭和社会成员之间的联系纽带。信任具有两方面内容，其一，人在他人处找到信任感，其二，给他人提供一种可信任感。信任感不能凭空创造，个人只能尝试去获得别人对自己的信任，或者尝试去信任别人。因此，信任是个体无法单独完成的德性。因此，如果将信任作为一种美德来培养成长中的少年，就离不开少年和他人之间的关联。然而，鉴于"我们的时代是个缺乏信任的时代。……每个人都认为对方是自私的生物。尤其是精神分析学说盛行，认为表面的美好品格是由人格深处的权力欲和性欲主宰"①。博尔诺（Otto. F. Bollnow）指出，这样的氛围不利于整个人类社会的发展，尤其是对于成长中的少年会产生非常负面的影响：如果一个人感到被别人信任，那他就会更具有责任心，但是如果得不到别人的信任，那他就会退缩，甚至悲观避世。尼古拉·哈特曼（Nicolai Hartmann，1882—1950）曾经说过，信任具有创造力，"从信任散发出来的道德力量，可以让别人觉得他值得信任、有责任感、信任可以改变一个人。……"② 这一观点尤其对教育者具有启发作用。裴斯泰洛奇（J. H. Pestalozzi，1746—1827）在他的《葛笃德怎样教育自己的孩子》（*Wie Getrurd ihre Kinder lehrt*，1801）中就描绘了一个小孩和母亲之间互相信任、关爱和感恩的画面。③ 凯斯特纳同样深谙此道。互相信任的画面在他的小说里随处可见。《埃米尔擒贼记》中，蒂施拜夫人放心地把钱交给埃米尔让他带给柏林的外婆就是出于对自己儿子的信任。作为回应，埃米尔也很小心地保护着兜里的钱；埃米尔初到柏林，首先碰到"信任危机"，尽管他丢钱是事实，但是被售票员怀疑故意逃票。作者凯斯特纳化身为记者凯斯特纳先生帮埃米尔解围，这对埃米尔的心理成长至关重要；埃米尔和柏林少年之间互相信任，并且在此基础上结成了伙伴关系，也体现出了另外一种团结的美德。成长的少年不仅获得别人的信

---

① Vgl. Otto. F. Bollnow, "Wahrheit und Wahrhaftigkeit", Ulrich Wickert, *Das Buch der Tugenden*, Hamburg: Hoffmann und Campe Verlag, 1995, S. 176.

② Zitiert nach Otto. F. Bollnow, "Wahrheit und Wahrhaftigkeit", Ulrich Wickert, *Das Buch der Tugenden*, Hamburg: Hoffmann und Campe Verlag, 1995, S. 180.

③ Ebd.

任，也有能力去信任别人，同时还获得了友谊。《飞翔的教室》里，孩子
们之间的友谊、尤斯图斯和不抽烟的人之间的友谊，以及孩子们和成年人
之间的友谊都是建立在互相信任的基础之上，尤其是成年人和少年之间的
信任直接关系着少年的成长。学生"对老师的信任是另外一种信任，那
就是信任理智的判断，信任知识的渊博，信任他能理解而且觉得对他有益
的长处。他从长期的经验中深深相信这个教导他的人是很爱他的，是一个
聪明有识的人，……他应当知道，为了他自己的利益，最好还是倾听这个
人的意见"①。因此，当学生们"在分辨不清公正和不公正的情况下，就
需要听听别人的意见，……匆匆忙忙地翻过篱笆，来问不抽烟的人"。
（FK. GS. Bd. Ⅶ S. 63）老师和成年人多是从教育者的角度，也要对学生
有足够的信任。"做老师的应当掌握一门最大的艺术就是：针对情况进行
劝勉，能预知这个年轻人在什么情况下可能听他的话，在什么情况下可能
还是那样的执拗，以便处处让经验去教训他，同时又不使他遭遇太大的危
险。……在他未犯错误之前，就应当向他指出他的错处；而在他既犯以
后，就绝不要去责备他，因为这样做只有使他生气，使他出于自尊而反抗
你的。在教训他的时候，如果引起了他的反感，那是没有什么好处的。"②
因此，尤斯图斯在发现学生们的问题，并知道了事情真相之后对孩子们
说："尽管如此，我可以告诉你们，我赞成你们采取的行动。你们这些小
顽皮干得不错。"他信赖这些孩子，"你们作为叫人信得过的同学，……"
可是也渴望被孩子们信任，"你们为什么不来问问我呢？就那样不信任我
吗？……我微微感到，你们对我的信任，并没有达到你们本应该达到的程
度，也没有达到如同我所希望的程度"。（FK. GS. Bd. Ⅶ S. 91f）尤斯图
斯之所以如此看重学生们对他的信任，源自他幼年对学校严厉的主管教师
的失望，后来他下定决心，"以后在这所学校里，在这所他小时候因找不
到可以信赖的人而受过苦的学校里，当一名主管教师，以便孩子们有个贴
心人，有什么苦处，都能向他诉说"。在小说的最后，尤斯图斯以他的人
格魅力，取得了孩子们，尤其是马丁的信任，成了孩子们可以敞开心扉的
朋友。不抽烟的人更不消说，在一开始他就是孩子们的朋友，他对孩子们
的信任甚至到了纵容的地步，让学生们"投入到你们由来已久的战争里

---

①　［法］卢梭：《爱弥儿·论教育》上卷，李平沤译，商务印书馆 2008 年版，第 239—350
页。

②　同上。

面去吧！……赶快去打吧，你们这些野人！……不要毁掉自己，也不要毁掉别人。"尤斯图斯和不抽烟的人都是值得学生信任的朋友，这正是凯斯特纳的目的所在，他站在尤斯图斯和不抽烟的人身后，来赢得成长少年的信任，从而能更好完成他作为天父的职责。

凯斯特纳的小说中还涉及多个其他的德性，比如正直、正义、团结友谊等，但所有这些德性的培养基于最基本的三个德目：勇敢、诚实和信任。勇敢和诚实的行为都是以理性为基础的美德行为。凯斯特纳借助主人公勇敢的行为和诚实的品性，不失时机地为读者说明，勇敢和诚实在少年成长过程中是何等重要。信任是友谊、忠诚等美德的基础。少年成长不单纯是生理上的长大，更是少年与外界环境，包括他人不断交流磨合的过程，健康的生活圈同样以相互信任为前提。凯斯特纳小说中表现了天父在回归之路上与成长者之间建立信任关系的过程。

综上所述，凯斯特纳以天父的神秘形象出现，不仅在小说中致力于少年成长的道德教育，同样也传递出他对广大小读者有关美德培养的希冀。小说中的"模范男孩"即生活中的少年，他们的成长映射出一种集体的成长，同时也是传统美德的集体表现。以凯斯特纳为代表的天父们是传统美德的完美化身。在20世纪20—30年代，涌动着一股叛逆传统道德文化的潮流，影响着人们的世界观，随处可见反抗传统道德伦理的社会心理。在如此巨大的社会文化潮流的裹胁之下，凯斯特纳纯粹父性的表现，让传统道德在现实冲击中得以保身，尤其在承载道德希望的成长少年身上，凯斯特纳的补偿父性起到了不可思议的作用，从人格根源上可视为"超我"的再塑造。

结　语

　　本书将注意力聚焦在埃里希·凯斯特纳早期儿童小说，采用文本分析的方法，捕捉研究对象中所表达的成长主题。本书宛如放大镜把凯斯特纳隐藏在成长主题背后的各种情结以及关涉少年成长的天父原型展现在广大读者面前，分析作者在讲述少年成长故事中无法摆脱的童年情结和都市情结，以及少年为实现人格蜕变逐渐脱离"恋母情结"，接纳"天父"回归的演变过程。"天父"原型是人类集体无意识的一个重要命题，代表智慧和美德，是少年成长道路上的"精神导师"。借助"天父"形象，凯斯特纳表达自己对成长少年道德上的希冀和改造魏玛社会的美好愿望。

　　荣格提出："伟大的诗歌总是从人类生活汲取力量，假如我们认为它来源于个人因素，我们就完全不懂得它的意义。每当集体无意识变成一种活生生的经验，并且影响到一个时代的自觉意识观念，这一件事就是一种创造性行动，它对于每个生活在那一时代的人，就都具有重大意义。一部艺术作品被生产出来后，也就包含着那种可以说是世代相传的信息。"① 凯斯特纳是20世纪伟大的儿童文学作家之一。他的作品被视为时代的镜子，魏玛时期的社会现象，如阶级差别，社会现代化等现象在他的少年作品中都有所体现。但是，对现实的表现并非凯斯特纳儿童小说的主要内容，根本上说是他对自己理想的一种诠释。他本人无意代圣贤立言，将自己的作品变成"教育儿童的文学"，而是对人类许多常态的习惯思维提出挑战。至少小说中，少年是生命的主体，甚至是"颠倒的世界"的主宰。凯斯特纳的作品具有一种在人的思维层次改变成人、改变世界的渴望。单纯的教育目的无法涵盖凯斯特纳的创作宗旨，如果深入到他的作品中，就必然发现，他笔下的世界带有一种虚幻色彩，表面上的教育功能掩盖不了

---

　　① 冯川编：《荣格文集 让我们重返精神的家园》，冯川、苏克译，改革出版社1997年版，第243页。

凯斯特纳对梦幻世界的偏爱。

　　凯斯特纳的儿童小说也是成人读者的选择。他在小说中不仅表现了以埃米尔为代表的少年的成长历程，也是人类发展的一个相对固定的成长经验。格林兄弟虽然把他们的童话集取名为《孩童和家庭童话集》，但认为童话对读者的年龄没有明显的限制。对此他们做出了如下解释："这些故事同时是人类发展史的历程或者是个人的发展过程；正如人类，在不同的历史时代有与之相应的主导思想和特别的文艺倾向，个人的发展也是如此。因此，威廉·格林认为，因为童话语言清晰易懂，属于人类史的发端和个体的生命早期，是一种符合孩童对世界的理解的文学模式；从这种意义上来看，生命的种系发展史在个体的发展上会重复出现。因此，虽然童话保持着一种历史意识 —— 从人类史的角度来看——，但正因为这种人类集体发展在个体发展上会重复发生，所以童话与时代、地点和人物名称无关，而是传递一种可不断重复的人生经验。……"① 成年人在儿童小说中找到了自己成长的痕迹，孩子们在看同龄人的故事时深入其中，仿佛自己就是其中一个主人公，体验不同于现实的人生。凯斯特纳的高明之处在于从一个十二三岁的少年入手，模仿现实设计出一个幻想世界，让少年们在相对纯净的环境下成长。但是凯斯特纳真正的成年人小说《法比安》再现出一个多元化的社会。原本纯净世界中长大的主人公却在真正的花花世界中失去自己，成长以失败告终。从根本上说是凯斯特纳乌托邦尝试的失败。失败后的下一次成长试验，就是那个导致法比安落水身亡，而自己游上岸的孩子。无人知晓这个孩子日后要经历怎样的成长历程。《法比安》中凯斯特纳表达出一种无奈情绪，他满腔热情给予孩子们道德的教诲，最终却让他们在这个世界中无立足之地。《法比安》的副标题《一个道德者的故事》，正是作者及其同代受过传统道德教育的道德者们共同经历的故事。本书所研究的凯斯特纳的儿童作品也与《法比安》有着千丝万缕的联系，值得作为日后深入探讨的一个主题。

　　本书尝试从心理学的情结和原型角度对凯斯特纳早期儿童小说中的成长主题进行分析。创造性活动永远是人类可以感受，但是难以理解甚至不能完全把握的活动。心理学为作家和文本分析提供多种可能。精神世界对

_____

① Hans Gerd Rätzer, *Märchen*, 4. Aufl. Bamberg: C. C. Buchners Verlag, 1988, S. 21.

于儿童小说创作活动的探究来说略显抽象晦涩，但本书的讨论并未消除凯斯特纳作品本身固有的魅力。相反，笔者在对文本的阐释过程中渐次打开通向作者心理世界和文本深层的一扇扇门，为凯斯特纳儿童小说的研究开辟一条新的道路。

附　　录

一　埃里希·凯斯特纳作品在书中的缩略语

1. ED：Emil und die Detektive

2. PA：Pünktchen und Anton

3. FM：Der 35. Mai oder Konrad reitet in die Südsee

4. FK：Das fliegende Klassenzimemr

5. EZ：Emil und die drei Zwillinge

6. AJ：Als ich ein kleiner Junge war

7. GS：Gesammelte Schriften

8. Bd：Band

二　埃里希·凯斯特纳的作品目录

（一）首版

1. *Klaus im Schrank oder Das verkehrte Weihnachtsfest*, Theaterstück. 1927.

2. *Herz auf Taille*, Gedichtband, 1928.

3. *Emil und die Detektive*, Kinderroman, 1929

4. *Lärm im Spiegel*, Gedichtband, 1929.

5. *Leben in dieser Zeit*, Härspiel, 1929.

6. *Ein Mann gibt Auskunft*, Gedichtband, 1930.

7. *Arthur mit dem langen Arm*, Kinderroman, 1931.

8. *Pünktchen und Anton*, Kinderroman, 1931.

9. *Fabian. Die Geschichte eines Moralisten*, Roman, 1931. (*Der Gang vor die Hunde*. Neuausgabe von *Fabian*, Zürich：Atrium Verlag, 2013.)

10. *Das verhexte Telefon*, Kinderroman, 1932.

11. *Der 35. Mai oder Konrad reitet in die Südsee*, Kinderroman, 1932.

12. *Gesang zwischen den Stühlen*, Gedichtband, 1932.

13. *Das fliegende Klassenzimmer*, Kinderroman, 1933.

14. *Drei Männer im Schnee*, Roman, 1934.

15. *Emil und die drei Zwillinge*, Kinderroman, 1934.

16. *Die verschwundene Miniatur*, Roman, 1935.

17. *Doktor Erich Kästners Lyrische Hausapotheke*, Gedichtband, 1936.

18. *Der Zauberlehrling*, Romanfragment, 1936.

19. *Georg und die Zwischenfälle* (Der kleine Grenzverkehr), Roman, 1938.

20. *Die Konferenz der Tiere*, Kinderroman, 1949.

21. *Das doppelte Lottchen*, Kinderroman, 1949.

22. *Die 13 Monate*, Gedichtband, 1955.

23. *Die Schule der Diktatoren*, Komädie, 1957.

24. *Als ich ein kleiner Junge war*, Autobiographie, 1957.

25. *Notabene 45*, Tagebuch, 1961. (Neuauflage: Atrium Verlag, Zürich 2012)

26. *Das Schwein beim Friseur*, Kinderroman, 1962.

27. *Der kleine Mann*, Kinderroman, 1963.

28. *Der kleine Mann und die kleine Miss*, Kinderroman, 1967.

29. ··· *was nicht in euren Lesebüchern steht*, Prosa- und Gedichtband, 1968.

30. *Über das Verbrennen von Büchern*, Textesammlung, 2012.

（二）文集

1. *Bei Durchsicht meiner Bücher*, Eine Auswahl aus vier Versbänden, Zürich: Atrium, 1985.

2. *Gedicht*, Mit einem Nachwort hg. v. Volker Ladenthin, Stuttgart: Reclam, 1987.

3. *Werke in neun Bänden*, München/Wien: Hanser, 1998.

4. *Das groäe Erich Kästner Lesebuch*, hg. v. Sylvia List. München: dtv, 1999.

5. *Dieses Na ja!, wenn man das nicht hätte!* Ausgewählte Briefe von 1909—1972, hg. von Sven Hanuschek. Zürich: Atrium, 2003.

6. *Die Gedichte. Alle Gedichte vom ersten Band äHerz auf Taille bis zum letzten "Die dreizehn Monate"*, Frankfurt a. M.: Haffmans Verlag bei Zweitausen-

deins，2010.

三　埃里希·凯斯特纳儿童小说的中文译本

（一）单本

1. *Emil und die Detiktive*

《爱弥儿捕盗记》，林雪清译，上海：上海儿童书局 1934 年版（1939年第六版）。

《小侦探》，成绍宗译，上海：北新书局 1934 年版，根据电影故事编写的儿童长篇故事，附电影剧照二十多幅。

《学生捕盗记》，程小青译（译自英文版），桂林：南光书局 1943年版。

《小学生捕盗记》，林俊千译（译自英文版），上海：文光书局 1943年版。

《埃米尔擒贼记》，钱杰、华宗德译，南京：江苏人民出版社 1979年版。

《埃米尔捕盗记》，王燕生、周祖生译（译自英文版），上海：少年儿童出版社 1980 年版。

《埃米尔捕盗记》，郑学才、佟学伶译（译自英文版《Emil and the detectives》），北京：中国少年儿童出版社 1980 年版。

《埃米尔和侦探》，玲子译，成都：四川人民出版社 1980 年版。

《爱弥儿和侦探》，陈双壁译，长沙：湖南人民出版社 1980 年版。

《德国小豪杰》，孙远译，广州：广东人民出版社 1983 年版。

《机智的埃米儿》，朱晓康译，长春：吉林人民出版社 1884 年版（小学生文库）。

2. *Der gestiefelte Kater*

《穿靴子的猫》，朱校廷译，南京：江苏人民出版社 1979 年版。

3. *Das doppelte Lottchen*

《两个小路特》，黄传杰译，北京：中国少年儿童出版社 1981 年版。

《两个小洛特》，李桃译，合肥：安徽人民出版社 1983 年版。

4. *Der 35. Mai*

《5 月 35 日》，袁丁、何友存译写，上海：少年儿童出版社 1983年版。

5. *Das verhexte Telefon*

《戏弄人的电话》，舒柱译，福州：福建人民出版社1983年版。

（二）凯斯特纳作品选集

《埃米尔擒贼记》，华宗德、钱杰译，济南：明天出版社1999年版。

《5月35日》，刘冬瑜译，济南：明天出版社1999年版。

《小不点和安东》，孔德明译，济南：明天出版社1999年版。

《飞翔的教室》，赵燮生译，济南：明天出版社1999年版。

《埃米尔和三个孪生子》，丁娜、田秀萍译，济南：明天出版社1999年版。

《两个小洛特》，赵燮生译，济南：明天出版社1999年版。

《袖珍男孩儿》，任溶溶译，济南：明天出版社1999年版。

《袖珍男孩而和袖珍小姐》，刘冬瑜译，济南：明天出版社1999年版。

《闵西豪森男爵的水陆奇遇记》，侯素琴译，北京：北京科技出版社2009年版。

《梯尔·欧也伦施皮格尔》，侯素琴译，北京：北京科技出版社2009年版。

《席尔德人》，侯素琴译，北京：北京科技出版社2009年版。

《聪明骑士唐·吉诃德的故事》，侯素琴译，北京：北京科技出版社2009年版。

《动物会议》，侯素琴译，北京：北京科技出版社2009年版。

四　埃里希·凯斯特纳生平年历

1899年2月23日，出生于德国德累斯顿，母亲伊达·凯斯特纳（1871—1951），父亲埃米尔·凯斯特纳（1867—1957）。凯斯特纳一生与母亲关系甚密，每日给母亲写信的习惯持续了30多年。

1906年起，凯斯特纳就读于德累斯顿的国民小学。

1913年进入德累斯顿贵族教师培训班（das Freiherrlich von Fletscher'sche Lehrer-Seminar）学习。

1917年凯斯特纳参军，在一战战场受伤。

1918年退伍，在施特拉伦教师培训班（Strehlener Lehrerseminar）结业。

1919 年作为旁听生就读于格奥尔格文理中学，在校报上发表诗歌，并以优异的成绩通过中学毕业考试，获得德累斯顿城市金质奖学金（das Goldene Stipendium）。同年进入莱比锡大学，随后在罗斯托克和柏林学习日耳曼语言学、历史学、哲学和戏剧史。

1922 年在大学学习之余，供职于《莱比锡新报》。

1925 年获得博士学位，博士论文题为《论弗里德里希大帝和德国文学》（*Die Erwiderungen auf Friedrichs des Großen Schrift "De la littérature allemande"*）

1927 年被《莱比锡新报》解雇后，凯斯特纳搬至柏林，作为自由撰稿人为各类报纸撰写剧评。

1928 年起，凯斯特纳出版了第一本诗集《腰上的心》（1928），《镜子里的喧闹》（1929），以及若干针砭时事的诗歌和讽刺剧。

1929 年起，出版儿童小说《埃米尔擒贼记》（1929），《小不点和安东》（1931），《5 月 35 日》（1931）和《飞翔的教室》（1933）.

1933 年希特勒执政期间，凯斯特纳的多部诗集和小说被焚，其中包括《腰上的心》、《一个男人给予答复》、《椅子中间的歌唱》以及《法比安》，凯斯特纳自己也受到盖世太保的传讯。

1937—1940 年期间，凯斯特纳不断受到传讯，每次都被安全释放。

1942 年用笔名撰写电影剧本《闵希豪森》。凯斯特纳虽然遭禁，但他没有选择逃亡。期间，《雪地三游客》（1934）和《边境姻缘》（1938）等作品在国外出版。

1944 年凯斯特纳的房屋在柏林遭遇的空袭中受损，凯斯特纳搬至女友路易斯洛特·恩德勒（1908—1991）的住处。凯斯特纳终身未婚，恩德勒伴其多年。

1945 年凯斯特纳在慕尼黑参与讽刺剧《表演蓬》（*Die Schaubude*）的创作，担任慕尼黑《新报》的主编。

1946 年出版《企鹅》杂志，以及战后的第一本书——诗集《审阅我的书》（*Bei Durchsicht meiner Bücher*）。

1947 年赴苏黎世参加国际作家笔会（der Internationale PEN-Kongress）

1949 年舞台剧《忠诚的手》（*Zu treuen Händen*）首演，出版儿童小说《两个小洛特》和《动物会议》。

1951 年讽刺剧《小小的自由》（*Die kleine Freiheit*）完成。

1951—1962 年担任西德作家笔会主席。

1956 年被授予慕尼黑城市文学奖。

1957 年戏剧《独裁者的学校》（*Die Schule der Diktatoren*）首演，被授予格奥尔格-毕希纳文学奖。

1958 年汉堡，在笔会为纪念焚书 25 周年举行的活动上发言。

1959 年被授予联邦大十字勋章（das Groäe Bundesverdienstkreuz）

1961 年凯斯特纳 1945 年 3 月到 8 月的日记出版，名为《45 年记》（*Notabene 45：Ein Tagebuch*）。

1963 年儿童小说《袖珍男孩》出版。

1964 年秋：歌德学院先后在慕尼黑国际青少年图书馆、斯德哥尔摩和哥本哈根举办凯斯特纳展。

1970 年凯斯特纳获得慕尼黑城市的文化荣誉奖。

1974 年 7 月 29 日，埃里希·凯斯特纳于慕尼黑逝世，终年 75 岁。

1999 年为纪念埃里希·凯斯特纳 100 周年诞辰，由德国历史博物馆和慕尼黑城市博物馆在柏林和慕尼黑举办盛大的凯斯特纳展。

参考文献

A. 一手文献

Kästner, Erich: *Gesammelte Schriften in 9 Bänden*, München: Deuscher Taschenbuch Verlag, 2004.

Band 1: Gedichte

Band 2: Chanson, Kabarett, Kleine Prosa

Band 3: Romane I

Band 4: Romane II

Band 5: Theater, Härspiel, Film

Band 6: Publizistik

Band 7: Romane für Kinder I

Band 8: Romane für Kinder II

Band 9: Nacherzählungen

Strich, Christian (Hrsg.): *Das Erich Kästner Lesebuch*, Zürich: Diogenes Taschenbuch Verlag, 1978.

B. 二手文献

Ahl, Herbert, "Urenkel der Aufklärung. Erich Kästner", *Literatirsche Portraits*, München, Wien: 1962, S. 144 – 151.

Angress, Ruth K., "Erich Käsnters Kinderbücher kritisch gesehen", Paul Michal Lützeler (Hrsg.), *Zeitgenossenschaft zur deutschen sprachigen Literatur im 20. Jahrhunderts. Festschrift für Egon Schwarz zum 65. Geburtstag*, Frankfurt am Main: Athenäum Verlag, 1987, S. 91 – 102.

Bäumler, Marianne, *Die aufgeräumte Wirklichkeit des Erich Kästner*, Käln: Prometh Verlag, GmbH und Co Kommanditgesellschaft, 1984.

Bayern, Konstantin Prinz v. , *Die großen Namen. Begegnung mit bedeutenden Dichtern unserer Zeit*, München, 1956.

Bemmann, Helga, *Humor auf Taille. Erich Kästner – Leben und Werk*, Berlin: Verlag der Nation, 1983.

Benjamin, Walter, "Linke Melancholie. Zu Erich Kästners neuem Gedichtbuch", Orig.: *Die Gesellschaft* 8 (1931), Bd. 1, S. 181 – 184, Hier: *Manifeste und Dokumente zur Deutschen Literatur* 1918—1933, S. 623 – 625.

Benson, Renate: *Erich Kästner Studien zu seinem Werk*, 2. Aufl. , Bonn: Bouvier Verlag Herbert Grundmann, 1976.

Beutler, Kurt: *Erich Kästner Eine literaturpädagogische Untersuchung*, Weinheim und Berlin: Verlag Julius Beltz, 1966.

Biesterfeld, Wolfgang, "Erich Kästners 'Der 35. Mai oder Konrad reitet in die Südsee' und die literarische Tradition", *Pädagogische Rundschau*, Jg. 39, Heft 6, Hrsg. Gerhard P. Bunk u. a. Verlag Hans Richarz, 1985, S. 669 – 677.

Bollnow, Otto Friedrich: *Wesen und Wandel der Tugenden*, Frankfurt am Main: Ulltein Taschenbücher-Verlag, 1958.

Dahrendorf, Malte, "Erich Kästner und die Zukunft der Jugendliteratur oder über die Neubewertung einer Besonderheit des Erzählens für Kinder und Jugendliche bei Kästner", *Erich-Kästner-Buch*, Jahrgang 2003, Würzburg: 2004, S. 29 – 46.

Doderer, Klaus, "Erich Kästners 'Emil und die Detektive' – Gesellschaftskritik in einem Kinderroman", Werner Dube (Hrsg.), *Buch-Bibliothek-Leser*, Berlin: Akademie-Verlag, 1969, S. 478 – 485.

Doderer, Klaus, "Erich Kästners Utopie – Die Kinder sind die besseren Menschen", Klaus Doderer, *Reisen in erdachtes Land*, München: Indicium, 1998, S. 209 – 223.

Dolle-Weinkauff, Bernd u. Ewers, Hans-Heino (Hrsg.), *Erich Kästners weltweite Wirkung als Kinderschriftsteller Studien zur internationalen Rezeption des kinderliterarischen Werks* Frankfurt am Main: Peter Lang Europäischer Verlag der Wissenschaften, 2002.

Drouve, Andreas, *Erich Kästner Moralist mit doppeltem Boden*, Marburg:

Tectum Verlag, 1993.

Ebbert, Birgit, *Erziehung zu Menschlichkeit und Demokratie Erich Kästner und seine Zeitschrift "Pinguin" im Erziehungsgefüge der Nachkriegszeit*, Frankfurt am Main: Peter Lang Europäischer Verlag der Wissenschaft, 1994.

Ebbert, Birgit, "Nicht Schöngeist, sondern Schulmeister", *Fundevogel*, Baltmannsweiler, 1995, S. 26 – 38.

Edschmid, Kasimier, "Rede auf den Preisträger. Georg-Büchner-Preis", *Jahrbuch der Deutschen Akademie für Sprache und Dichtung Darmstadt*, Heidelberg, Darmstadt: 1958, S. 77 – 82.

Enderle, Luiselotte, *Erich Kästner mit Selbstzeugnissen und Bilddokumenten*, Taschenbuchverlag, 1989.

Fallada, Hans, "Auskunft über den Mann Kästner", Rudolf Wolf (Hrsg.), *Erich Kästner Werk und Wirkung*, Bonn: Bouvier Verlag Herbert Grundmann, 1983, S. 54 – 60.

Fehse, Willi, "Ein Moralist aus Liebe. Erich Kästners zum 75. Geburtstag", *Der Literat*, 16. Jg. Nr. 2., Februar, 1974, S. 29 – 30.

Gay, Peter, "Psychoanalyse und Geschichte – oder Emil und die Detektive", *Wissenschaftskolleg – Institute for advanced study – zu Berlin*, Jahrbuch 1983/84, S. 135 – 144.

Görtz, Franz Josef u. Sarkowicz, Hans, *Erich Kästner. Eine Biographie*, München: Piper Verlag, 1998.

Haack, Hanns-Erich, "Dr. Kästenrs Kaleidoskop" *Deutsche Rundschau*, *LXXXV*, 1959, S. 128 – 132.

Hagelstange, Rudolf, "Verzeihliche Zumutung. Erich Kästners Kästner für Erwachsene'", *Der Spiegel*, Nr. 33, 8 August, 1969, S. 77.

Hanuschek, Sven, *Keiner blickt dir hinter das Gesicht Das Leben Erich Kästners*, München, Wien: Carl Hanser Verlag, 1999.

Haywood, Susanne, *Kinderliteratur als Zeitdokument. Alltagsnormalität der Weimarer Republik in Erich Kästners Kinderromanen*, Frankfurt am Main: Peter Lang Verlag, 1998.

Jacobs, Jürgen: *Der deutsche Bildungsroman Gattungsgeschichte vom 18. bis zum 20. Jahrhundert*, München: Verlag C. H. Beck, 1989.

Jefferson, Thomas   L. , *Apprenticeship*: *Bildungsroman from Goethe to Santayana*, *New York*: *Palgrave Marmillan*, 2005.

Kamnitzer, Heinz, "Es gibt nichts Gutes, auβer,: Man tut es", *Neue Deutsche Literatur Monatsschrift für schöne Literatur und Kritik*, Herausgegeben vom Deutschen Schriftstellerverband, 10. Jahrgang, Heft 12, Dezember 1962, S. 41 – 50.

Karrenbrock, Helga, "Erich Kästner Kinderliterarische Anfänge", *Kinder- und Jugendliteraturforschung*, 1999 H. 1, S. 29 – 40.

Karrenbrock, Herga, *Märchenkinder-Zeitgenossen Untersuchungen zur Kinderlieteratur der Weimarer Republik*, Stuttgart: M und P, Verlag für Wissenschaft und Forschung, 1995.

Kirsch, Petra, *Erich Kästners Kinderbücher im geschichtlichen Wandel. Eine literarhistorische Untersuchung*, Inauguraldissertation zur Erlangung des Doktorgrades der Philosophie an der Ludwig-Maximilian-Uni. zu München, 1986.

Ladenthin, Volker,   "Die Groäe Stadt bei Erich Kästner", *Euphorien Zeitschrift für Literaturgeschichte*, Herausgegeben von Wolfgang Adam 90 Band 1. , Heft 1996 , Universit? tsverlag C. Winter Heidelberg, S. 317 – 335.

Ladenthin, Volker, "Ein Klassiker der Moderne. Erich Kästner und die sthetik des Kinder- und Jugendbuchs", *Erich-Kästner-Jahrbuch* 4, Würzburg, 2004, S. 171 – 182.

Ladenthin, Volker, "Erich Kästners Bemerkungen über den Realismus in der Prosa", *Wirkendes Wort*, 38. Jahrgang, 1988, S. 62 – 77.

Ladenthin, Volker,   "Erziehung durchs Kinderbuchä", *Beiträge Jugendliteratur und Medien*, Jahrgang 1993, Weinheim, S. 240 – 246.

Ladenthin, Volker, "Junggesellen: Exemplarisch Erich Kästner Junggesellen sind auf Reisen Eine Interpretation", *Erich-Kästner-Buch*, Jahrgang 2000, Würzburg, 2001, S. 115 – 134.

Lethen, Helmut, *Neue Sachlichkeit*: 1924—1932, Stuttgart: Metzler, 2000.

Lexe, Heidi, "Erich Kästner: ' Emil und die Detektive ' ", *Pippi*, *Pan und Potter*, Jahrgang 2003, Wien, S. 133 – 138.

Mattenklott, Gundel, "Erich Kästner und die Kinder", Flothow, Matthias (Hrsg.), *Erich Kästner. Ein Moralist aus Dresden*, Leipzig: Texte aus der

Evangelischen Akademie Meißen Evangelische Verlagsanstalt, 1995.

Menth, Dietrich, "Erich Kästner, die Mutter und die Frauen", Flothow, Matthias (Hrsg.), "Erich Kästner. Ein Moralist aus Dresden", Leipzig: Texte aus der Evangelischen Akademie Meißen Evangelische Verlagsanstalt, 1995.

Neuhaus, Stefan, *Märchen*, Tübingen und Basel: A. Francke Verlag, 2005.

Neuhaus, Stefan, "Schlechte Noten für den Schulmeister? Der Stand der Erich-Kästner-Forschung", *Literatur in Wissenschaft und Unterricht*, Jg. 32 (1999), H. 1, S. 43 – 71.

Reich-Ranicki, Marcel, "Erich Kästner, der Dichter der kleinen Freiheit", Marcel Reich-Ranicki, *Nachprüfung Aufsätze über deutsche Schriftsteller von gestern*, Stuttgart: Deutsche Verlags-Anstalt, 1980, S. 284 – 293.

Reich-Ranicki, Marcel, *Lauter schwierige Patienten*, *Gespräche mit Peter Voss über Schriftsteller des 20 Jahrhunderts*, Berlin, München: Econ Ullstein List Verlag co. KG Propyläen Verlag, 2002.

Rodrian, Fred, "Notizen zu Erich Kätners Kinderbüchern", *Neue Deutsche Literatur Monatsschrift für schöne Literatur und Kritik*, Herausgegeben vom Deutschen Schriftstellerverband, 8. Jahrgang, Heft 9, September 1960, S. 117 – 129.

Rothe, Wolfgang (Hrsg.), *Die Deutsche Literatur in der Weimarer Republik*, Stuttgart: Philipp Reclam jun., 1974.

Rätzer, Hans Gerd, *Märchen*, 4. Aufl., Bamberg: C. C. Buchners Verlag, 1988.

Sahr, Michael, "Es geht um die Kinder", *Diskussion Deutsch*, 23 (1992), H 127, S. 450 – 264.

Sahr, Michael, "Kästner-Bücher und ihre Aktualität für Kinder von heute", *Jugendmagazin*, 1. H., 1992, S. 4 – 9.

Scherf, Walter, *Strukturanalyse der Kinder- und Jugendliteratur Bauelemente und ihre psychologische Funktion*, 1. Aufl., Verlag Julius Klinkhardt Bad Heilbrunn/Obb., 1978.

Schikorsky, Isa, "Literarische Erziehung zwischen Realismus und Utopie – Erich Kästners Kinderroman 'Emil und Detektive'", Bettina Hurrelmann

(Hrsg.) , *Klassiker der Kinder- und Jugendliteratur*, Fischer Taschenbuch Verlag, S. 216 – 231.

Schröter, Klaus, *Heinrich Mann in Selbstzeugnissen und Bilddokumenten*, Hamburg: Rowohlt Taschenbuch Verlag, 1967.

Steck-Meier, Esther, *Erich Kästner als Kinderbuchautor Eine erzähltheoretische Analyse*, Frankfurt am Main: Verlag Peter Lang, 1999.

Tucholsky, Kurt, "Auf dem Nachttisch", *Die Weltbühne*, 26. Jg. , Sammelband zweites Halbjahr, 1930, S. 859 – 865.

Wagner, Karl Heinz, "Erich Kästner (1899-1974)", Michael Fröhlich (Hrsg.) , *Die Weimarer Republik Portrait einer Epoche in Biographien*, Darmstadt: Wissenschaftliche Buchgesellschaft, 2002, S. 410 – 421.

Wickert, Ulrich, *Das Buch der Tugenden*, Hamburg: Hoffmann und Campe Verlag, 1995.

Wild, Inge, "Die Phantasie vom vollkommenen Sohn", *Rollenmuster – Rollenspiele*,   Jahrgang 2006, Frankfurt am Main, S. 11 – 39.

Wild, Reiner (Hrsg.) , *Geschichte der deutschen Kinder- und Jugendliteratur*, Stuttgart: Metzler, 1990.

Zonneveld, Johan, *Erich Kästner als Rezensent* 1923—1933, Frankfurt am Main: Verlag Peter Lang, 1991.

C. 其他文献

Ballauff, Theodor, "Einige Pädagogische Konsequenzen aus Kants Philosophie", *Vierteljahrsschrift für wissenschaftliche Pädagogik*, 58. Jg. , 3. Quartal 1982, Münster i. W. Verlag Ferdinand Kamp, Bochum, 1982, S. 273 – 294.

Barth, Johannes,   " 'Die Arbeit fängt erst an': Neuerscheinungen zu Erich Kästners 100. Geburtstag", *Wirkendes Wort*, (2000) 1. , S. 130 – 147.

Biedermann, Walter, *Die Suche nach dem dritten Weg Linksbürgerliche Schriftsteller am Ende der Weimarer Republik Heinrich Mann - Alfred Döblin - Erich Kästner*, Inauguraldissertation zur Erlangung des Grades eines Doktors der Philosophie im Fachbereich Neuere Philologien der Johann Wolfgang Goethe-Uni. zu Frankfurt am Main, 1981.

Binder, Alwin, "Sprachlose Freihei? Zum Kommunikationsverhalten in

Erich Kästners 'Das fliegenden Klassenzimmer' ", *Diskussion Deutsch Zeitschrift für Deutschlehrer aller Schulformen in Ausbildung und Praxis*, Jg. 11, 1980, Hrsg. Hubert Ivo, Valentin Merkelbach u. a. Diesterweg Verlag, S. 290 – 306.

Breul, Elisabeth – Charlotte, "Die Jungbücher Erich Kästners", *Studien zu Jugendliteratur*, Heft 4, 1958, S. 28 – 79.

Darendorf, Malte, "Erich Kästner- Als Pädagoge betrachtet", *Jugendschrift-Warte*, 1968, H. 20, S. 29 – 30.

Dewes, Klaus u. Türk, Ulrich, *Gestatten, Erich Kästner* Düsseldorf: Schwann im Patmos Verlag, 1991.

Engelen, Bernhard, "Das Kindliche Verhältnis zu den komischen Elementenin Kästners", *Zeitschrift für Jugendliteratur*, Weinheim: 1968, S. 412 – 431.

Ewers, Hans-Heino (Hrsg.), *Kinder- und Jugendliteratur Von der Gründzeit bis zum Ersten Weltkrieg*, Stuttgart: Philipp Reclam jun. , 1994.

Ewers, Hans-Heino, Wild, Inge (Hrsg), *Familienszenen Die Darstellung familialer Kindheit in der Kinder- und Jugendliteratur*, Weinheim und München: Juventa Verlag, 1999.

Fähnders, Walter, *Avantgarde und Moderne 1890—1933*, Stuttgart, Weimar: 1998.

Frey, Ute, "Lärm im Spiegel der Pädagogik' Zur pädagogischen Rezeption von E. K. s Werk", *Kinder- und Jugendliteraturforschung*, Jahrbuch 1998/ 99, Frankfurt am Main: Verlag J. B. Metzler, 1999, S. 122 – 138.

Glaser, Hermann, *Literatur des 20. Jahrhunderts in Motiven Bd. II*, München: Verlag C. H. Beck, 1979.

Grenz, Dagmar (Hrsg.), *Aufklärung und Kinderbuch Studien zur Kinder- und Jugendliteratur des 18. Jahrhunderts*, Pinneberg: Verlag Renate Raecke, 1986.

Haas, Gerhard, *Aspekte der Kinder- und Jugendliteratur*, Frankfurt am Main: Peter Lang Europäischer Verlag der Wissenschaft, 2003.

Hanuscheck, Sven, *Erich Kästner*, Reinbek bei Hamburg: Rowohlt Taschenbuch Verlag, 2004.

Haywood, Susanne, "Die Mädchen- und Frauenfiguren in Erich Kästners frühen Kinderromanen vor den Hintergrund der sozialen Verhältnisse der Weimarer Republik", *Kinder- und Jugendliteraturforschung*, 1999, H. 1, S. 70 – 87.

Heibach, Ellen, "Erich Kästner zum 100. Geburtstag", *Wertheimer Vorträge zu Literatur und Musik*, Wertheim am Main: E. Heibach Verlag, 2003, S. 125 – 150.

Josting, Petra, "Biografisches über Erich Kästner für Jugendliche", *Beitrage Jugendliteratur und Medien*, 58. Jg. , Weinheim: 2006, S. 178 – 187.

Judt, Karl, "Klassiker des Jugendbuchs", *Der Deutschunterricht Beitr? ge zu einer Praxis und wissenschaftlichen Grundlegung*, Jg. 11, Heft 6, 1959, Stuttgart: Robert Ulshöfer Ernst Klett Verlag, S. 5 – 13.

Kanz, Heinrich, "Aufgaben heutiger Erziehungsphilosophie", *Vierteljahrsschrift für Wissenschaftliche Pädagogik*, 57. Jg. , 1981, Münster i W. Verlag Ferdinand Kamp, Bochum, 1981, S. 431 – 452.

Kiesel, Helmuth, *Erich Kästner*, München: Verlag C. H. Beck Verlag edition text + kritik, 1981.

Kolb, Eberhard, *Die Weimarer Republik*, München: R. Oldenbourg Verlag, 1998.

Kordon, Klaus, *Die Zeit ist kaputt. Die Lebensgeschichte des Erich Kästners*, Weinheim und Basel: Beltz Verlag, 1994.

Leibinger-Kammüller, Nicola, *Aufbruch und Resignation Erich Kästners Spätwerk* 1945—1967, Zürich: Abhandlung zur Erlangung der Doktorwürde der Philosophischen Fakultiät I der Universit? t, 1988.

Leonhardi, Klaus, "Die Augustin in Döblin: Mütterliche Vorfahren und Verwandtschaftskreise des Schriftsteller Erich Kästner In: Archiv für Familiengeschichtsforschung", 3. Jg. , Limburg, 1999, S. 30 – 48.

List, Sylvia (Hrsg.), *Das große Erich Kästner Buch*, Zürich: Atrium Verlag, 2002.

Mank, Dieter, *Erich Kästner im nationalsozialistischen Deutschland* 1933—1945: *Zeit ohne Werk?* Frankfurt am Main: Verlag Peter Lang, 1981.

Mendt, Dietrich, "Was hast du nur dagegen?", *Die Zeichen der Zeit Lutherische Monatshefte*, Heft 3. , März 1999, Hannover: Hrsg. Axel von

Campenhausen, Christof Gestrich u. a. Lutherisches Verlaghaus, S. 36 – 38.

Otto, Eberhard, "Ein Anwalt der Menschlichkeit Von hundert Jahren wurde Erich Kästner geboren", *Tribüne Zeitschrift zum Verhältnis des Jugendtums*, 38. Jg. , Heft 149, 1. Quartal 1999, Hrsg. Elisabeth Reisch S. 59 – 62.

Prause, Gerhard, "Erich Kästner", *Genies in der Schule*, Berlin, 2006, S. 200 – 203.

Raecke, Renate (Hrsg.), *Kinder- und Jugendliteratur in Deutschland*, München: Arbeitskreis für Jugendliteratur e. V. , 1999.

Raecke, Renate u. Baumann, Ute D. (Hrsg.), *Zwischen Bullerbü und Schewenborn Auf Spurensuche in 40 Jahren deutschsprachiger Kinder- und Jugendliteratur 1955—1995*, Arbeitskreis für Jugendliteratur e. V. , 1995.

Rupp, Gerhard, "Literarische Rezensionen und Rollenspiele im Umgang mit umfangreichen epischen Texten am Beispiel von Romanen der dreißiger Jahre (Kästner, Hesse)", *Diskussion Deutsch. Zeitschrift für Deutschlehrer aller Schulformen in Ausbildung und Praxis*, 18. Jahrgang, 1987, S. 498 – 515.

Scheunemann, Beate, *Erziehungsmittel Kinderbuch Zur Geschichte der Ideologievermittlung in der Kinder- und Jugendliteratur*, Berlin: Basis Verlag, 1978.

Schickorsky, Isa, *Kinder- und Jugendliteratur*, Käln: DuMont Literatur und Kunst Verlag, 2003.

Schneyder, Werner, *Erich Kästner. Ein brauchbarer Autor*, München: Kindler Verlag, 1982.

Schweiggert, Alfons, *Erich Kästner Liebesbrief an München*, München: Buchendorf Verlag, 1999.

Steinlein, Rüdiger, *Kinder- und Jugendliteratur als Schöne Literatur*, Frankfurt am Main: Peter Lang Europäischer Verlag der Wissenschaft, 2004.

Walter, Dirk, *Zeitkritik und Idyllensehnsucht Erich Kästners Frühwerk (1928—1933) als Beispiel linksbürgerlicher Literatur in der Weimarer Republik*, Heidelberg: Carl Winter Universitätsverlag, 1977.

Walter, Hans-Albert, "Ungehagen und Kritik", Rudolf Wolf (Hrsg.), *Erich Kästner Werk und Wirkung*, Bonn: Bouvier Verlag Herbert Grundmann,

1983, S. 24 – 36.

Wegner, Manfred (Hrg.), "Die Zeit fährt Auto", *Erich Kästner zum* 100. *Geburtstag*, 1999.

Weyergraf, Bernhard (Hrsg.), *Literatur der Weimarer Republik* 1918-1933, München: Deuscher Taschenbuch Verlag, 1995.

Wild, Inge, "Die Suche nach dem Vater", Gertrud Lehnert (Hrsg.), *Inszenierung von Weiblichkeit. Weibliche Kindheit und Adoleszenz in der Literatur des* 20. *Jahrhunderts*, Opladen, 1996, S. 137 – 157.

Wild, Inge, "Neues zu Erich Kästner Bemerkungen zur Sichtung von Materialien über Leben und Werk", *Erich-Kästner-Jahrbuch*, Jahrgang 1999, Würzburg, 2000, S. 111 – 125.

Wirsing, Sibylle, "Das Geheimnis des doppelten Blicks Emil und die Detektive", Marcel Reich-Ranicki (Hrsg.), *Romane von gestern – heute gelesen*, Band 2, 1918—1933.

Wolff, Rudolf, "Anmerkungen zur Kästner-Rezeption", Rudolf Wolf (Hrsg.), *Erich Kästner Werk und Wirkung*, Bonn: Bouvier Verlag Herbert Grundmann, 1983, S. 80 – 16.

Zinnecker-Mallmann, Konstanze, "Der doppelte Erich", *Jahrbuch der Psychoanalyse*, 51. Jg. , Stuttgart-Bad Cannst, S. 212 – 254.

D. 中文文献

［奥］弗洛伊德:《梦的释义》,张燕云译,新世界出版社 2007 年版。

［奥］斯蒂芬·茨威格:《昨日世界》,舒昌善、孙龙生、刘春华、戴奎生译,三联书店 1991 年版。

［丹麦］安徒生:《安徒生童话全集》,叶君健译,浙江文艺出版社 1995 年版。

［德］约翰·沃尔夫冈·冯·歌德:《威廉·麦斯特的学习时代》,董问樵译,上海译文出版社 1993 年版。

［德］约翰·沃尔夫冈·冯·歌德:《威廉·迈斯特的学习时代》,冯至、姚可昆译,重庆出版社 2008 年版。

［德］威廉·狄尔泰:《体验与诗 莱辛·歌德·诺瓦利斯·荷尔德林》,胡其鼎译,三联书店 2003 年版。

［法］J. 贝尔曼·诺埃尔：《文学文本的精神分析 ——弗洛伊德影响下的文学批评解析导论》，李书红译，天津人民出版社 2003 年版。

［法］贝尔纳·瓦莱特：《小说——文学分析的现代方法与技巧》，陈艳译，天津人民出版社 2003 年版。

［法］列维·布留尔：《原始思维》，丁由译，商务印书馆 1981 年版。

［法］卢梭：《爱弥儿 · 论教育》上卷，李平沤译，商务印书馆 2008年版。

［古希腊］荷马：《荷马史诗·伊利亚特》，罗念生、王焕生译，人民文学出版社 2008 年版。

［美］A. 麦金太尔： 《追寻美德》，宋继杰译，译林出版社 2006年版。

［美］R. 比尔斯克尔：《荣格》，中华书局 2004 年版。

［美］阿瑟·科尔曼、莉比·科尔曼：《父亲：神话与角色的变化》，刘文成、王军译，东方出版社 1998 年版。

［美］彼得·盖伊：《魏玛文化：一则短暂而璀璨的文化传奇》，刘森尧译，安徽教育出版社 2005 年版。

［美］霍夫曼：《弗洛伊德主义与文学思想》，王宁等译，三联书店1987 年版。

［美］凯瑟琳·奥兰斯汀： 《百变小红帽 ——一则童话三百年的演变》，杨淑智译，三联书店 2006 年版。

［美］斯佩克特：《弗洛伊德的美学 —— 艺术研究中的精神分析法》，高建平译，四川人民出版社 2006 年版。

［美］威廉·贝内特：《美德书》第二版，何吉贤主译，中央编译出版社 2005 年版。

［日］上笙一郎：《儿童文学引论》，郎樱、徐效民译，四川儿童文学出版社 1983 年版。

［瑞士］荣格：《探索心灵奥秘的现代人》，黄奇铭译，社会科学文献出版社 1987 年版。

［苏］巴赫金：《巴赫金全集三 小说理论》，白春仁、晓河译，河北教育出版社 1988 年版。

［意］鲁伊基·肇嘉：《父性：历史、心理与文化的视野》，张敏、王锦霞、米卫文译，中国社会科学出版社 2006 年版。

［英］詹姆斯·巴里：《小飞侠彼得·潘》，任溶溶译，少年儿童出版社 2006 年版。

蔡蓁编：《美德十二讲》，天津人民出版社 2008 年版。

范红霞、申荷永、李北容：《荣格分析心理学中情结的结构、功能和意义》，《中国心理卫生杂志》2008 年第 4 期。

冯川编：《荣格文集 让我们重返精神的家园》，冯川、苏克译，改革出版社 1997 年版。

冯川：《荣格的精神》，海南出版社 2006 年版。

冯川：《文学与心理学》，四川人民出版社 2003 年版。

关学智：《〈西游记〉与西方流浪汉小说之比较》，《丹东师专学报》2003 年第 2 期。

金生鈜：《德性与教化 从苏格拉底到尼采：西方道德教育哲学思想研究》，湖南大学出版社 2003 年版。

柯云路：《童话人格》，作家出版社 2004 年版。

孔德明：《战后德国儿童文学之父凯斯特纳》，《当代外国文学》2000 年第 3 期，第 152—157 页。

李丽丹：《俄狄浦斯情结研究及其批判 ——兼评俄狄浦斯神话与文学批评的关系》，《长江大学学报》（社会科学版）2006 年第 5 期。

刘小枫主编：《德语诗学文选》下卷，华东师范大学出版社 2006 年版。

刘绪源：《儿童文学的三个母题》，少年儿童出版社 1995 年版。

苏联科学院编：《德国近代文学史》上，人民文学出版社 1984 年版。

孙胜忠：《德国经典成长小说与美国成长小说之比较》，《安徽师范大学学报》（人文社科版）2005 年第 5 期，第 319—324 页。

田正平、陈桃兰：《清末民初教育小说的译介与新教育思想的传播》，《教育学》2009 年第 5 期，第 122—128 页。

王泉：《儿童文学的文化坐标》，湖南师范大学出版社 2007 年版。

韦苇：《开放的中国受惠于儿童文学的国际共享性》，《浙江师范大学学报》（社会科学版）1997 年第 5 期。

卫茂平：《德语文学汉译史考辨晚清和民国时期》，上海外语教育出版社 2004 年版。

徐秀明、葛红兵：《成长小说的西方渊源和中国衍变》，《上海师范大学学报》（哲学社会科学版）2011 年第 1 期。

杨实诚：《儿童文学美学》，山西教育出版 1994 年版。

易乐湘：《马克·吐温青少年题材小说的多主题透视》，上海师范大学，博士学位论文，2007 年。

尹力：《意识、个体无意识与集体无意识》，《社会科学研究》2002 年第 2 期，第 62—65 页。

张泉根：《儿童文学教程》，首都师范大学出版社 2008 年版。

朱自强：《儿童文学的本质》，少年儿童出版 1997 年版。